글 쓰는 삶의 미학

글 쓰는 삶의 미학

발행일	2024년 12월 6일

지은이   김선황, 김효진, 백란현, 서미소, 서영식, 오승하, 이성애, 이은정, 장진숙, 정원희, 최주선
펴낸이   손형국
펴낸곳   (주)북랩
편집인   선일영   편집   김은수, 배진용, 김현아, 김부경, 김다빈
디자인   이현수, 김민하, 임진형, 안유경   제작   박기성, 구성우, 이창영, 배상진
마케팅   김회란, 박진관
출판등록 2004. 12. 1(제2012-000051호)
주소   서울특별시 금천구 가산디지털 1로 168, 우림라이온스밸리 B동 B111호, B113~115호
홈페이지 www.book.co.kr
전화번호 (02)2026-5777   팩스   (02)3159-9637

ISBN   979-11-7224-409-5 03810 (종이책)   979-11-7224-410-1 05810 (전자책)

(주)북랩 성공출판의 파트너

북랩 홈페이지와 패밀리 사이트에서 다양한 출판 솔루션을 만나 보세요!

홈페이지 book.co.kr   •   **블로그** blog.naver.com/essaybook   •   **출판문의** text@book.co.kr

작가 연락처 문의 ▸ ask.book.co.kr

작가 연락처는 개인정보이므로 북랩에서 알려드릴 수 없습니다.

글 쓰는
삶의
미학

내 삶의 모든 순간에 의미가 있다

김선황
김효진
백란현
서미소
서영식
오승하
이성애
이은정
장진숙
정원희
최주선

지 음

인생을 고쳐 쓸 수 없지만, 글쓰기로 재해석할 수 있다.
내 안의 보석을 세상에 꺼내는 힘, 글쓰기의 마법!

북랩

"오늘 뭐 하셨어요? 오늘은 작가님에게 어떤 의미인가요?"

책 쓰기 강의를 들을 때마다 단골 질문과 마주합니다. 오늘 뭐 했는지 나열하기는 수월합니다. 의미를 부여하려니 생각할 시간이 필요합니다. 질문은 하루를 돌아볼 수 있게 하며 메모의 기회도 줍니다. 어떠한 일이 생겼더라도 오늘은 내가 성장하기 위해 공부한 날이라고 해석해 봅니다.

제가 근무하는 주석초등학교에서 며칠 전 운동회가 있었습니다. 이벤트 업체 사회자가 운동회를 진행했고 선생님들은 학생들 관리와 인솔을 맡았습니다. 학생들을 청군과 백군으로 줄을 세워 경기장 세 곳을 차례대로 이동했습니다. 1학년은 세 개 학반밖에 없어서 팀 나누기 애매했습니다. 반마다 홀수는 청군, 짝수는 백군으로 나누었습니다. 청군과 백군 자리가 떨어져 있다 보니 양쪽으로 아동을 보살피는 게 쉽지 않더라고요. 경기를 지켜보는 도중 아이들은 수시로 운동장 흙을 만졌습니다. 기다리는 시간이 지루하겠다 싶었습니다. 바람도 부는데 경기 진행 속도가 빨랐으면 했습니다. 유치원과 1학년은 에어바운스 장애물 달리기 위치에서 대기했습니다. 사전 회의에서는 4인 1조로 경기 진행을 한다고 해서 아동들을 4명씩 짝을 지어 놓았습니다. 4명씩 조를 만드는 일도 1학년에겐 반복 연습이 필요했던 일입니다. 그런데 유치원 어린이들은 2인 1조로 경기를 진행하는 겁니다. 1학년 대기 시간이 두 배 길어졌습니다. 이벤트 진행자에게 유치원도 4명씩 진행하기로 한 것 아니냐고 물었습니다. 경기 시간이 남아돌까 봐 그렇게 한다면서 계속 2명씩 출발시키더라고요. 이번엔 교감 선생님께 물었습니다. 4명씩 출발하기로 하지 않았느냐, 경기 시간 여유 있다면 두 번 경기를 하면 되는 것 아니냐고요. 에어바운스 장애물을 넘어가는 게 쉽지 않아서 교사들이 일일이 아이마다 몸을 위로 밀어 올려야 한다고 하더라고요. 저는 사진 찍어야 해서 그런가 오해하고 있었는데, 교감 선생님 설명을 듣고 이해하게 되었습니다. 교감 선생님 설명을 우리 학년 선생님들에게도 전했습니다. 아동 관리가 쉽지 않았기에 우리 선생님들에게도 상황을 말해야 했습니다. 기다리느라 땅 파며 놀던 우리 아이들에게도 동생들이 장애물을 혼자 넘어가지 못해서 선생님들이 도와주느라 시간이 걸렸다고, 너희들이 잘 기다려줘서 기특하다고 칭찬했습니다. 운동회 오전 여섯 개 경기 중에 단 한 가지 일정이었는데도 다시 돌아보니 배울 점이 있었습니다. 학교에서 일어나는 일 중에 작은 부분이었지만, 소통과 이해가 중요한 날이라고 하루를 기억하기

　　　　　　　　　　글 쓰는 삶의 미학

로 했습니다. 오늘 있었던 일을 쓰고 의미를 부여하면 글 쓰는 삶을 사는 작가가 됩니다.

라이팅 코치 공저를 써보기로 했습니다. 함께 하는 작가들 덕분에 네 편만 쓰면 출간할 수 있습니다. '글 쓰는 삶'에 관한 내용일 것이라 짐작했습니다. 그동안 코치로서 공저도 네 권 썼으니, 이번에도 수월하지 않을까 하는 기대도 했습니다. 공저자들이 모여있는 오픈 채팅방에서 책 제목과 목차를 확인했습니다. 글 쓰는 삶 뒤에 '미학'이 붙었습니다. 동료 작가들의 책 《1센티 미학》, 《자기 계발의 미학》에서도 '미학'이란 말이 들어가 있었습니다. 제가 쓰는 책에도 붙이고 싶었던 미학을 만나니 그동안 쓴 책보다 더 잘 써야겠다는 의지가 생겼습니다. 웬걸요? 첫 꼭지부터 막혔습니다. 제가 운영하는 수강생 공저 팀엔 코치로서 폼 잡느라 '뚫어뻥' 사진을 올려 두었으나 제 글은 해결하지 못하고 있었습니다. 하루에 한 꼭지는 써야 합니다. 체면 차리느라 공저 방 공저자들에게 징징거릴 수도 없는 노릇입니다. 글 쓰는 삶은 매일 하는 건데 출간하는 원고라고 생각하니 조급했나 봅니다.

초고, 퇴고 과정을 경험할 때마다 한 가지 확실한 점 있습니다. 쓰는 과정이 만만치 않았고 퇴고 과정은 머리카락 빠지기도 하지만 출간은 확정이거든요. 그리고 독자들에게 리뷰를 받아볼 때마다 작가로 공저를 쓸 수 있어서 감사하다는 생각도 가져왔습니다.

블로그에 끄적이던 글을 살폈습니다. 어떤 경험을 꺼내면 독자들에게 글 쓰는 삶을 전할 수 있을지 생각했습니다. 공저를 쓰기 위해 집필 도전한 과정도 글 쓰는 삶의 또 다른 미학으로 풀고 싶습니다.

　공저 쓰기 전, 다른 작가들도 제 마음과 비슷하리라 생각합니다. 생각날 듯하면서도 막상 쓰려면 부담됩니다. 공저자들은 쓰다 지우다를 반복했지만 마감일엔 원고를 완성하는 경험을 했습니다.

　원고를 모으는 과정에서 공저자 글을 훑었습니다. 독자이자 동료로서 글을 읽다가 저도 모르게 울컥하더라고요. 공저 집필에 용기를 내지 않았다면 독자에게 감동을 줄 이야기를 꺼내는 일이 많이 늦어졌을 겁니다. 인생을 돌아본다면, 지금 시점에서 재해석하여 의미를 부여할 일이 얼마나 많을까요? 작가라서 감사하다는 말이 저절로 나옵니다.

　생선 장사 하시던 어머니에 대한 그리움, 성인이 되어서도 부모의 사정을 들어주며 속상해하는 마음, 자녀를 지원하기 위해 녹즙 배달을 하면서 성과를 낸 일, 뇌종양 진단 후 3일만 흔들리기로 했다는 사연, 원하던 특수교육학과 편입 합격했음에도 불구하고 학교 다니는 걸 포기해야 했던 일을 포함한 44편의 글을 독자들에게 전달합니다.

　1장 '글을 쓰면서 나는 이렇게 달라졌다'에서는 글쓰기 전과 후비교해 보고 달라진 몇 가지를 독자에게 소개합니다. 2장 '상처와 아픔, 희망이 되는 순간'에서는 누구에게나 있는 과거 상처와 아픔을 지금 시점에서 재해석해 보는 내용을 썼습니다. 3장 '그 시절의 고난이 지금의 나를 만들었다'는 지금 이렇게 작가이자 사회인으로 살 수 있었던 계기가 고난 덕분이지 않을까 하는 마음으로 글을 썼습니다.

1장, 2장, 3장을 채우다 보니 '가치 없는 인생은 없다'라는 결론에 이르렀지요. 4장에는 글쓰기를 통해 내 삶을 재해석하니 좋은 점을 깨닫게 된 내용을 썼습니다. 글 쓰는 삶을 택한 이유도 우리의 삶이 순탄하지 않았기 때문일 텐데요. 열한 명 라이팅 코치들은 우리 삶의 모든 순간에 의미가 있다고 생각하면서 사는 작가가 되었습니다. 독자에게도 이러한 행운을 전달하고 싶습니다.

한 편씩 읽는 독자들도 '나도 비슷한 경험이 있는데 그동안 잊고 있었다'라고 반응하면 좋겠습니다. 책을 통해 자기 경험을 발견하고 끄적여보는 일이야말로 '글 쓰는 삶의 미학'입니다. 이제 이 책을 손에 든 당신 차례입니다. 2024년을 보내며 독자마다 글 쓰는 삶을 누리는 날들이 오기를 소망합니다.

라이팅 코치
백란현

차례

1장 글을 쓰면서 나는 이렇게 달라졌다

2장   상처와 아픔, 희망이 되는 순간

3장   그 시절의 고난이 지금의 나를 만들었다

4장 가치 없는 인생은 없다

글을 쓰면서
나는 이렇게
달라졌다

1-1.
삶의 한 귀퉁이가 정돈됩니다

김선황

"김선황 작가님!"

저를 부르는 호칭이 늘었습니다. 글을 쓰는 사람을 작가라고 부릅니다. 2022년, 저는 자이언트 북 컨설팅에 들어왔습니다. 작가가 되고 싶긴 한데 작가가 될 수 있을까. 답 없는 물음을 일 년이나 반복한 결과였습니다. 어떤 작가는 6개월 만에 책이 나왔다더라. 신화 같은 출간 소식을 접하면서도 내가 할 수 있을 거라는 확신이 들지 않았습니다. 믿음의 문제는 다른 영역이었습니다. '400호 작가 탄생'부터 고민을 시작했고, '518호 작가 탄생' 소식에 등록했습니다. 누적된 숫자는 거짓말하지 않으니까요.

책을 낸 작가들이 궁금했습니다. 예비 작가들이 분발하는 모습은 자극이 되었습니다. 언젠가는 나도 출간 작가가 될 수 있겠다는 겨자씨 같은 믿음이 싹을 틔우고 있었기 때문이었겠지요. 6개월 동안 강의만 들었습니다. 라이팅 코치 과정이 개설되지 않았다면 강의만 듣는 시간이 조금 길어졌을 겁니다. 명색이 라이팅 코치인데 출간 저서가 있어야 하지 않을까. 느긋했던 마음이 팽팽하게 조여질 즈음 과제를 제출했습니다. 그리고 우선순위를 바꾸기 시작했습니다. 글 쓰는 시간부터 확보했습니다. 지인들과의 만남을 자제했고 거를 수 있는 일을 골라냈습니다. 테트리스 게임으로 빈칸 메우듯 일정표를 짜 넣었습니다. 목차 완성하고 출간까지 10개월 걸렸습니다. 드디어 제가 책을 냈습니다. 작가가 되었습니다.

출간 작가여서 좋지만 매일 쓰는 작가라 더 행복합니다. 2023년 6월 6일부터 시작한 모닝저널이 500회 넘었습니다. 모닝저널을 구상하는 데도 두 달이 걸렸습니다. 작가는 매일 써야 한다는데 '무엇을, 어떻게' 써야 할지 고민했습니다. 일주일에 3회만 쓸까, 5일 정도 써야 하나. 발행 횟수, 글 분량을 두고도 생각만 거듭했습니다. 더 이상 미룰 수 없겠다 싶었을 때 발행 버튼을 눌렀습니다.

짧게라도 꾸준히 쓰자. 고민 끝에 내린 결론입니다. 조정래 작가는 매일 여덟 시간 근무하듯 글을 쓰고, 김훈 작가는 '일필오' 신념을 지키기 위해 매일 원고지 5장에 글을 씁니다. 대가들의 발끝에는 못 미치더라도 그림자 정도는 밟고 싶었습니다. 라이팅 코치인 만큼 쓰기에 대한 글감을 제안하면 좋겠다고 생각했습니다. SNS에서 독서에 대한 글은 볼 수 있지만, 매일 글감을 제시하는 게시물은 거의 보지 못했습니다. 글 D(Designer & Director)의 모닝저널은 그렇게 시작되었습니다.

이전에는 읽기만 하는 '글 소비자'였습니다. 물건의 질을 평가하듯 글을 평가했습니다. 40년 묵은 소비자가 '글 생산자'가 되자 달라졌습니다.

먼저 작가에 대한 인식이 바뀌었습니다. 쓰기 전에는 기성 작가에게 등급을 매겼습니다. 입맛에 맞는 글을 쓰면 훌륭한 작가이고, 문학상을 받으면 대단한 작가였습니다. 마음에 드는 작가가 있으면 그의 세계관을 거의 비판 없이 받아들였습니다. 고급스럽고 현란한 어휘에 빠질 때도 있었습니다. 그러다 주변 동료가 쓴 책을 선물로 받았습니다. '나도 작가가 될 수 있겠다.' 넘보려 하지 않았던 작가의 세계가 한층 가까워졌습니다. 작가가 되는 일이 쉬워졌다고 생각한 오만은 오래지 않아 깨졌습니다. 초고를 절반 정도 썼을 때부터 머리를 쥐어뜯었습니다. 만만하다니요. 퇴고를 거듭하면서 모든 작가에 대해 경외감마저 느꼈습니다. 출간하고도 머리카락이 온전한 작가들, 기어이 포기하지 않고 세상에 책을 낸 작가들은 존경받아 마땅합니다. '포기'라는 수많은 기회를 눈물겹게 날리고 자신을 이겨냈으니까요. 처절한 퇴고 시간은 초고 작성할 때보다 두 배 이상 시간이 들었습니다. 이제는 책을 읽을 때 작가의 노고를 생각합니다. 농부의 마음을 생각하며 밥 한 톨도 버리지 않듯이 작가의 노고를 생각하며 글자 하나도 놓치지 않으려 합니다.

글 생산자는 부지런해집니다. 매일 오전 10시 이전에 글을 발행합니다. 처음에는 혼자만 지키면 되는 약속이었습니다. 구독자가 있든 없든 글감을 생산했습니다. 하루를 돌아보며 에피소드를 끄적거립니다. 쓸 내용을 찾아 책을 뒤적이기도 합니다. 100일 정

글 쓰는 삶의 미학

도 지났을 때쯤 주변 사람들이 스치듯 말합니다. "글 잘 읽고 있습니다." 해이해지려는 마음을 다잡습니다. 나은 글을 쓰기 위해 알람 시간을 당깁니다. 오전 일정을 일찍 시작하는 날은 전날 90퍼센트 정도 글을 완성해 둡니다. 부지런하지 않고는 배길 수가 없습니다.

무엇보다 글을 쓰면서 점점 마음을 꺼내게 됩니다. 친한 사람이라도 굳이 속마음을 표현하지 않을 때가 많았습니다. 심지어 남편에게도요. 유쾌하지 않은 과거를 들추고 싶지 않았습니다. 지금의 모습이면 충분하다고 생각했습니다. '예전의 나'가 '지금의 나'를 만들었는데, 과거를 절단해 버리고 현재만 보여주고 싶었던 것이지요. 매일 글을 쓰니 이래저래 속내가 드러납니다. 은근하게 때로는 적극적으로 글감을 통해 속내를 들킵니다. 말로 설명하기 힘든 일도 글로는 표현할 수 있습니다. 글이 저의 대변자입니다.

또 맷집이 튼튼해집니다. 처음에는 독자에게 잘 보이기 위해 의식적으로 글을 썼습니다. 누군가 악성 댓글을 달까 조마조마했습니다. 주변 사람들은 제가 단단해 보인다고 합니다. 실상은 유리멘탈이라 할 정도로 타인의 말에 쉽게 흔들립니다. 글을 쓰는 것은 모험입니다. 유리가 깨질 위험을 감수할 용기를 내야 새로운 곳을 디딜 수 있습니다. 녹음이라는 변수를 제외하면 말은 흔적이 남지 않지만, 글은 명백한 증거가 됩니다. 모닝저널 발행 일수가 쌓일수록 타인의 시선보다 글 쓰는 자체에 집중하게 됩니다. '좋아요' 표시에 웃지만 연연하지는 않습니다. 보통 유리가 점점 두꺼워집니다. 덩달아 맷집도 튼튼해집니다. 민낯을 보여주는 것이 부담스러웠는데 점점 아무렇지 않습니다. 오히려 지인들 톡에 링크를 겁니다. 제 글을 읽는 독자를 한 명이라도 만들고 싶어 하는 저는, 초보 작가입니다.

글을 쓰면서 새로운 재능이 발현되고 있습니다. 글감과 글감을 연결하는 능력치가 성장하고 있습니다. 처음에는 에피소드 하나도 어떻게 요리해야 할지 몰라 이랬다저랬다 하느라 시간이 걸렸습니다. 스스로 정한 오전 10시 마감 시간이 되어 겨우 발행한 날도 있습니다. 글감 재료를 알아보는 안목이 나아지고, 에피소드 간에 연결 지점이 보이기 시작합니다. 옷에 맞는 장신구나 소품을 잘 고르면 멋스럽습니다. 글도 마찬가지입니다. 찰떡같은 상황을 글 속 녹여내면 글이 탄탄해집니다. 무채색 일상이 글감 틀로 연결되고 재단되어 무지개 글감이 됩니다. 저만의 글감이 타인의 글감으로 옮겨갑니다.

'글을 쓰면 달라진다!' 말로 설명할 수 없습니다. 저도 쓰기 전까지 알지 못했습니다. 글을 쓰면 균열이 생깁니다. 균열은 성장의 씨앗이 됩니다. 귀퉁이부터 삶이 정돈되기 시작합니다. 아직 갈 길은 멉니다. 멈추지 않는다면 바라는 그곳에 도달해 있을 겁니다. 꾸준히 글을 쓰십시오. 쓰지 않으면 닿을 수 없는 당신만의 세상에 도착합니다. 달라지는 자신을 느낄 수 있습니다.

글 쓰는 삶의 미학

1-2.
글이 나를 만들다

김효진

2020년 가을 어느 날, 현아가 언니 손을 잡고 유치원에 갔다. 나는 집에 혼자 남았다. 거실 한가운데 아이들 잠옷과 수건이 널브러져 있는 걸 한참 멍하니 쳐다보았다. 소파에 누웠다. 아직 아무 일도 하지 않았는데 몸이 무거웠다. 해야 할 일이 머릿속에 가득했지만, 아무것도 손에 잡히지 않았다. 설거지, 청소, 빨래, 점심 약속, 약국에서 진통제 사기, 준비물, 어머님께 연락…… 해야 할 일들이 꼬리에 꼬리를 물고 따라 나왔다. 팔을 이마 위로 올리고 눈을 감았다. '휴……. 잠깐만 쉬자.'

깜짝 놀라 눈을 떴다. 짧은 시곗바늘이 10시를 훌쩍 넘겼다. 점심 약속이 11시인데 더 미룰 수 없었다. 벌떡 일어나 거실에 널린 옷들을 후다닥 세탁기에 던져 넣었다. 10분도 안 되어 욕실에서 나왔다. 거울 앞에 서서 머리를 빠르게 말리고, 로션을 바른 후 대충 옷을 걸쳤다. 현관을 나와 지하 주차장으로 향했다. 아파트에서 친해진 두 언니와 동생, 나 이렇게 넷이 한차를 타고 출발했다. 남산 근처 우렁이 쌈밥집은 다양한 쌈 채소가 싱싱하고 깔끔한 손맛 덕분에 늘 사람이 많다. 점심시간 전에는 가야 기다리지 않고 먹을 수 있다. 쫄깃한 우렁이가 들어있는 된장을 넣어 쌈을 싸 먹다 보니 공깃밥 한 그릇이 눈 깜짝할 새 비워졌다. 아이들 이야기도 나누고, 남편 흉도 보며 쌓인 스트레스를 풀었다. 그사이 식당에 사람이 가득 찼다. 식사를 마치고 나왔다. "커피 한잔할래?"라는 말에 한숨이 먼저 나왔다. 이미 오늘 쓸 기운은 다 쓴 것 같았다. 얼른 집에 가서 쉬고 싶었다. 커피 마시러 가자고 할 때마다 매번 핑계를 대며 거절해 온 터라 미안해서 아무 말도 못 하고 속으로 끙끙댔다. 마침 옆이네 언니가 정수기 아줌마와 약속 시간이 다 돼간다는 말에 안도의 한숨이 나왔다. 집에 가는 길에 차에서 내렸다. 약국에 들러 약을 사고 문구점에서 현아의 스케치북을 사서 들고 겨우겨우 집에 도착했다. 걸어가는 내내 기력이 다 빠져나간 듯 다리가 무거웠다.

다른 날도 별 차이 없었다. 그렇게 시간을 보내던 나를 움직이게 한 것은 2020년 12월의 글쓰기 수업이었다. 우연히 참여한 글쓰기 무료 특강에서 이은대 작가를 만났다. 나도 모르게 웃음이 팡팡 터졌다. 밤새 생각이 나고 마음이 설레었다. 왠지 수업을 꼭 들어야겠다고 생각했다. 돈 관리는 남편이 했던지라, 돈이 없었다. 남편에게 반 협박, 반 설득을 하여 2021년 2월에 수강생이 되었다. 그때부터 내 삶은 서서히 변하기 시작했다. 수업에 집중했

글 쓰는 삶의 미학

다. 외식하고, 시골에 가고, 모임도 나갔다. 할 일 하면서도 노트북을 들고 차 안에서까지 수업을 들었다. 상황이 여의치 않으면 스마트폰 작은 화면으로라도 강의를 놓치기 싫었다.

예전에는 늘 소파에 널브러져 있던 내가 이제는 책상 앞에 앉아 시간을 보내는 사람이 되었다. 책을 읽고 그 속에서 몰랐던 이야기에 감탄하며 나를 채운다. 수업이 있는 날이면 "오늘 뭐 하셨습니까?"라는 질문에 답하기 위해 전날 있었던 일을 떠올리며 메모장을 켜고 키보드를 두드려 나의 작은 하루를 끄적인다. 수업이 끝나면 후기도 남기며 글 쓰는 연습을 해본다. 어설퍼도 뿌듯함이 느껴졌다. 글을 쓰며 나는 조금씩 달라지기 시작했다. 늘 부정적이던 생각이 긍정적으로 바뀌고 세상을 다른 시각으로 바라보게 되었다.

글쓰기 덕분에 내가 그동안 나를 얼마나 돌보지 않았는지 깨닫게 되었다. 무기력하게 누워서 시간만 보내던 내가 반짝이고 싶었다. 귀찮기만 하던 세상에 나가보고 싶어졌다. 나를 전과 다른 사람으로 만들고 싶었다. 마음 내킬 때 하던 운동을 계획하고, 아무 때나 하던 필사를 고민하며, 소설책을 내려놓고 자기 계발 관련 책을 사들였다. 독서하며 메시지나 키워드를 찾아보았다. 완벽하지 않았지만, 그 과정은 나라는 인간을 다시 재조립하는 것 같았다. 나를 위한 시간을 갖고, 나를 위해 선택하기 시작했다. 글을 쓰며 마음속 깊이 숨겨둔 상처와 감정을 꺼내고 정리해 나갔다. 과거의 아픔이 글 속에서 새로운 의미를 찾아갔다.

잠실 교보문고에서 매달 열리는 저자 사인회에 갔다. 사람 만나는 것이 버겁기만 했던 나에게는 큰 변화였다. 어색할 줄 알았던 만남은 생각과 달랐다. 이은대 작가는 얼굴을 보자마자 이름을 불러 아는 척을 해주었다. 줌으로 보던 작가들을 실제로 만나니 연예인 보는 기분도 들었다. 반갑다며 안아주는 작가도 있었다. 새로운 사람들과의 대화는 나에게 활기를 불어넣었다. 작가들과 어울리며 글에 관해 이야기하고 서로의 생각을 나누는 것이 즐거웠다. '작가'라는 새로운 정체성이 생겼다. 소속감은 덤이다. 싫지 않았다. 오히려 작가로서 살아갈 미래가 설렜다.

사람들은 종종 "글 쓰면 뭐가 달라져?"라고 묻는다. 나는 단연코 삶이 달라진다고 대답하겠다. 아니, 더 정확히 하자면 "내가 달라진다"라고 말해야겠다. 단순한 글쓰기가 아니라 나를 이해하는 과정이었다. 그 과정을 통해 스스로에게 미안한 마음을 갖게 되었다. 그동안 나에게 주어진 시간을 흘려보내기만 했으니 말이다. 이제는 나를 위해 더 좋은 것을 주고, 더 행복한 시간을 보내고 싶어졌다. 타인보다 나를 조금 더 소중히 대하고 싶었다.

원망만 가득 채운 채 살았다. 안 되는 생각, 어두운 생각들로 가득했다. 왜 나에게 이런 불행한 삶이 왔는지 괴로웠다. 가족을 원망하는 나 자신을 자책했다. 그런 마음들이 조금씩 글로 표현하면서 정돈되기 시작했다. 그 불행한 시절이 있었기에 지금 내가 행복을 찾으며 살고 있는 게 아닐지 하는 생각이 들었다. 어린 시절의 상처를 쓰며 내 감정이 왜 비슷한 일에 비슷한 생각이 드는지 정리가 되곤 했다. 나는 나를 이해하기 시작했다. 그럴수록 상처라고 생각했던 일들을 하나씩 끄집어내고 다른 시각으로 바라볼 수 있었다. 감정을 쓰면서 괴로움이 옅어졌다. 깊이 숨은 감정을 꺼내기만 해도 괴롭기는커녕 편안해졌다. 과거로부터 풀려난다는 말이 조금 이해되기 시작했다. 같은 일이 일어나도 전처럼 괴롭기만 하지는 않았다. 해결 방법을 찾기도 했고, 다른 사람에게 공감하며 이해해 주기도 했다. 부족해도 괜찮다고 나에게 이야기해 주기도 한다. 아직 진행 중인 삶이지만 이렇게 살다 보면 마지막에는 그래도 잘 살았다는 말이 나오지 않을까?

언젠가 글쓰기 수업 중에 이런 말을 들은 적이 있다. "여러분들은 글 내림 받은 거예요." 내 이야기를 글로 쓸 수 있다는 건 축복이다. 내가 겪은 경험으로 다른 사람을 도울 수 있다니, 복 받는 일이다. 하지만 생각해 보면 결국은 나를 위한 일이다. 내가 살아가는 세상에서 내 경험으로 다른 사람을 돕고 나면 다 나에게 돌아오는 것이다. 내 마음이 편해지는 것이다. 그러니 결국 나를 위한 일이기도 하다.

부정적인 생각으로 가득 차 있던 나는 이제 매일의 작은 일상에서 의미를 찾고 감사함을 느끼며 살아간다. 글을 쓰며 감정을 정리하고 스스로를 이해하는 과정에서 나는 더 단단해진다. 그리고 그 과정은 아직도 진행 중이다. 글쓰기는 끝이 없는 나의 여정이다. 내가 나를 발견하고 변화하는 길, 나를 사랑하는 길이 바로 글쓰기다. 앞으로도 계속 나의 이야기를 써 내려가며 모든 순간에 의미를 부여해 보려고 한다. 글을 쓰면서 나를 어디까지 사랑하게 될지 설렌다. 글쓰기는 선물이고 나를 위한 시간이다. 이 길이 끝나지 않기를 바란다. 더 나은 내일을 꿈꿀 수 있기를 희망한다. 더 나은 내가 앞에 서 있음을 믿는다.

1-3.
책을 쓰면 달라집니다

백란현

첫째, 책을 쓰면 허무한 마음이 사라집니다.

신규 발령받았던 2004년부터 휴직 없이 출근하고 있습니다. 2020년이 생각납니다. 학년 부장으로 일을 하다가 허무하다는 생각이 들었습니다. 교직 경력 17년 차였지만 내세울 만한 실적이 없었습니다. 승진을 생각해 본 시절도 있었습니다. 승진 점수 중 하나인 수업 연구대회에서 1등급도 받았습니다. 2016년 셋째가 태어나면서 승진은 제 길이 아니라며 포기했습니다. 저만의 생각일지도 모르겠지만 제 삶에서 승진을 지우고 나니 교사로서의 존재감도 사라진 기분이 들었습니다.

교실 안에서 노력하는 것 같은데 한 해를 마무리하면 남아 있는 게 보이지 않았습니다. 충전을 위해 육아휴직도 하고 싶었지만 그렇게 하지 못했습니다. 아이 셋 키우고 있는 생계형 교사이기 때문입니다. 이러한 마음이 들수록 작아지지 않고자 교사로서의 의미를 부여하기 위해 애썼습니다. 아이들 앞에 필요한 존재가 되고 싶었습니다. 공부도, 교우관계도 영향을 주는 게 우선 목표가 되었습니다. 같은 책을 구해 오도록 하여 반 전체가 함께 읽도록 지도했습니다. 학생들에게 과제도 많이 내주었습니다. 확인하느라 고단할 때도 멈추지 않았지요.

2020년 코로나19로 인하여 아이 셋은 집에서 인터넷 동영상으로 공부하는데 저는 출근했습니다. 수업 동영상을 게시판에 올려야 했고 출석 및 과제도 확인해야 했거든요. 낮에 A 팀이 등교하면 B 팀은 집에서 1교시부터 6교시까지 동영상을 보고 과제를 합니다. 교사는 두 가지 수업을 동시에 준비해 두어야 합니다. 등교 학생이 귀가하면 오전 원격수업을 들은 학생의 과제를 읽어보고 답을 해주었습니다. 다음날 수업도 준비해야 하니 고된 일정이 매일 반복되었습니다. 한 번은 교사들이 직접 영상 제작을 안 하고 유튜브 링크로만 수업하느냐 민원이 들어왔습니다. 5학년 7학급에서 학년 부장인 저는 처음으로 음악 수업 동영상을 직접 촬영해서 편집해 보았습니다. 일은 새벽 2시에 끝났습니다.

교무실에서 또 다른 민원 내용을 전달받았습니다.

"선생님들은 집에 있는 애들한테 동영상 링크만 주고 학교에서 뭐 하는 거예요?"

이런 말을 들은 이후부터 블로그에 제 상황을 일지 형식으로 쓰기 시작했습니다. 학생들을 위해 무슨 일을 했는지, 집에 와서는 원격수업 무엇을 챙기고 개설했는지 일한 내용을 기록했습니다. 기록이 저에겐 글감이 되었고, 허무했던 마음을 달랠 수 있었습니다.

둘째, 책을 쓰는 과정에서 그동안 잘 살았다고 자신을 인정하게 되었습니다.

2021년, 똑똑한 학생이 있었습니다. 발표력도 뛰어나고 과제도 잘 해왔습니다. 친구들을 이끄는 걸 좋아했습니다. 똑똑한 머리로 만들어 낸 말은 친구들 사이에 갈등을 일으켰지요. 본인은 그럴 의도가 아닌데 친구가 오해했다는 식으로 표현하곤 했습니다. 친구 사이의 이야기는 아니지만 비슷한 유형으로는 아래와 같은 내용이 있었습니다.

"엄마, 나는 쓸모없는 존재야?"

"왜 그런 말을 해?"

"우리 선생님이 쓸모없다고 했어."

학부모는 제게 바로 전화를 했습니다. 선생님이 우리 애한테 쓸모없다고 했냐고 묻더군요. 친구들한테 친절하게 말하지 않으면 친구들과 멀어질 수 있다고 말해둔 것을 그렇게 전달한 것입니다.

학부모와 학생 사이에 제가 '쓸모없는' 사람이 된 것 같았습니다. 18년 경력이 무색했습니다. 저는 땅굴을 파기 시작했습니다. 인정은커녕 없는 말까지 전해 들으면서 민원을 받으니, 출근도 어렵겠다고 생각했습니다. 2주간의 병가나 연가를 신청하고 쉬고 싶었습니다. 그때 저를 학교에서 버티게 해준 일은 두 가지였습니다. 하나는 독서교육 컨설팅 강의를 해야 하는 날짜가 다가왔기 때문이었고, 다른 하나는 해당 학생이 코로나에 걸려서 등교 중지가 된 부분이었습니다. 강의는 두 달 전에 약속한 일정이라 취소할 수 없었습니다. 초등 2학년 어린아이였지만 잠시라도 저는 아이랑 공간이 분리되었으면 하는 바람이 있었습니다.

독서교육 관련해서 내세울 실적은 없습니다. 제가 지도했던 아이들이 독서 상을 받아온 것도 아니었습니다. 그저 매일 책 읽어주고, 소장했던 동화책을 학교에 가져다 둔 게 대부분이었습니다. 독서교육 컨설팅 강의를 수락한 이상 가만히 있을 순 없지요. 교실에 다시 독서 전, 중, 후 활동을 적용해 보고 학생들 소감을 모았습니다. 사례 위주로 강의할 생각을 하니 강의할 내용이 점점 쌓이기 시작했습니다.

학교생활에서 이룬 것 없다고 생각했습니다. 학부모 민원으로 마음도 가라앉았습니다. 지쳐 있었던 저는, 독서교육 컨설팅 강의 후 교사로서 필요한 존재라는 사실을 발견했습니다. 표면적으로 드러나는 것은 없었지만 아이들에게 책을 심어주며 살아왔다는 것이 저의 성과였습니다. 강의 내용을 기반으로 하여 첫 책 집필을 시작했습니다. 매일 한두 꼭지씩 썼습니다. 초고를 쓰면서 퇴근 후 노트북 앞에서 몰입하던 순간이 뿌듯했습니다. 5개월 후 독서교육 에세이를 출간했습니다. 책을 쓴 덕분에 잘 살았다고 인정하는 마음이 커졌습니다.

셋째, 개인 저서에 쓴 대로 실행에 옮기는 끈기를 발휘하고 있습니다.

개인 저서 제목은 《조금 다른 인생을 위한 프로젝트》입니다. '책 쓰기'는 〈자이언트 북 컨설팅〉 이은대 대표 강의와 코칭 덕분에 순조로웠습니다. 출간 덕분에 동료와 저를 비교하려던 마음은 줄었습니다. 출간 이후 단단하고 당당한 교사로 살아가고 있습니다. 책 내용대로 실천 중입니다. 학생들에게 책 읽고 글 쓰도록 돕고 있습니다. 현장 체험학습을 앞두고 '봉암 갯벌' 이야기 생태 동화를 읽어주었고, 체험 다녀온 후에는 갯벌에서 본 내용에 대해 학생들과 함께 시를 썼습니다. 시집 출간을 위해 1학년들의 시 작품을 모으는 중입니다.

주변에 읽고 쓰는 삶을 전하고 있습니다. 1학년 교사들과 함께 자신의 반에서 매일 그림책을 읽어줍니다. 제 이름으로 학교 도서관 그림책 30권을 빌려옵니다. 빌린 책은 1학년 연구실 회의용 테이블에 표지가 보이게 깔아둡니다. 오며 가며 우리 학년 선생님들은 책을 가져가 반 학생들에게 읽어줍니다. 가끔 연구실에 모일 때면 교사들은 펼쳐둔 그림책 중에서 교실 학생들 반응이 좋았던 부분을 서로 알려줍니다. 교사도 그림책을 좋아하게 만드는 일을 하는 셈입니다. 선생님들은 그림책 읽어준 후 아이들 반응을 블로그에 기록하기 시작했습니다. 저는 학부모용 알림장에 매일 읽어준 그림책 제목을 써서 발행합니다. 동 학년 선생님인 김 작가는 저의 평생 글 쓰는 친구가 되어 공저 집필에 참여했습니다. 또 다른 선생님들과도 '함께 쓰는' 기회가 닿기를 바라고 있습니다.

작가로 살다 보니 생각이 확장됩니다. 승진을 목표로 달려서 실적을 모으는 교사도 없진 않지만, 반대로 평소 아이들을 챙기고 사랑하는 마음으로 이런저런 도전을 해보며 아이들에게 참여 기회를 주었더니 자연스럽게 승진 점수가 쌓인 경우도 있다는 사실을요. 교사로서 마음이 넓어지나 봅니다. 제 마음이 커가는 걸 느낍니다. 독자를 먼저 생각해야 하는 걸 배웠고, 출간도 경험했기 때문입니다.

글 쓰는 삶의 미학

'책 쓰기'는 저의 일상과 업무에도 좋은 영향을 미칩니다. 제 주변 사람들에게 함께 쓰자고 권유하는 이유입니다. 특히, 아이들 가르치는 교사가 집필하도록 돕고자 합니다. 모두의 출간을 응원합니다.

1-4.
글쓰기가 준 마음의 확장

서미소

"오십은 시작하기에 좋은 나이라고 합니다. 스물의 미숙함, 서른의 치열함, 마흔의 흔들림도 줄어든 오십은 일관성 있는 일을 시작하기에 좋은 나이입니다."《오십에 읽는 논어》에 나오는 문구입니다.

삶의 굴곡을 겪었습니다. 글쓰기는 단순한 기록을 넘어 제 안의 복잡한 생각들을 정리하는 수단입니다. 글을 쓰면서 타인의 마음을 이해할 수 있는 도구가 되었습니다.

초등학교 2학년인 아들은 개학 첫날 학교에 다녀온 후 다리가 아프다고 했습니다. 담임 선생님이 아이들에게 100번 앉았다 일어나는 벌을 준 것입니다. 학교급식 먹는 자리표를 칠판에 붙여 놓는데, 누군가 흩트려 놓았나 봅니다. 다음날 같은 반 엄마한테서 전화가 왔습니다. "주원이 아프단 말 안 해요? 우리 아이는 계단 내려갈 때 절뚝거려요. 군대도 요즘엔 기합이 없는데 이제 겨우 2학년에게 너무한 거 아녜요?" 반 학부모와 소통하는 카톡 단체 방에는 19명이 있습니다. 이 소식을 접한 학부모들은 아무 대응 없이 넘어간다면 선생님의 과한 체벌을 묵인해 주는 꼴밖에 되지 않는다, 학부모들의 생각을 전달하는 게 필요하다고 의견이 모아졌습니다.

저는 선생님께 상담 신청을 했습니다. 교실 한가운데는 책상 두 개가 나란히 놓여있고 양쪽에 의자가 배치되어 있었습니다. 선생님은 어색한 웃음을 지으며 저를 맞아 주었습니다. 밝게 웃으려 했지만 굳은 마음이 느껴졌습니다. 교육청에 익명으로 제보가 들어와 방금 교장실에 다녀온 길이라 했습니다. 아이들에게 과한 체벌을 한 점에 대해 진심으로 사과한다고 전했습니다. 선생님 얼굴은 지쳐 보였습니다.

1학기 때 교사들의 욕설로 인해 2학년 전체 선생님이 교장실에 불려 가는 일이 있었다고 했습니다. 2학기 개학과 동시에 이런 일이 생겨 마음을 다잡을 힘조차 없다고 털어놓았습니다.

"수업을 녹화해서 자료로 남기라는데 내 수업을 녹화하면 제대로 된 수업이 될까요?" 긴 한숨을 내쉬었습니다. 만약 제가 욕하는 교사였다면 방학 동안 아이들이 보고 싶다 하겠냐고 말했습니다.

1학기 힘들었을 때도 화장실에서 눈물을 닦고 와서 아무렇지 않은 척 수업을 이어갔습니다. 병가를 낼까도 고민도 했었지만, 책임감 때문에 지금까지 버텨왔습니다. 이제는 자신감마저 사라져 버린 것 같다면서 참았던 눈물을 흘렸습니다.

선생님을 믿는 학부모들이 더 많으니 힘내라고 응원했습니다. 선생님의 마음속 이야기를 털어놓을 수 있어 후련하다며 고맙다고 웃었습니다. 좀 전보다는 얼굴빛이 밝아졌습니다.

그날 이후 아들의 학교생활이 원만하게 이뤄지고 있다고 생각했습니다. 그런데 아들이 "엄마, 우리 선생님 아파서 다른 선생님이랑 수업해"라고 말한 뒤 4일째 되는 날 수업을 마치고 선생님이 차를 타고 가는 걸 봤다고 했습니다. 다른 아이는 선생님이 교장실에서 나왔다고 이야기했습니다. 그때야 단순한 병가가 아니구나 싶었습니다. 전화 통화에서 선생님은 치료 중이라 병가를 낸 상태라 했습니다. 핸드폰에서 들리는 목소리는 방전된 듯 지쳐 있었습니다. 일요일에 몸 상태를 봐서 다음 주 출근 여부를 결정하겠다고 했습니다. 모두가 선생님을 기다리고 있다고, 힘내라고 말하며 전화를 끊었습니다.

다음날 반대표라 학교 교무실에 전화를 걸어 교장 선생님과 면담을 요청했습니다. 그전에 임원 모임 때 방문한 적이 있어 교장실이 낯설진 않았습니다. 제가 들어가자 교장 선생님은 교감 선생님께 전화를 걸었고, 함께 자리했습니다. 교감 선생님은 낮고 조심스러운 어조로 이야기했습니다. 학교 측에서는 "최대한 아이들을 위해 대체 선생님을 배치해 일주일을 보냈습니다. 만약 다음 주에도 담임 선생님이 출근하지 않는다면 다른 교사들이 학급을 맡게 될 것입니다. 상황에 따라 교장 선생님까지 수업에 들어갈 예정입니다"라고 설명했습니다. 담임 선생님이 몸이 약해진 상태라 학교 측에서는 다음 주에 출근하길 기다릴 수밖에 없는 상황이라고 덧붙였습니다. 교장 선생님은 "우리 마음을 모아 기도해요"라고 말했습니다. 담임 선생님이 바뀌는 상황이 발생할까 염려되기도 했습니다.

모두가 한마음으로 담임 선생님의 빠른 회복을 바라고 학교생활이 안정되기를 바라는 내용의 단체 문자를 보냈습니다. 학부모 몇몇은 "선생님이 책임감이 없다", "선생님을 바꿔야 한다", "이건 무조건 선생님만의 잘못은 아니다"라는 의견들이 개인적으로 오갔다 했습니다. 지금은 마음을 변화시키는 진정 어린 격려의 말이 절실합니다. 장문의 문장을 쓰기 위해 고민했던 시간이 헛되게 느껴졌습니다.

〈니체와 함께 산책을〉 책 속 구절이 떠올랐습니다.

'나와 너'라는 밀접한 관계에서 수준이나 입장에 위아래가 있는 것도 아니다. 현실과는 동떨어진 장소에 있는 것도 아니다. 오히려 두 사람 모두 같은 강에 들어가 있는 상태다. 그 관계에서 나는 나인 동시에 너이며, 너는 너인 동시에 나다. 수학기호로 나타내면 '나≒너'의 상태라고 할 수 있다. 두 사람은 서로 영향을 미친다.

이처럼 관계 속에서 우리는 서로 성장합니다. 상대방의 아픔이나 기쁨을 나누면서 때로는 내 일상의 일부분이 되기도 합니다. 담임 선생님이 잘 이겨내고 교단에 서는 일이 우리가 다시 일상을 회복하는 것입니다. 따라서 지금 필요한 것은 판단이 아닌 비난보다는 온 마음을 담은 응원입니다. 서로가 서로에게 닿을 수 있는 위로의 손길을 내밀어야 할 때라는 걸, 이 책을 통해 다시금 깨달았습니다.

선생님께 글을 써 내려갔습니다. 나를 싫어하는 사람도 좋아하는 사람도 있다. 모두가 나를 좋아하게 만들려고 애쓰지 말자. 소중한 존재인 나를 사랑하고 자신에게 응원과 격려를 해줘라. 누구나 힘든 순간은 있다. 포기하고 싶은 순간을 잘 이겨내자. 선생님이 자신을 믿고 원래의 자리로 돌아오길 바란다는 내용이었습니다. 세 시간이 지난 뒤 선생님으로부터 문자가 왔습니다. 내가 전한 말들이 눈물 나게 만들고, 모든 것을 내려놓고 포기하고 싶었던 마음이 미안하다고 했습니다. 아이들을 위해 용기를 내겠다며 힘내서 꼭 다시 돌아가겠다는 다짐과 응원해 줘서 감사하다는 답장이 왔습니다.

제가 쓴 글이 누군가의 마음을 변화시켰다는 생각에 가슴이 뭉클했습니다. 누군가를 돕는다는 것은 단순히 해결책을 제시하는 것이 아니라, 그 사람의 마음을 읽어주고 공감하는 것에서 시작된다는 것을 배웠습니다.

2주간의 공백을 뒤로 한 채 선생님은 용기를 내어 다시 제자리로 돌아왔습니다. 하이클래스에 "기다려 주셔서 감사하다"라는 글이 올라왔습니다. 선생님의 결단과 회복한 모습을 생각하니 가슴이 벅찼습니다.

글 쓰는 삶의 미학

글쓰기를 통해 느끼는 소중한 경험들이 얼마나 값진 일인지 새삼 깨닫게 되었습니다. 이제 저는 글쓰기를 통해 더 커진 마음의 확장을 이루고자 합니다. 매일의 글쓰기가 제 삶을 더 단단하게, 그리고 의미 있게 만들어 주고 있음을 느낍니다. 글을 통해 저는 내면의 성장을 이루었고, 앞으로도 이 소중한 습관을 이어가며 더 많은 이들과 그 경험을 나누고 싶습니다.

1-5.
나를 향해 나아가는 글쓰기

서영식

　　주위 아는 사람들에게 글을 쓴다고 하면 질문을 한다. 왜 글을 쓰는지. 글쓰기가 재미있는지. 어떻게 쓰는지. 주위에 글 쓰는 사람이 거의 없다. 대부분 글쓰기를 어렵게 생각한다. 글을 쓴다는 건 경험을 기록하고 생각과 감정을 표현하는 일이다. 내가 글쓰기를 시작한 이유는 책을 읽고 도움을 많이 받은 경험 때문이다. 나도 누군가에게 도움이 되길 바라는 마음으로 글을 쓴다. 글쓰기가 쉬운 일은 아니다. 대신 일단 시작하면 누구나 할 수 있다. 처음부터 잘 쓰겠다는 욕심을 버려야 한다. 글쓰기는 습관이 되면 재미있다. 매일 일상을 관찰하고 다른 삶의 모습을 찾는 즐거움이 있다.

　　독서를 좋아한다. 초등학교 때는 위인전과 전래동화를 많이 읽었다. 대학생이 되고 나서는 소설, 에세이, 자기계발서를 주로 읽었다. 삼십 대에 들어서는 주로 자기계발서를 읽었다. 삶의 방향을 찾고 성장과 성공을 위한 방법을 공부했다. 책을 통해 배우면서 글을 쓰고 싶다는 마음이 점점 커져만 갔다. 내 이름으로 된 책을 출간하고 싶었다. 책 쓰기 강의를 여기저기 찾아다녔다. 2021년 7월 [자이언트 책 쓰기 무료 특강]을 들었다. 글쓰기의 목적에 대해 확실하게 배웠다. 책으로 도움을 받은 나처럼 내 삶의 경험으로 누군가에게 도움을 줄 수 있는 일이다. 막연하게 글을 쓰고 책을 출간하고 싶다는 생각에서 뚜렷한 목적이 생겼다.

2021년 8월부터 매주 토요일 오전 책 쓰기 온라인 수업 듣기 시작했다. 한 번도 빠지지 않았다. 계속 수업을 들으면서 글을 쓰고 싶다는 간질간질한 마음이 생겼다. 정작 글을 쓰는 건 쉽지 않았다. 처음 시작이 힘들었다. 매주 수업을 듣고 나면 글을 써야 한다는 마음이 들었다. 그때뿐이었다. 시간이 지나면 무엇을 어떻게 써야 할지 다시 막막했다. 2022년 6월 첫 번째 공저에 참여하면서 글쓰기를 시작했다. 처음 글을 쓸 땐 뭘 어떻게 써야 할지 앞이 보이지 않았다. 내 글을 누가 보고 뭐라고 하지 않을까 하는 두려움이 컸다. 글을 쓰기 위해서는 생각을 밖으로 꺼내야 한다. 공저를 쓰면서 생각을 글로 표현하는 연습을 할 수 있었다. 글을 쓸 수 있다는 자신감을 얻었다. 2022년 12월에 첫 공저 《글쓰기를 시작합니다》가 세상에 나왔다. 책을 출간하고 생산자로 산다는 게 어떤 의미인지도 깨달았다. 책을 읽고 도움이 되었다는 이야기도 들었다. 글을 써서 도움을 줄 수 있다는 걸 알게 되었다.

2023년 6월 12일부터 매일 블로그에 글을 쓰고 있다. 처음엔 블로그를 시작하기 어려웠다. 잘 쓴 블로그 글을 보면 엄두가 나지 않았다. 시간을 많이 투자해야 한다는 부담도 있었다. 책 쓰기 수업에서 블로그 쓰는 방법을 배웠다. 다른 사람과 비교하지 말고 자신의 이야기를 써서 올리면 된다는 말에 용기를 얻었다. 그냥 매일 내 이야기를 글로 써서 올리기 시작했다. 일상 이야기, 독서, 글쓰기 방법 등 다양한 주제로 꾸준히 글을 쓴다. 블로그 이웃 중 챗GPT에 자신의 블로그에 대해서 알려 달라고 하는 내용을 봤다. 나도 궁금해서 물어봤다. "매일 글쓰기를 통해 꾸준한 성장을 보여주고 있고, 글쓰기의 중요성을 강조하며, 자기 경험을 나누고 다른 사람들에게 동기부여를 하고 있습니다. 이 블로그는 꾸준한 글쓰기를 통해 자기 성찰과 성장을 강조하며 이를 통해 독자들에게 영감을 주고 있습니다." 답변을 보고 내가 글을 쓰는 목적에 맞게 블로그를 운영한다는 확신이 들었다. 블로그는 매일 꾸준하게 쓰는 글이 쌓인다. 삶을 기록하고 남길 수 있다는 장점도 있다. 블로그에 글을 쓰면서 나에게 많은 변화가 생겼다.

첫째, 나를 더 잘 알게 되었다. 글을 쓰기 위한 시간은 나와 마주하는 순간이다. 자신을 살피는 시간을 가질 수 있다. 글을 쓰면서 생각과 감정을 정리하고 마음 상태도 돌아본다.

둘째, 감정 관리에 도움이 된다. 글을 쓰면서 감정을 확인한다. 언제 기분이 좋지 않은지, 어떤 상황에서 화가 나는지 미리 알 수 있다. 순간적인 흥분이나 욱하는 마음을 관리할 수 있다. 순간적인 감정을 관리하고 마음을 가라앉힐 수 있게 되었다.

셋째, 성취감으로 삶이 풍성해졌다. 매일 글을 쓰면서 생산자의 삶을 살아간다. 밋밋하게만 느껴졌던 일상을 다양한 이야기로 채울 수 있다. 글감을 찾기 위해 관찰한다. 하루에 일어나는 일이 모두 글감이다. 회사일, 인간관계, 사춘기 자녀 행동이나 대화, 아내와 함께하는 역사 여행 등. 그냥 지나치던 일상이 글을 쓸 수 있는 재료가 된다. 블로그에 글을 쓰면서 서로 이웃이 생겼다. 다른 블로거의 글을 읽으면서 여러 가지 살아가는 모습을 볼 수 있다.

글을 쓰기 전과 쓰고 있는 지금의 나는 달라졌다. 예전엔 목표가 분명하지 않았다. 주말에 집에서 쉴 때는 멍하게 TV를 보면서 시간을 보냈다. 지금은 명확한 목표가 생겼다. 살아온 경험으로 도움을 줄 수 있는 일을 하는 것이다. 주말이 되면 집 앞 카페에서 책을 읽거나 글을 쓴다. 나만을 위한 시간과 꾸준히 할 수 있는 일이 생겼다. 일상에서도 새로운 활력이 넘친다. '작가'라는 부캐도 생겼다. 책이 나오고 나서 아는 사람들이 작가님이라고 부른다. 원하는 꿈도 이루었다. 서른 살에 쓴 버킷리스트 첫 번째 목록을 달성했다. 내 이름으로 된 책을 출간했다. 책을 쓴다고 하면 대부분 놀란다. 부러워도 하고 어떻게 글을 쓰는지 궁금해한다. 누구나 자신의 이야기로 글을 쓸 수 있다. 살아온 인생이 글감이다. 똑같은 삶을 사는 사람은 없다. 같은 경험을 해도 각자 살아온 방식이 다르기 때문이다.

내가 참여하는 자이언트 북 컨설팅 책 쓰기에서 함께 공부하는 작가들은 글쓰기에 진심이다. 글쓰기, 책 쓰기에 열정이 있다. 수

업은 온라인에서 하지만 오프라인에서도 만난다. 매월 잠실 교보
문고에서 하는 저자 사인회에 간다. 살아가는 일상과 글쓰기에 관
한 이야기를 나눈다. 먼저 책을 출간한 사람의 이야기를 듣는다.
초고 쓰는 법, 퇴고하는 법, 자신만의 글쓰기 방법도 공유한다. 글
쓰기, 책 쓰기 공부를 하면서 새로운 인맥이 생겼다. 그동안 몰랐
던 다양한 삶의 이야기를 듣는다. 글을 쓰기 전에는 회사와 집에
만 있었다. 특별히 취미라고 할 게 없었다. 지금은 삶의 범위가 넓
어졌다. 글을 쓰는 모임에 참여한다. 온라인 독서 모임에도 한 달
에 두 번 책을 읽고 참여해서 서평을 쓴다. 회사에서 은퇴하고 나
면 할 일이 없다고 한다. 글쓰기는 평생 할 수 있는 일이다. 처음
에 제대로 배우고 시작하면 어렵지 않다. 언제 어디서든 할 수 있
다. 나만의 시간을 보내고 뭔가 할 수 있는 일이 있다는 것, 내가
생각하는 글쓰기의 가장 좋은 점이다.

　매일 글을 쓰면서 조금씩 성장한다. 어제의 나와 오늘의 나는
다른 사람이다. 경험이 다르기 때문이다. 글쓰기도 마찬가지다.
글을 쓰면 생각이 바뀌고 행동도 달라진다. 마음의 여유도 생긴
다. 글을 쓰기 전엔 쫓기듯이 하루를 살았다. 성격이 급한 편이다.
어떤 일이 생기면 미리 결과부터 생각하고 바쁘게 행동한다. 지금
은 단계별로 할 일을 생각한다. 조급한 마음을 가지지 않는다. 글
을 꾸준히 쓰니까 생각이 정리된다. 급한 성격과 마음을 통제할
수 있다. 정신없이 서둘러서 할 때보다 오히려 일이 더 잘 된다.
회사에서 보고할 때 중요한 부분이 요약이다. 결론이 뭐냐고 할
때 한 문장으로 요약해서 말해야 한다. 글쓰기의 효과에 대해서

한 줄로 설명해 달라고 한다면 무엇보다 자신에 대한 존재 가치를 알 수 있게 된다는 점이다. 글을 쓰면서 성취감과 자신감이 생긴다. 살아가는 목적과 어떻게 살아갈지 생각한다. 글을 써서 나의 경험으로 누군가를 돕겠다는 목표는 삶의 의미를 새롭게 한다. 글쓰기는 지금과는 다른 인생을 만들 수 있고 성장할 수 있는 강력한 도구가 아닐까. 매일 쓰는 글이 나를 바꾸고 있다. 글쓰기는 현재의 나와 미래의 나를 다르게 만들어 줄 것이라고 믿는다. 남이 만든 길이 아니라 나만의 새로운 길을 만드는 방법이다.

1-6.
속도보다는 방향, 멈추면 보이는 삶

오승하

산은 멀리서 보면 아름답지만, 가까이서 보면 굽이진 비탈길은 힘듭니다. 삶도 이와 같습니다. 멀리서 보면 아름답고 위대하지만, 가까이서 보면 상처투성입니다. 팬데믹(전염병이 전 세계적으로 유행한 현상)이 왔습니다. 세상이 '멈춤'을 선포했습니다. 전염병으로 멈춘 세상은 일상 거리 두기를 했습니다. 사람 2명 이상 모일 때 마스크 착용은 필수였습니다. 식사도 혼자하고, 코로나19에 걸리면 격리되는 일도 있었습니다. 함께 식사하고 웃던 일들의 일상을 그립게 했습니다. 팬데믹 전 일상은 하루를 버티면서 살았습니다. 가정에서는 아내, 엄마, 딸로, 직장에서는 관리자로 일주에도 며칠씩 지방 출장 다녔습니다. 모두에게 인정받았지만, 제 삶은 없었습니다. '최선을 다하는 삶'이었습니다. 열심히 살면 미래는 풍요롭게 살 것이라는 신념이 있었습니다. 하지만, 코로나19로 인해 갑자기 멈춘 세상은 당연하던 일상

글 쓰는 삶의 미학

이, 당연하지 않았다는 생각을 만들어 주었습니다.

멈추니 보이기 시작했습니다. '중요하다' 생각한 것들이 하나씩 무너지기 시작했습니다. 13년간 세계 챔피언을 바라보던 아들의 부상이 그랬습니다. 병원 네 곳을 찾았지만, 일반인의 삶으로 살 수 있어도 선수 생활은 힘들다고 했습니다. 최선을 다한 삶이 갑자기 허무하게 무너져 내리는 과정을 겪었습니다. 거리 두기 상황으로 학교도 멈추었습니다. 화상 수업으로 사람들과 단절되었던 막내아들을 보았습니다. 우울한 모습이 보이기 시작했습니다. 문득, 아무 일도 하고 싶지 않은 번 아웃을 경험했습니다. 멈춘 세상 속에 고립되면서 중요하다고 생각한 것들이 과연 무엇인지 의문을 품기 시작했습니다. 밥을 먹어도 힘이 나지 않았습니다. 남편의 이야기와 아들들의 이야기가 귀에는 들리지만, 집중력을 잃었습니다. 멍하니 천장만 보았습니다. 깊은 우울과 불안감을 느꼈습니다. 이대로 시간이 멈춰 버린다는 공포감에 숨조차 편하게 쉬지 못했습니다. 열심히 살아온 세월은 그저 허송세월이 되었습니다.

어느 날 고개 들어보니 창가에 비친 한 줄기 빛이 눈에 들어옵니다. 그 빛을 따라가니 꽃이 핀 봄이었습니다. 자연에서 전해지는 향기를 느꼈습니다. 누구 하나 보아주지 않는데도 자신 일을 묵묵히 해내는 푸른 잎과 나무들, 목련 꽃망울들을 보면서 책을 읽었습니다. 책 속에는 정답이 아닌 고민을 해결하는 해답이 존재했기 때문입니다. 회사에 사직서를 내고, 부상으로 힘들어하는 아들과 책 읽고 산책했습니다. 산책을 통해 서로의 이야기를 마주했습니다. 자신에게 질문했고 일상에 감사함을 느끼기 시작했습니다. 123일 동안 123권의 책을 읽고 걷고 생각하고 필사했습니다. 그리고 블로그에 기록으로 남겼습니다. 아침에 일어나 하루 8시간을 일하듯 책만 보았습니다.

책 읽고 서평도 발행했습니다. 오늘의 핵심 한 문장을 찾아 작가의 의도를 파악하고 나의 삶에 적용했습니다. 그 사이 명절도 지나가고 크고 작은 일들이 있었지만, 그냥 했습니다. 새벽에 일어나 읽고, 기록으로 남겼습니다. 작가의 의도를 생각하며 한 문장을 집요하게 파고들었습니다. 블로그에 생각을 기록으로 남기니, 주제 분석하는 힘이 생겼고, 요약하는 힘도 생겼습니다. '작가는 왜 이 표현을 했을까?' 생각했습니다. 의미 전달이 되었고 삶에 적용하기 시작했습니다. 오감을 활용했습니다.

가족과 함께하는 삶이 최선의 삶이었음을 인지했습니다. 하루도 빠지지 않고 123일 동안 매일 한 권의 책을 읽고 기록하고 산책한 날들은 인생에 있어서 임계점을 경험한 시간이었습니다. 매일 글을 통해 삶을 돌아보는 시간을 만들었고, 삶에 대해 재정의 내렸습니다. 생각하는 힘이 길러지기 시작했습니다. 생각하는 힘이 길러지니, 나의 가치를 재정의할 수 있었습니다. 같은 시간을 다른 시각으로 바라보는 관점 전환이 나이 오십이 되고 보니 보였습니다. 인생을 대하는 태도를 살펴보게 되었습니다. 태도를 재탄생시켰습니다.

글 쓰는 삶의 미학

매일 글을 쓰고 산책하니, 오감이 살아났습니다. 눈에 보이는 목련 봉오리, 노란 개나리꽃이 자연의 싱그러운 초록빛 시각과 냄새로 전해졌습니다. 은은한 풀잎 꽃향기가 바람을 통해 전해주었습니다. 피부에 와닿은 촉감은 부드러웠습니다. 따스한 아메리카노의 시큼한 미각이 새소리를 들으면서, 글을 쓸 수 있었습니다. 모든 일에 내가 없었던 삶에서 글을 쓰고 표현하면서 느끼는 중심에 나를 세울 수 있었습니다. 설 수 있는 용기들이 생겨났습니다. 산은 멀리서 보면 아름답고 웅장합니다. 그러나 산행하는 그 과정은 힘들기도, 때론 지치기도 합니다. 삶도 이와 같습니다. 멀리서 보면 아름답습니다. 그러나 가까이서 보면 상처투성입니다. 상처하나를 극복하고 그렇게 살살 달래면서 살다 보니 저만의 길이 보이기 시작했습니다. 조개가 불순물을 진주로 만들어 가듯, 바라만 보던 큰 시련과 상처는 글쓰기로 극복하면서 영롱한 진주가 되어 갔습니다.

회사 그만두고 3년이란 시간이 흘러가고 있습니다. 큰아들은 생각과 질문의 힘으로 국가대표가 되었습니다. 사람들은 우리를 '기적의 모자'라고 이야기했지만, 저는 책과 글의 힘이었다고 이야기하고 싶습니다. 막내아들 역시 지금은 기숙사 있는 학교에서 충분히 우정을 느끼며 학교생활을 즐겁게 하고 있습니다.

멈추니 비로소 보이기 시작했습니다. 자연에서 거닐면서 나무와 나무 사이가 겹치지 않고 적당한 거리를 두고 있다는 것을 알아차렸습니다. 자연의 섭리를 통해 깨달았습니다. 사람들과 적당한 거리를 두었습니다. 그 틈을 책과 글로 채워갔습니다. 글을 쓰면서 '몰입의 힘'을 체험했습니다. 삶의 신조로 삼은 『사서삼경』의 하나인 〈대학〉에서 '수신제가 치국평천하'를 실천했습니다. 자신을 세우고 가족을 세우고 주변을 돕기 시작했습니다. 글을 쓰면서 삶의 허송세월은 의미가 되었습니다.

　오십이 되어 글을 쓰기 시작했습니다. 오십 전 삶을 글로 표현하면서 책을 출간했습니다. 글 쓰고, 다른 사람의 꿈을 응원하는 라이팅 코치가 되었습니다. 온라인 커뮤니티 '빅맘의 가치 성장'은 글을 통해 다른 사람을 돕고 빛나는 작가들과 함께 성장하고 싶다는 소망을 품게 되었습니다. 글을 쓰니, 자신은 물론 타인의 삶까지 가치를 만들어 성장하는 사람이 되었습니다. 함께 글 쓰면서 성장하는 도제(함께 공부하고 배움을 나누는 사람)들과 오늘도 한 단계 성장합니다.

1-7.
글을 쓰면서 인생을 배운다

이성애

       '자이언트 북 컨설팅' 책 쓰기 수업에 2023년 6월에 입과 하여 수업을 듣고 있다. 입과 후 1년이 지난 시점에는 라이팅 코치 양성 과정에도 등록했다. 그동안 글을 많이 썼나? 책을 냈나? 수강생을 모집하고 강의를 했나? 아무것도 한 것이 없다. 그런데도 나는 자이언트라는 울타리 안에서 내가 달라지고 있다는 걸 느낀다. 나에게 자이언트는 글쓰기 방법을 가르쳐 줄 뿐만 아니라 글을 왜 써야 하며, 어떤 생각으로 살아야 하는지도 알려준다.

    제대로 하는 게 없다고 여겼던 나는 무엇이든 하면 할 수 있다는 용기와 자신감을 얻었다. 남들보다 나아야 하고 남들보다 잘해야 하는 강박에서 벗어나 창피해도 해보는 것이 안 하는 것보다 낫다고 생각하게 되었다.

'자이언트 북 컨설팅' 강의는 온라인으로 진행되었다. 강의를 듣고 책을 출간하면 잠실 교보문고에서 저자 사인회를 할 수 있다. 가보고 싶었다. 이은대 작가도 궁금하고, 이 강의를 듣는 사람들도 궁금하다. 이 강의를 왜 듣는지, 얻는 것은 무엇인지 물어보고 싶었다. 하지만 혼자서 갈 엄두가 나지 않았다. 뒤풀이 장에 가서 아무도 모르는 사람들이랑 얘기하고 치킨에 맥주를 먹는다고? 무슨 얘기를 나눌까? 책을 내고 글을 쓴다면 나보다 나은 사람들 아닐까? 나눌 얘기가 없었다. 마음뿐이었다. 용기가 나지 않았다.

두 달이 지나가고 8월 토요일 아침 강의가 끝나자, 나와 이름이 같은 이성애 작가로부터 전화가 왔다. 잠실 교보문고 저자 사인회 같이 가잔다. 반갑고 고마웠다.

그녀는 이은대 작가에게도, 자신과 친분 있는 작가들에게도 나를 소개해 주었다. 나보다 내 이름에 더 익숙한 사람들은 나에게 말을 걸어주었다. 낯선 건 나였다. "처음 왔어요."라는 말을 하고 나면 말문이 막혔다. 무슨 말을 해야 할지 무엇을 물어봐야 할지 모르겠다. 말하기도 어색하고 말을 안 하고 있자니 나를 보는 사람들의 시선이 부담스러웠다.

우승자 작가의 사인을 받으려고 줄을 섰다. 어떤 사람들이 왔는지 살펴보았다. 삼삼오오 모여 이야기를 나누는 사람들 속에는 줌 강의 때 화면에서 보았던 사람도 있다. 줄을 서 있는 사람들 사이에서는 초고가 어떻고, 출간 계약이 어떻고, 퇴고가 어떻다는 얘기가 오간다. 생소한 얘기였다. 언젠가 그들 틈에 끼어 얘기할 수 있는 날이 왔으면 좋겠다고 생각했다.

글 쓰는 삶의 미학

첫 번째 참석이 호기심이었다면 두 번째는 그냥 갔다. 세 번째는 가기 싫었다. 내가 여기 와서 뭘 얻고 뭘 주고 있는지 모르겠다. 호기심이 채워지고 나니 갈 이유가 흐려졌다. 책 쓴 작가 도와주러 간다라고 생각했다가, 저자 사인회를 한 작가는 나를 기억해 줄 거로 생각했다. 사인회도 상부상조 아니겠는가! 내가 가면 내 저자 사인회 때도 올 거로 생각했다. 이렇게도 저렇게도 생각해 보았지만, 마음에 와닿지 않았다.

몇 달간 이은대 작가 강의를 들어보니 이 강의를 듣는 사람들과 친분을 쌓고 싶다는 생각이 컸다. 글을 쓰고 책을 내는 과정에 동참하고 싶었다. 노래라도 하면 날 알아볼 테니 친해지기 쉬울 것이란 생각이 들었다. 뒤풀이에서 노래 부르는 사람이 있었다. 다른 사람은 기억을 못 해도 노래 부른 사람은 기억난다. 이참에 용기 한 번 내어 노래 부르고 사람들과도 친해져 보자고 생각했다. 노래방 좋아하는 실력이면 가능하겠다 싶었다. 이렇게라도 나를 알리고 나면 다음번 잠실 교보문고 저자 사인회 오기가 수월해질 것 같았다. 내가 먼저 다가가기로 했다.

잘 알지도 못하는 사람들 앞에서 노래할 생각을 하니 사인회 마치고 뒤풀이 장소에 가면서부터 떨렸다. 앞사람이 말을 걸어도 귀에 들어오지 않았다. 건성으로 고개만 끄덕였다. 나의 머릿속에는 오늘 노래를 꼭 해야겠다는 생각뿐이었다. 언제 손을 들어야 할지, 기회를 언제 잡을지 신경이 곤두섰다. 가슴은 콩닥콩닥 뛰고 손은 들까 말까 엉덩이를 들썩이었다. 의자를 끌었다 밀기를 반복했다. 혼자 안절부절못할 때 이은대 작가가 "노래하실 분 있으면 하세요! 나중에 후회하지 말고요."라고 말했다. 그 말이 떨어지기가 무섭게 손을 번쩍 들었다. "제가 할게요" 무대 앞에 섰다. 까만 눈동자들이 나를 바라보고 있다. 가슴만큼이나 손이 떨렸다. 핸드폰 자판에서 '10월의 어느 멋진 날에'라는 노래 제목을 치고 반주를 찾아야 하는데 손이 떨려 자판이 쳐지지 않았다. 앞자리에 앉아 있던 작가가 나와서 찾아주었다. 얼굴이 화끈거렸다. 두 손으로 마이크를 꽉 잡았지만, 마이크는 내 손에서 벗어나려고만 한다. 핸드폰에서 흘러나오는 반주에 내 목소리를 맞추는데 숨이 찼다.

노래를 부르고 나니 속이 뻥 뚫리는 기분이었다. 내가 노래하겠다고 낯선 자리에서 손을 든 건 태어나서 처음이다. 돌아와 내 자리에 앉자, 옆에 있던 작가님이 어떻게 그런 용기가 났냐며 희한한 듯 바라본다. 나도 어안이 벙벙했다. 주위에서 칭찬까지 해주니 대단한 걸 해낸 느낌이었다. 그 칭찬 한마디가 세상을 다 얻은 것 같았다. 노래를 잘해서가 아니라 용기 내서 앞에 나갔다는 것에 대한 칭찬이라 생각하니 나에 대한 자존감이 용솟음쳤다. "안 돼, 하지 마, 창피하잖아! 뭘 하려고 해!"라는 내 안의 부정적인 속삭임을 이기고 무대 앞에 서서 노래했다는 생각에 마냥 내가 대견했다. 작가님들의 칭찬 한마디 한마디에 '가수를 해야 했나?' 하며 즐거운 상상도 했다.

이후로 가끔 노래를 불렀다. 집에 있는 앰프를 뒤풀이에 가져갔다. 작가님들이 자신들 사인회 때도 가져와서 노래해 달라고 섭외가 들어오기도 했다. 나는 잠실 교보문고 저자 사인회 날짜가 다가오면 유튜브에서 분위기 띄우는 곡을 검색해 보기도 했다. 주말마다 남편이 보는 전국노래자랑에 사람들이 나와 어떤 노래를 부르며 흥을 돋우나 하고 유심히 보기도 했다. 어느 날은 퇴근하면서 집 근처 사거리 건물 3층 음악학원이라는 간판 밑에 성악이라는 작은 글자가 눈에 들어왔다. 등록해서 노래를 좀 배워 볼까도 생각했다. 글을 쓰려고 자이언트에 왔는데 가수가 되어 가고 있는 느낌이다. 글이 되었든 노래가 되었든 난 자이언트 안에서 도전하는 사람이 되어 가고 있었다. 매번 선곡해 갔으며 기회가 되면 뛰어 나가 노래할 만반의 준비를 했다.

오승하 작가 저자 사인회에서는 '서울 구경'을 불렀다. 이번에도 손을 들고 무대에 섰다. 반주가 나오자, 선희 작가와 희진 작가, 한나 작가가 무대로 나온다. 그들이 반가웠다. 지원군이 있다는 건 든든하다. 쑥스러움과 민망함이 한순간에 사라졌다. 나는 노래를 부르고 무대의 작가들은 몸을 흔든다. 후렴구는 웃어야 한다. 자지러지게 웃어댔다. 무대의 3명의 작가가 따라서 웃으니 그 웃음은 테이블에 앉아 있는 사람들에게 옮겨붙었다. 내가 크게 웃을수록 웃음은 더 멀리 퍼져 나갔다. 자이언트 작가들이 서로 마주 보며 손바닥을 쳐대며 웃었다. 기대하지도 않았는데 웃어주고 재미있다는 반응이었다. 코미디언을 해야 했나 하는 생각도 들었다.

한 번 시도, 도전이 어렵다. 용기 내서 해보면 그다음 용기 내는 건 수월해지는 것 같다. 반응이 좋으면 다른 시도도 하고 싶어진다. 주변에서 격려하면 더 잘하고 싶어진다. 어떻게든 한 번은 넘겠다는 용기가 필요하다는 걸 알게 되었다. 난생 처음으로 책을 출간하기 위해 글을 쓰고 있다. 글쓰기의 도전이자 시도다. 내 글에 대한 심판에 두려워하지 말고 하는 데까지 해 보기로 했다. 못 쓴 글도 출간할 수 있는 것이 초보 작가의 특권 아니겠는가! 안 하는 것보다 해 보는 것이 낫다.

1-8.
글쓰기, 다시 찾은 내 삶

이은정

2016년 10월, 뇌종양 진단. 아직도 또렷하다. 몸은 얼어붙은 듯한데 손에선 땀이 나고 다리는 후들거렸다. 진단서를 손에 든 채 겨우 병원 복도를 걸어 나왔다. 머릿속이 희미해지면서 혼란스러웠다. 이게 뭘 의미하는지, 내게 남은 시간이 얼마나 될지 알 수 없었다. 두려웠다. 엄마랑 통화하는데, 귓속에 벌레라도 들어간 듯 윙윙거렸다. 하나도 기억나질 않는다. 한 가지는 분명했다. 그동안 미뤄왔던 일들, 나 자신을 위한 일을 이제 더는 미룰 수 없음을. 밤이 되자 유난히 힘들었다. 쓸데없는(?) 생각들이 나를 더욱 짓누르는 것만 같았다. 앞으로 어찌 살아야 할지에 대한 두려움, 다가올 치료의 과정, 그리고 남겨질 아이들 생각.

3일만 흔들리기로 했다. 신이 있다면, 좀 쉬어가라는 선물을 주신 게다. 정말 이대로 죽는다면 뭘 할 수 있을까? 이제는 정말로 내가 하고 싶은 일을 해야 할 시간이다. 그동안 공부하고 연구했던 것들을 아이들에게 남기고 싶었다. 살면서 두고두고 알려주려고 했는데 말이다. 더는 꿈으로만 남겨둘 수 없었기에 책을 쓰기로 작정했다. 첫 문장을 쓰기 시작한 건 아주 작은 한 걸음이었다. 그 작은 한 걸음을 떼기까지도 얼마나 많이 망설였는지 모르겠다. 몸은 지쳐 있었고, 마음은 무겁고 혼란스러웠다. 그러나 첫 단어를 적는 순간, 잠시나마 내 고통과 불안에서 벗어날 수 있었다. 마치 세상이 멈춘 듯했다. 머리 통증과 두려움도 멈추었고, 오직 글 속의 나에게 집중할 수 있었다. 돌이켜보니, 글쓰기는 도피처이자 구원이었다.

글을 쓰기 시작한 지 몇 해가 지났다. 처음엔 두려움과 설렘이 공존하는 묘한 감정으로 키보드를 두드리곤 했다. 내 삶의 이야기를 꺼내어 낯선 사람들과 공유하는 것, 그리고 그들로부터 평가받는다는 생각에 움츠러들었다. 하지만 매일 글을 쓰며 조금씩 변해 갔다.

예전엔 감정을 깊이 들여다보는 일이 익숙하지 않았다. 그저 바쁘게 살아가는 일상에 휩쓸려 감정의 파도만 타고 있었을 뿐이다. 그러나 글을 쓰면서 내 마음속의 작은 소리에도 귀 기울이게 되었다. 어떤 날은 기쁨에 넘쳐 글을 썼고, 어떤 날은 아픈 감정을 마주하며 그 감정을 글로 써 내려갔다. 글은 나에게 감정을 표현하는 방법을 가르쳐 주었고, 이를 통해 내 감정의 주인이 될 수 있었다. 전에는 그저 흘러가는 감정에 속수무책으로 휘둘리곤 했지만, 이제는 그 감정을 찬찬히 들여다보고 표현하는 데에 익숙해졌다. 특히, 글을 쓰면서 매 순간 감정을 알아차리려고 노력한다. 과거에는 불안하거나 슬픈 감정이 찾아올 때 이를 피하거나 억누르기만 했다. 지금은 그 감정을 있는 그대로 받아들이고, 글로 써서 표현해 본다. 나를 이해하고 다독일 수 있는 하나의 도구가 되었다. 내 안에 존재하는 수많은 감정에 휘둘리는 게 아니라, 나의 일부로서 존중받아야 할 대상으로 여긴다. 글을 쓰며 마음의 소리를 듣고, 그 속에 담긴 의미를 해석해 보며 나 자신을 더 잘 알게 된 거다.

글을 쓰면서 사람들의 이야기에 찬성하고 인정하게 되었다. 내 이야기를 쓰다 보면 자연스럽게 다른 이들의 삶과 경험에도 눈을 돌리게 된다. 글쓰기 코치로 활동하면서 다양한 사람들의 이야기를 들을 기회도 많아졌다. 그들이 털어놓는 이야기를 들으며, 나 역시 내 진심을 솔직하게 표현한다. 글쓰기는 나를 고립된 섬이 아니라, 연결된 다리로 만들어 주었다. 이제는 나만의 작은 세계에 갇혀 있지 않고, 다른 사람들과의 연결을 통해 더 큰 세상을 경험하고 있다. 그 과정에서 더 많은 이해와 공감을 배우게 되었고, 장담컨대 나를 성장시켰다. 글을 쓰면서 놀라운 것 중 하나는 사람들과의 관계가 깊어졌다는 거다. 글로 내 진심을 표현하면서, 주변 사람들과의 소통이 더욱 원활해졌다고나 할까. 감정을 솔직하게 공유하는 것이 때로는 두려웠지만, 나를 이해하고 지지해 주는 사람들이 많아진 건 분명하다. 글은 나의 마음을 다리 삼아 다른 이들과 연결해 주었고, 더는 혼자가 아니었다. 내가 쓴 글이 다른 이들에게 공감을 불러일으킬 때, 얼마나 큰 힘이 되는지를 경험하며 글쓰기의 가치를 새삼 깨닫게 되었다.

매일 글을 쓴다. 모닝 일기를 쓰고, 블로그에 생각을 나누고, 인스타그램에 내 일상의 조각을 기록한다. 점점 '나'라는 사람에 대해 점점 더 알아간다. 글을 쓰기 전엔 그저 하루하루를 살아내는 데에만 급급했다. 이제는 매 순간에 의미를 찾고, 그 의미를 기록하며 성장하고 있다. 일상에서 놓치기 쉬운 소소한 순간들조차도 글을 쓰면서 그 안에 숨겨진 의미를 발견하려고 노력한다. 글쓰기는 삶의 모든 순간을 가치 있게 만들어 주었다.

한 번은 둘째와 아파트 옆 성서천 둘레길을 산책하는데 갑자기 비가 내렸다. 평소였다면 짜증 날 상황이었지만, 그날의 경험을 글로 쓰면서 그 순간이 얼마나 특별했는지를 깨달았다. 아이와 함께 비를 맞으며 웃고 뛰었던 짧은 순간이 글을 통해 빛이 났다. 산책 중 만난 소나기는 해프닝이 아니라, 나와 아이만의 소중한 추억으로 남았다. 결국, 글을 쓴다는 것은, 일상을 더 깊이 바라보고 그 안에서 의미를 찾아내는 과정이다.

글을 쓰면서 삶을 반성하고 성찰한다. 지난날을 돌아보며 내가 느꼈던 감정과 생각들을 다시금 정리하면 그 속에서 배우는 게 많다. 나는 어떤 사람인지, 어떤 가치를 가지고 살아가고 싶은지 더 명확해진다. 더 나은 삶을 위한 길잡이랄까. 잠깐 멈춰 삶을 되돌아보는 여유도 생겼다. '글쓰기'로 내 삶의 주도권을 되찾은 거다.

물론 매일 글을 쓰는 게 쉽지만은 않다. 피곤한 날에는 아무것도 쓰고 싶지 않고, 글이 잘 풀리지 않는 날에는 좌절감에 빠지기도 한다. '나와의 싸움'이기에 꾸준히 글을 쓴다. 글을 쓰지 않던 시절의 나와 비교하면, 지금은 훨씬 더 인내심이 강하고 끈기 있는 사람이 되었다. 글을 쓰는 과정에서 느끼는 작은 성취감은 앞으로 나아가게 하는 힘이 되었고, 글쓰기는 어느새 하루를 마무리하는 중요한 루틴이 되었다.

글을 쓰는 것은 결코 거창한 일이 아니다. 그저 내 생각과 감정을 기록하는 작은 습관에서 시작하면 된다. 작은 습관이 나를 얼마나 크게 변화시킬 수 있는지, 글을 쓰기 전과 후의 나를 보며 깨달았다. 모든 순간을 의미 있게 만들었음을. 누구나 글을 쓰는 삶을 살기를 바란다. 작은 글이 쌓여 나를 변화시키고, 내 삶을 아름답게 만든다고 확신한다. 모든 사람의 이야기에는 분명히 특별한 가치가 있다. 기록하고, 나누는 순간 우리의 삶은 새로운 의미로 가득 차게 될 것이라 믿는다. 단언컨대, 글쓰기를 통해 일상에서 쉽게 지나칠 수 있는 소소한 순간들을 다시금 되새기고, 그 안에서 아름다움을 발견할 수 있다. '글'은 내 삶을 깊이 있게 바라보게 했고, 그 속에 숨겨진 보물을 찾아내는 도구였다. 글을 쓰는 삶을 통해 자신의 삶을 더욱 풍요롭고 의미 있게 만들어 보면 좋겠다.

1-9.
위기, 전환점이 되는 순간

장진숙

"으윽!" 돌부리에 발이 걸렸다. 몸은 앞쪽으로 쏟아지듯 휘청하고, 양팔은 하늘로 뻗었다. 두 팔은 리듬에 맞춘 듯 파닥거린다. 이마에 식은땀 한 방울이 맺혔다. 땀은 귓가에서 선을 만들며 날쌔게 내려간다. 반동에서 돌아온 몸은 그 자리에 털썩 주저앉았다. 구부려진 다리가 후들거린다. 양손으로 지그시 떨리는 허벅지를 눌렀다. 다리의 떨림이 멈추면 펄떡이는 심장의 움직임도 줄어들길 기대했다. 허벅지와 심장은 각자 이야기로 시끄럽다. 넘어지는 모습을 누가 보진 않았을까? 빠르게 주위를 두리번거렸다. 십 미터 앞뒤로 두서너 사람씩 영실코스 등산로를 걷고 있었다. 그들은 같이 온 상대와 이야기하며 걷느라 나는 안중에도 없다. '에라 모르겠다.' 이왕 넘어진 거 아직 다리도 후들거리는데, 몸에 힘을 빼고 뒤로 벌렁 누워버렸다. 등 뒤로 이십 리터 등산배낭이 있어 몸이 바닥에 닿지는 않았다. 일어서는 대신 누웠더니 감탄이 절로 나왔다. 아무것도 걸리지 않는 시야로 들어온 맑은 하늘과 저만치 떨어져 있는 남벽 분기점. 어떻게 설명해야 할지 잘 모르겠다. 입 벌리고 '와! 좋다.'만 연신 말했다. 딴 세상 속에 들어온 앨리스가 된 것 같았다. 꿈꾸던 안나푸르나 풍경도 이렇지 않을까? 이 세상 주인이 된 것 같은 해방감이 들었다. 폐도 신선한 공기로 한껏 팽창했다. 이 순간의 모든 것을 그대로 담아가면 좋을 텐데…. 아름다운 풍경에 눈 깜박이는 시간도 아까웠다.

시간이 지나자 붕 떠 있던 목이 뻣뻣해졌다. 몸을 일으키고 배낭부터 내린다. 적당한 자리를 찾고 배낭을 평평하게 펴서 풀 위로 던졌다. 냉큼 배낭에 머리를 베고 누웠다. 온몸을 쭉 뻗어서 흔들었다. 내 표피로 최대한 많은 공기가 들어왔으면 싶었다. 이 순간을 피부라도 기억하길 바랐다. 심호흡하고 팔다리를 활짝 벌렸다. 몸으로 신선한 공기가 들어온다. 십여 분이 지났다. 근처에 사람이 다가오자 잽싸게 몸을 일으켰다. 돌부리에 넘어지지 않았다면 모르고 지나쳤을 아름다움이다. 돌부리 덕분에 비 온 뒤 상쾌한 공기로 전신 샤워할 수 있었다. 그때는 기억하고 싶은 순간을 담을 수 있는 보물상자가 없었다. 사라질 시간만 안타까워했다. 글쓰기를 시작하고 소중한 순간을 글로 남길 수 있으니 얼마나 다행인가? 돌부리에 넘어지는 순간, 뭔가 잘못됐다고 생각했다. 그런데 위기가 불행은 아니었다. 생각을 바꾸니 기대하지 않았던 아름다운 세상이 내게 왔다.

미래의 행복을 찾아 달렸다. 누군가에겐 '겨우'라고 말할 수준의

속도지만 나는 노력하고 있었다. 다른 사람보다 좀 더 잘하고 싶었다. 뒤에서 누군가 쫓아오지 않는지 수시로 확인하면서 앞으로 나갔다. 몇몇은 내게 '열심히 하는 사람'이라고 했다. 무언가를 하더라도 더 애써야 했다. 그냥 넘어갈 일도 다시 확인하고 바꿨다. 그런 일이 쌓이자 쉽게 지쳤다. 힘들어하는 모습에 '그냥 대충해!'라는 말을 듣는 날이 늘었다. 대강하는 것도 연습인데 곧이곧대로 하던 버릇은 바쁜 상황에서도 변하지 않았다. 그냥 넘어가면 불안하고 초조해졌다. 어느 순간 아무것도 못 하고 멍하니 울고 있는 내가 있었다. 번아웃증후군이 온 것이다. 갑자기 잘 달리는 경주마의 목줄을 당겨 멈추게 하면 어떻게 될까? 경주마는 그 자리에서 발을 들고, 소리를 지르며 난리를 피울 것이다. 내가 그랬다. 일해야 하는데 할 수 있는 일이 없었다. 마음의 소란은 곧 전쟁으로 이어졌다.

심란해서 마음이 부글부글하던 날, 몸은 생각처럼 움직이지 않고 제멋대로였다. 의기소침했다. 심란한 마음이 진정되길 바라며 들어갔던 갤러리 홈페이지에 내 상황과 닮은 그림이 있었다. 이 파괴된 그림이라면 찢어진 나의 마음을 이해할 것 같았다. 그림을 감상할 때 그림 앞에서 나의 감정을 이야기한다. 그러면 마음이 좀 진정됐고 일상으로 돌아올 수 있었다. 이 경험을 책에 담아 나와 비슷한 상황에 있는 사람과 공유하고 싶었다. 마음이 아플 때 그림은 좋은 이야기 친구가 된다. 다른 사람들의 마음이 아프지 않았으면 싶었다. 돕고 싶었다. 다른 한편에는 내 아픔을 정리하고 싶은 욕심도 있었다. 그림으로 번아웃증후군에서 회복한 이야

글 쓰는 삶의 미학

기를 쓰려고 시도했지만, 쓰다 멈추기를 여러 차례 했다. 그 기억을 꺼내면 머리는 무겁고 두통이 왔다. 글 쓰겠다는 생각과 다르게 몸은 기억을 끌어내는 것을 거부했다. 그렇게 일 년여 시간이 지났다. 마음은 조급한데 네다섯 꼭지 쓰다 멈추니 답답하기만 했다.

'자이언트 북 컨설팅'에서 아는 작가의 출간 소식이 연일 들렸다. 마음이 조급해졌다. 그러다 '자이언트 북 컨설팅' 공저 모집을 알게 됐다. 개인 책을 먼저 쓰고 나중에 공저를 쓸 계획이었다. 내 과거의 기억을 정리하는 것이 먼저였다. 그런데 지금 속도라면 개인 책 쓰기가 한도 끝도 없이 미뤄질 것이 당연했다. '나 때문에 공저 출간 계획에 지장을 주면 어쩌지?' '내가 글을 못 써서 책의 수준을 떨어뜨리면 어쩌지?' 고민이 이어졌다. 공저 참여가 다른 작가에게 피해가 될까 시작하기 두려웠다. 하지만 그냥 참여하기로 했다. 공저 참여가 삶의 전환점이 될 것 같았다. 〈그 한마디가 나를 살렸다〉 번아웃증후군으로 삶과 죽음의 경계에서 고민하는 내게 꼭 맞는 제목이었다.

공저는 열 명의 작가가 참여했다. 작가마다 과거의 경험에서 네 가지 메시지를 찾아 글을 써야 한다. 주제를 받고 무슨 말을 써야 할지 도통 알 수 없었다. 책 쓰기를 시작할 때부터 번아웃증후군만 떠올랐다. 내가 가진 경험이 없는데 어떻게 쓰지? 번아웃증후군 관련된 내용은 개인 책에 써야 하는데. 주제를 고민하면서 과거 경험을 끄집어냈다. 놓아버리고 싶었던 여러 순간, 나를 일으켜 세운 말이 있었다. 하나씩 메시지를 찾아갈수록 뜬구름 잡는 것 같던 책 쓰기가 실감 났다. 일주일간 네 꼭지의 초고를 쓰고, 일주일 간격으로 두 번의 개인 퇴고와 한 번의 짝꿍 퇴고가 이어졌다. 일정에 맞춰 몰아치듯 하니 벌써 출간 계약까지 진행됐다. 두 달 만에 첫 공저 〈그 한마디가 나를 살렸다〉가 내게 왔다. 책을 받던 날 너무 떨려서 진정되지 않았다. 오래 기억하고 싶은 순간을 어떻게 담아둘지 고민했던 나는 글쓰기를 통해 그 순간을 기록으로 남길 수 있게 됐다. 책이라는 결과물을 갖자, 용기도 생겼다. 번아웃증후군에 잘 벗어날 수 있을 것 같은 희망이 찾아왔다. 공저 책 저자 특강 기회도 왔다. 다른 사람에게 어떤 말을 전해야 할까? 고민하면서 생각을 다시 정리할 수 있었다. 나의 경험을 글로 쓰는 것이 누군가에게 도움을 줄 수 있다는 것도 알게 됐다. 누군가에게 도움을 주는 사람이 됐다는 것은 어떤 경험과 바꿀 수 없는 소중한 시간이었다. 번아웃증후군은 힘들었지만, 그 경험 덕분에 공저 책을 쓸 수 있는 용기를 얻었다. 경험을 통해 얻은 메시지를 다른 사람들에게 전달할 기회가 생겼다.

우리는 영화를 보면서 주인공의 극적인 변화에 감동하고 감탄한다. 우리 삶도 영화와 다르지 않다. 인식하지 못할 뿐 모두 영화 같은 전환점이 있다. 작은 돌부리는 한라산의 아름다움을 보여줬고, 번아웃증후군은 글 쓰는 삶의 소중함을 알려줬다. 위기를 어떻게 받아들이고 어떤 선택을 하느냐에 따라 세상은 달라진다. 이상한 나라의 앨리스는 토끼 굴에 빠지고 토끼를 따라가기로 선택했다. 그녀는 이상한 나라에서 몸이 커지다 작아지기를 반복하며 여러 친구를 만난다. 다채로운 상황을 경험한다. 결코 토끼를 따

　　　　　　　　　　　　　글 쓰는 삶의 미학

라가지 않았으면 일어나지 않았을 일들이다. 선택이 삶을 어떻게 바꿀 수 있는지를 보여준다. 무엇이든 그 일을 어떻게 생각하고 선택하느냐에 따라 삶은 달라질 수 있다.

위기는 아프다. 안 왔으면 싶다. 그러나 위기는 변화를 시작할 계기가 될 수 있다. 변화의 시작은 바로 관점 바꾸기에서 시작된다는 것을 알 수 있었다. 변화가 필요한 순간, 그 시간을 다르게 보기부터 시작하면 어떨까?

1-10.
삶을 요약하는 방법을 배웠다

정원희

　　창원대학교 평생교육원에서 15년째 와인 강
의를 하고 있다. 3월과 9월 첫 주에 개강한다. 와인을 즐기기 위
한 기본 와인 지식과 시음에 관한 내용으로 7주간 진행된다. 2024
년 가을학기 개강 첫날 수업을 위해 컴퓨터에 외장하드를 연결하
는데 불이 깜빡이지 않았다. 불길한 예감이 들었다. 컴퓨터에 케
이블을 연결하고 나면 파란 불이 들어오고 컴퓨터 화면에 외장하
드 폴더가 생성되어야 한다. 그러면 해당 파일을 열어 강의를 시
작한다. 일회성으로 하는 특강의 경우 관계자에게 미리 강의 자료
를 보내 놓기 때문에 현장에서 이런 일은 거의 없다. 창원대학교
의 강의는 정해진 시간에 강의실에 찾아가 내가 직접 진행하는 수
업이다.
　　첫 강의는 이메일 계정 '내게 보낸 편지함'에서 파일을 찾아 겨
우 해결했다. 1강에 대한 파일만 열렸다. 다른 파일들은 기간이

지나 더 이상 내용을 볼 수 없었다. 앞으로가 문제였다. 외장하드가 얼마 전부터 연결이 되다 안 되다 하더니 완전히 연결부분이 망가져 버렸다. 외장하드 안에는 22년간 강의를 하며 만들어 온 자료들이 모두 들어있다. 같은 이유로 세 번이나 복구 작업을 맡겼었다. 복구업체에 보내면 복구하는 비용과 외장하드 비용까지 최소 50만 원 이상 돈이 들었다.

이번에는 맡기지 않기로 했다. 자료가 없으면 당장 큰일 날 것처럼 애지중지하던 외장하드였다. 믿는 구석이 있었다. 사실은 20년 이상 묵은 자료를 정리하여 전자책으로 낼 준비를 하고 있었다. 다행히 전자책 원고는 노트북에 저장하면서 쓰고 있다. 창원대학교 수업 7주에 관한 내용들은 집필이 끝난 상태다. 정리해 놓은 원고가 있으니 생성형 AI 감마를 이용하여 수월하게 1차 작업을 했다. 수정하여 새로운 프레젠테이션 파일을 만들었다.

전자책 내용을 위한 초고는 블로그에 작성해 놓은 글들을 참고했다. 글쓰기를 시작하고 나서 말을 글로 옮기는 습관이 생겼다. 강의하고 나면 하나씩 블로그에 정리하기 시작했다. 말로 했던 강의를 하나씩 글로 풀어놓은 것이 있으니 그런 것들을 기본 자료삼아 전자책을 쓸 수 있었다.

외장하드의 내용이 날아가거나 컴퓨터가 다운되더라도 내 자료를 어디서든 찾아볼 수 있게 만들어야겠다고 생각했다. 나만의 자료에서 모두의 자료로 꺼내는 것이 결국 내 것으로 지키는 길이다. 예전에 와인 공부를 하던 한 학생이 내 외장하드만 있으면 나의 모든 노하우를 가질 수 있겠다고 말한 적이 있다. 내가 가진 것 중에 가장 탐나는 것이라고 했다. 그때는 나도 그만큼 소중하고 절대 없으면 안 되는 자료라고 답했던 것 같다.

　정보가 귀한 시절이 있었다. 정보를 생산하는 사람이 힘을 가지고 있었다. 글은 신문이나 잡지에 기사를 쓰는 기자나, 책을 쓰는 작가들만의 권력이었다. 일반인의 글은 일기를 쓰거나 자신을 위한 플래너, 가계부 정도를 정리하는 수준이었을 것이다. 사람들이 모두 볼 수 있도록 발행하는 것이 쉬운 일은 아니었다. 일 년에 한두 번 열리는 공모전이나 백일장에 응모하는 방법 정도가 있었을 것이다. 그러기에 글을 쓰는 것은 곧 권력이었다.

　지금은 누구나 쓸 수 있는 시대가 되었다. 인스타그램, 스레드, 엑스, 페이스북, 블로그, 브런치, 카카오톡 등 글을 쓸 곳도 많아졌다. 내가 글을 쓰고 누구든지 읽을 수 있도록 설정하기만 하면 된다. 아마추어 작가들 글에 원고료를 주는 플랫폼도 있다. 누구나 글을 쓰고 발행할 수 있는 평등한 시대가 되었다. 내 글뿐만 아니라 다른 사람들이 써서 올리는 글들이 넘쳐난다. 읽어야 할 것들이 많다. 모두 다 볼 수 없다. 골라보아야 한다. 이제는 글 쓰는 이가 아니라 골라 읽는 이들이 힘을 가지게 되었다.

　글을 쓰면서 누군가의 글에 반응하고 댓글만 달던 내가 생산자가 되기 시작했다. 내가 쓴 글에 '좋아요'를 누르고 댓글을 달아주면 감사 인사를 한다. 그 힘에 한 편의 글을 더 쓸 수 있다. 22년간 강의했지만, 다른 사람이 써 놓은 글과 책으로 강의 자료를 만들어서 사용했었다. 글쓰기를 시작하고 나의 모든 경험을 글로 쓸 수 있게 되었다.

　이제 내 강의를 위한 책을 내가 만들기 시작했다. 단순한 모방이 아니다. 좋은 자료를 골라내고, 내 경험을 더한다. 현장에서 들었던 학생들의 고민과 문제점을 반영해서 책을 기획했다. 22년 강의 경력의 와인 전문가가 만드는 책이 11월부터 한 달에 한 권씩 전자책으로 발행될 예정이다. 전 세계를 돌며 만난 와인과 지역의 술을 전하는 시리즈가 언제 완결될지는 알 수 없다. 글 쓰는 사람으로 살게 된 덕분이다.

글쓰기는 요약하는 힘을 길러준다. '요약'이란 물리적 양을 줄이는 것만이 아니다. 가장 중요한 것을 뽑아내서 정리하고, 덜 중요한 것은 죄다 버리는 것이다. 코치, 강사라는 직업 특성상 다수를 상대로 강의한다. 한 해에 만나게 되는 사람의 수는 천 명이 넘는다. 여행클럽 밴드에도 천여 명의 회원들이 있다. 여행을 여러 번 함께 한 이들도 있고, 언젠가는 여행이 가고 싶어 문의만 한 이들도 있다. 배우는 것을 즐기는 터라 학교와 여러 가지 교육 프로그램들 여러 곳을 다녔다. 독서, 비즈니스, 운동 각종 커뮤니티에 속해 인연을 맺게 된 사람들도 셀 수 없이 많다. 또한 와인이나 여행 업계에 있는 사람들과 지속적 비즈니스 관계를 이어나가기도 한다. 그리하여 쌓이게 된 전화번호부의 인원이 3천 명이 넘는다. 인스타그램의 팔로워 수도 아니고 실로 심각하다. 이미 전화번호가 바뀌어 내가 알지 못하는 사람인 경우도 있을 것이다. 어쩌면 이 세상 사람이 아닐 수도 있겠지.

내가 만나고 소통할 수 있는 사람의 수에도 총량이 존재한다고 생각한다. 나의 하루, 일주일, 한 달의 시간 중 누군가와 함께 보낸다면 그럴만한 의미와 가치가 있는 사람일 것이다. 일단 내가 좋아하고 나를 좋아하는 사람들을 먼저 만난다. 아직 잘 모르는 사이라면 서로에 관한 관심과 존중이 있는 관계면 좋겠다. 좋다가 멀어질 수도 있다. 생각과 관심이 달라질 수 있다. 과거의 인연이 중요하지만, 현재를 함께 살고 있는 사람이 더 좋다. 그것이 과거로부터 오랜 시간 이어졌다면 더할 나위 없이 좋을 것이다. 하지만 과거에 시간에 매여 있으면 새로운 친구를 알 수 있는 기회를 잃게 된다. 이런 사람들을 우선으로 만나다 보니 만나는 모든 사람과의 시간이 즐겁다. 서로에 대해 이야기할 수 있다.

내가 글을 쓰고 나서 달라진 점이 있다면 사람들의 이야기를 더 많이 듣고 그들을 더 관찰하게 되었다는 점이다. 강사는 일방적으로 말은 많이 하는 경우가 많다. 사람들과 개인적인 만남에서는 듣는 것을 더 즐긴다. 내가 말을 좀 덜 하고 싶어서이기도 하고, 그 사람이 어떤 사람인지 궁금해서이기도 하다. 사람들을 만날 때마다 그들과의 시간이 한편의 글이 된다. 함께 나눈 이야기들을 일일이 공개 글에 올릴 수는 없어서 일기장에 쓰고 나만 되새기는 경우가 많다. 꼭 사람들에게 소개하고 싶다면 당사자에게 먼저 허락을 구하고 블로그나 인스타그램에 사진과 대화 내용을 공유하기도 한다. 한 사람 한 사람을 만날 때마다 한 꼭지가 완성되고 사람 책이 만들어진다. 비공개 글로 올라와 있는 글들과 일기장의 글들이 훗날 합쳐지면 멋진 〈여행하는 술샘의 사람 책〉이라는 제목의 책으로 세상에 내놓고 싶다. 이렇게 하나씩 글로 정리하면서 3천 명의 전화번호부는 요약될 수 있을 것 같다. 글쓰기를 통해 삶이 요약되고 정리되고 있다.

1-11.
펜 끝에서 시작된 인생의 새로운 여정

최주선

　나의 첫 책 『삼 남매와 남아공 서바이벌』 출간 전에도 글은 썼다. '글'이 단순히 흰 종이에 검은 글씨를 적는 것이라면 꾸준히는 아니래도 수도 없이 썼다. 있었던 일을 블로그에 기록했고, 노트에 일기 쓰고 편지도 썼다. 그런데도 출간 전에는 '제대로 된 글'을 써본 적이 없다. 그렇게 생각하는 이유는 글쓰기를 배우고, 첫 책 초고를 쓰면서 나만 보는 글이 아니라 독자에게 도움을 주는 글이 어떤 건지 알게 되었기 때문이다.

　첫 책 초고 집필을 하던 무렵, 힘든 일이 있을 때마다 마음 털기 위해 블로그와 브런치 스토리를 열고 끄적거렸다. 부정적인 생각, 답답한 마음을 달래는 데는 글쓰기만큼 좋은 게 없었다. 부정적인 생각을 한가득 안고 글을 쓰기 시작하더라도 꼭 긍정적으로 마무리되었다. 현실이 아무리 답답하고 거지 같아도 글을 쓰면 생각이 달라졌다. 글을 쓰면 생각이 정화된다고 느꼈고, 그 맛을 보고 나니 적어도 힘든 일이 있을 때는 글이 분출구가 되었다. 글을 쓰면서 자아 성찰적인 생각을 하고 있다는 걸 알게 되었다. 내 글을 읽은 지인은 내게 '자아 성찰 전문 작가'라는 별명까지 지어 주었다.

글쓰기 공부를 하고 보니 평소 일어나는 작은 일에 주목하게 되었다. 일상 속 작은 순간에 집중하고 그 안에서 글의 소재를 찾는 과정은 나를 성장시켰다. 힘든 상황이 와도 그 상황은 분명 성장의 밑거름이 되는 시간일 거라 믿고 버텼다. 겉으로 보이는 것 이면의 본질을 보려고 애썼다. 안을 들여다보니 남편과 아이들, 주변 사람들, 식당 종업원, 상점 직원과 같은 사람들의 입장도 한 번 더 고려해 보게 되었다. 기분이 언짢거나 답답한 상황에서는 적어도 30분 정도 타닥거리면서 글을 쓰고 나면 최고조로 솟았던 부정적 감정은 누그러지고 있었다. 글쓰기를 통해 부정적인 감정을 다스릴 수 있게 되니 상대방을 이해하는 폭도 넓어졌다. 항상 그런 것이 아니었대도 생각과 기분의 전환이 이전보다 빨라졌다. 이런 과정을 통해 나는 더욱 단단해졌고 유연해졌다.

글을 잘 쓰고 싶었다. 그럴 때마다 들려오는 소리는 "책을 많이 읽으세요"였다. 글쓰기 이전에는 책이라곤 어쩌다 한 번 읽던 신앙 서적과 성경책이 전부였다. 남아공에 와서 살다 보니 한글 종이책은 구매하기 어렵고, 전자책은 낯설고 불편했다. 책 많이 안 읽어도 글 쓸 수 있다고 생각했으니 말이다. 이 핑계 저 핑계 대며 책 읽지 않을 구실을 찾아도 그만이었다. 그 이후, 책을 쓰고 글을 잘 쓰고 싶다는 생각이 들 때마다 내 머릿속엔 지식도 경험도 부족하다는 생각이 꽉 들어찼다. 인풋이 없는데 어떻게 아웃풋 할 수 있는지 고민했다. 주변 작가들을 보니 한 달에 책을 6권에서 10권까지도 읽는 사람이 있었다. 그 덕에 자극받았다. 작가라면 독서는 필수라는 생각이 점점 짙어지기 시작했다. 그렇게 한 페이지 두 페이지, 하루 10분, 하루 20분 늘려가며 책을 읽었다. 오래 앉아서 책을 보는 게 힘들어 주리를 틀기도 하고 졸기도 했지만, 독서 습관이 차츰 자리 잡았고, 틈새 시간마다 책을 읽고 있는 나를 발견하게 되었다.

"자기야, 글쓰기 전과 글쓰기 후의 가장 많이 달라진 내 모습이 뭐야?"

얼마 전 카페에 앉아 넋 놓고 있던 남편의 팔을 툭 치며 물어봤다. 남편은 흘긋 보더니 대답했다.

"지금, 이 모습? 지금 책 보고 있네. 책 보는 시간이 늘었고, 그 전에 비하면 엄청 많이 읽지."

나는 지금도 독서량이 부족하지만, 가장 가까이 있는 남편은 나의 큰 변화를 독서로 꼽았다. 인정할 수밖에 없었고, 뿌듯했다. 변화한 내 모습이 꽤 맘에 드는 순간이었다. 남편은 말을 덧붙이며, 우스갯소리로 이전보다 집안일을 잘 안 한다며 나를 타박했다. 이건 글쓰기 때문만이 아니라 글쓰기 시작 후 할 수 있는 일이 많아져 바빠졌기 때문이다.

아이들은 이곳저곳에 나를 '작가'라고 소개한다. 남아공 프리토리아 한글학교에서도 중고등학생들을 위한 글쓰기 특강을 나에게 요청했다. 주변 사람들은 어떻게 하면 책을 쓸 수 있는지 질문해 온다. 무료 특강에 관심을 가지고 정보를 요청한다. 이런 시간을 통해 나는 이전보다 더 나은 사람이 되었다고 느낀다. 누군가의 요청에 흔쾌히 즐거운 마음으로 도울 수 있는 사람, 지금 원고를 쓰는 이 시간도 내가 조금 멋져 보인다. 나도 이런 걸 할 수 있는 사람이구나 싶어 자존감이 높아진다. 책을 많이 읽고 적게 읽고를 떠나서 독서의 수준이 달라졌다. 어떻게든 읽고, 서평 쓰고, 글쓰기에 적용해야 한다. 또, 강의에 사용해야 하니 책을 볼 때 좀 더 집중하게 되고, 써먹을 내용을 메모하며 독서 노트를 쓴다.

글쓰기를 하면 사물, 사람 그리고 장소도 두리번거리며 관찰하게 된다. 마치 기어가던 달팽이가 더듬이같이 생긴 눈을 치켜세우고 잠시 멈춰 주변을 두리번거리듯 말이다. 기록하려면 오감을 동원해 몸을 기울여야 한다. 덕분에 모호했던 내 감정은 좀 더 세밀해졌고, 내 생각과 의사전달 또한 더 명확하고 논리정연해졌다. 좋은 습관을 장착하게 된 게 글쓰기 덕이라고 해도 과언이 아니다.

글을 쓰고, 출간 후 작가가 되었고 지금은 다른 사람의 글쓰기를 돕는다. 첫 책을 출간한 지 불과 3년, 아니 1년 전에까지만 해도 내가 책 쓰기 코치 꿈을 이룰 수 있으리라고 생각하지 못했다. 인생 계획에 없던 글쓰기를 시작으로 책 쓰기 코치의 꿈도 갖게 되었다. 그대 시작하지 않았더라면 점점 늘어나는 출간 작가 소식을 들으며, 여태껏 시작하지 못한 나를 한탄만 하고 있었을지도 모르겠다.

3년 차 작가로서 글을 쓰고, 라이팅 코치로서 온라인 강의를 하고, 작가를 양성한다. 출간 작가를 배출하고, 수강생들과 매주 만나 '책 쓰기'에 관한 이야기를 한다. 마음의 고삐를 놓지 않도록 마음을 잡아준다. 결과적으로 드러나는 달라진 내 삶의 변화를 이것 말고 어떻게 더 직접 보여줄 수 있을까 싶다.

글쓰기를 며칠만 하고 그만뒀다면 나는 지금의 나를 만날 수 없었을 거다. 글쓰기뿐 아니라 뭐든 꾸준히 하면 변화되지만, 이왕이면 글을 쓰라고 말하고 싶다. 시간이 지날수록 글쓰기와 독서만큼 빠르게 성장하는 일은 없다는 생각이 더욱 명확해진다. 50대, 60대가 되었을 때 나는 어떤 모습일까, 계속해서 읽고 쓰는 삶을 살면 얼마큼의 성장을 이뤄낼 수 있을지 기대가 되는 지금이다.

2장

상처와 아픔,
희망이 되는
순간

2-1.
유전자를 극복해 갑니다

김선황

'결혼하지 않을 테다.'

한 아이가 선언했습니다. 아이의 눈에 비친 부부의 모습이 괴상
했습니다. 거의 매일 싸우는 부부는 왜 함께 사는 걸까요? 단칸방
에는 피할 곳이 없습니다. 낮은 폭풍 전야와 같았습니다. 해가 지
면 어김없이 폭풍이 휘몰아쳤습니다. 부부가 싸우는 내용은 거의
매일 비슷했습니다. 술, 돈, 빚. 아버지의 고성과 엄마의 비명이
오가는 사이 중력을 이기지 못해 떨어지는 물건도 있었습니다. 정
신이 혼미했습니다. 이불 속에서 동생들과 웅크리고 잠잠해지기
를 기다렸습니다. 태엽 감듯 시간을 감을 수 있기를 바랐습니다.
자고 일어나면 아무 일이 없었던 것처럼 학교에 가고 싶었습니다.
그런 아침에는 엄마를 정면에서 쳐다볼 수 없었습니다. 곁눈질로
훔쳐본 엄마의 눈은 많은 말을 하는 동시에 아무 말도 하지 않았
습니다.

아버지는 술과의 전쟁에서 날마다 졌습니다. 술을 마시지 않는 날이 가끔 있었지만, 대부분 철저하게 패배했습니다. 아버지는 딸들에게 술 심부름을 시켰습니다. 큰언니에게서 시작된 심부름이 제 차례가 되었습니다. 250원짜리 막걸리를, 두 병씩 사야 합니다. 술 심부름은 담배 심부름보다 몸서리칠 만큼 싫었습니다. 담배는 숨길 수 있지만 막걸리는 모양도 냄새도 숨길 수 없었으니까요. 슈퍼에서 오는 길에 친구를 만나면 머쓱하게 웃고 지나쳤습니다. 아버지는 날마다 막걸리를 마셨고 막걸리는 싸움의 신호탄이었습니다. 아버지가 술 마시는 것은 너무나 싫었습니다. 없는 형편에 술은 사치였습니다. 무엇보다 술은 아버지 안의 다른 사람을 끌어냈습니다. 지킬 박사가 만든 약물이 하이드를 끌어내듯, 술은 폭력적인 아버지를 끌어냈습니다.

제가 결혼하지 않기로 선언한 이유는 결혼할 수 있을 것 같지 않았기 때문입니다. 만에 하나 결혼할 수 있게 된다면 제 조건은 단 두 가지였습니다. 담배 피우지 않고 술 마셔도 말이 많지 않은 남자. 엄마 인생은 이 두 가지 때문에 망쳤다고 생각했습니다. 하숙집 큰딸인 엄마는 하숙생 아버지와 결혼했습니다. 친엄마를 일찍 여읜 아버지가 외할머니를 무척 따랐고, 외할머니도 아버지를 안쓰러워했습니다. 외할머니는 딸들은 한글만 떼면 된다며 중학교도 제대로 보내지 않았습니다. 오로지 집안의 기둥인 큰외삼촌만 잘되기를 바라셨습니다. 엄마도 동네에서 제일 잘생겼다는 아버지가 싫지 않았겠지만, 어쨌든 외할머니가 정한 대로 따랐습니다.

장사꾼 아버지와의 결혼은 암만 생각해도 엄마가 밑진 것 같습니다. 성실한 거 말고 아버지가 가진 것은 없었습니다. 결혼 후 얼마 간은 먹고 사는 데 큰 지장이 없었습니다. 사람들과 어울려 술을 마시면서 아버지가 달라졌습니다. 가게를 자주 비웠고 장사를 소홀히 했습니다. 술 냄새를 풍기며 가게에 들렀다가 나가는 날이 많아졌습니다. 줄줄이 낳은 딸들을 안고 업고 엄마는 혼자 가게를 지켰습니다. 장사가 잘됐더라면 달라졌을까요. 물건을 떼올 돈을 벌지 못하고 새 물건이 없으니, 손님은 오지 않는 악순환이 계속되었습니다. 술로 시작한 부부 싸움은 돈으로 끝났습니다. 오 남매는 몸이 자라는 만큼 마음의 구멍도 커졌습니다.

언니들은 자주 싸웠습니다. 사춘기에 가정 상황까지 편안하지 않았습니다. 불안한 마음은 머리끄덩이를 잡는 싸움 뒤 떨어진 머리카락으로 확인되었습니다. 손등에 생긴 손톱자국으로도요. 두 동생도 밥그릇 싸움을 했습니다. 부모님, 언니들과 동생들의 싸움은 저를 갈팡질팡하게 했습니다. 큰언니와 작은언니가 고등학교를 졸업하고 바로 취직하면서 살림이 조금 나아졌습니다. 여전히 아버지는 술을 마셨고, 그런 날이면 으레 일방적인 고성이 들렸지만, 어쨌든 우리는 자랐습니다.

미래에 대한 희망이 사치인 시절을 보냈습니다. 우리 집과 결혼할 집이 있을까. 암담한 생각은 유전자처럼 몸 안에 자리 잡았습니다. 언니들이 결혼해서 집을 떠나고 나서야 희망이 보였습니다. 집을 떠나는 다음 차례는 저여야 했습니다. 여동생이 다른 도시의 대학에 진학하면서 집을 떠났습니다. 남동생은 군에 입대했습니다. 어쩌다 저만 남은 걸까요. 제일 먼저 탈출하고 싶었던 집에 왜 저만 남았을까요. 스무 살에 만난 남편과 연애 중이기는 했지만, 제게 결혼은 당연하지 않았습니다. 엄마처럼 사는 건 아닐까 두려웠습니다. 이 남자가 아버지와 다른 남편이 될까 확신이 없었습니다. 떠나고 싶은 마음을 더 이상 참을 수 없었을 때 결혼했습니다. 아버지의 그늘을 정당하게 벗어나는 방법으로 어쨌든 결혼을 택했습니다. 그간 집을 떠날 기회는 있었습니다. 다른 지역에 있는 대학은 가정형편으로 포기했습니다. 취직해서 떠나는 것은 용기가 없었습니다. 결국 결혼을 하고 나서야 집을 떠날 수 있었습니다. 막걸릿잔을 드는 떨리는 손을 더 이상 보지 않아도 됐습니다. 담배와 술 냄새 나는 집에 돌아가지 않아도 되었습니다. 말짱한 아버지 모습이 어색한 날에 집에 있지 않아도 되었습니다.

배우자를 선택하는 방법은 두 가지라고 합니다. 부모를 닮거나 부모와 전혀 닮지 않거나. 저는 후자를 택했습니다. 아버지와 닮지 않은 남자를 만났고, 육 년 동안 돌다리 두드리듯 그와 그의 집안을 드나들었습니다. 꼬투리가 있었으면 헤어질 수도 있었습니다. 아버지와는 다를 거라는 희망으로 결혼했습니다. 결혼에 대한 환상은 없었습니다. 그래도 따뜻한 가정을 만들고 싶었습니다. 다행스럽게도 저는 화살을 제게 돌릴 줄 알았습니다. 배우자를 원망하는 대신 제가 책임을 져야 하는 부분을 회피하지 않았습니다.

소설과 드라마를 통해 제가 마주했던 불행한 사람들은 공통점이 있습니다. 대부분이 마음이 꼬여있습니다. 불행이 그들의 마음을 꼬아놔서 타인의 말과 행동을 온전히 받아들이지 못합니다. 호의를 악의로 해석합니다. 부정적인 생각으로 집을 짓고 못난 결론에 다다릅니다. 독한 말과 행동으로 자신의 앞날까지 차단합니다. 저도 그랬습니다. 겉으로 표현은 하지 않았지만, 타인의 선의를 온전히 받아들이지 않았습니다. 제가 꼬아놓은 성벽은 견고했습니다. 제2의 인생을 살기 위해 저부터 바꾸기로 했습니다.

아버지의 힘든 어린 시절은 아버지 유전자에 새겨졌습니다. 술은 비뚤어진 아이를 끄집어내는 버튼이었고, 가족을 힘들게 했습니다. 가난보다 아버지의 폭력이 엄마를 아프게 했습니다. 불안한 집안 분위기로 인해 자녀들은 방황했습니다. 기준이 명확했습니다. 반대로 살면 되었습니다. 아이를 가지면서 술을 끊었습니다. 아버지의 술 유전자는 제게도 있었습니다. 남편이 술, 담배를 하지 않아서 술을 끊기 수월했습니다. 부정적인 말 대신 침묵을 택했습니다. 누군가를 상처 입히느니 혼자 삭였습니다. 큰소리를 낼 줄 모릅니다. 남편과 아들들에게 못나고 꼬인, 부분적으로 자라지 못한 '성인 아이'인 저를 들키지 않기 위해 애썼습니다. 처음에는 의식적이었는데 반복된 노력은 습관이 되었습니다.

엄마가 되고 나서야 부모의 삶을 더듬어봅니다. 아버지의 행동은 어른답지 못했지만, 덜 자란 아버지가 겪었을 시련을 짐작해봅니다. 아버지의 술값과 담뱃값에는 엄마의 눈물과 한숨이 담겨 있고, 시간이 지난 후에는 언니들의 노동 무게가 추가되었습니다. 아버지가 건강한 마음과 육체로 살아내는 모습을 보여줬다면 얼마나 좋았을까.

反面教師(반면교사). 아들들이 스무 살이 넘었습니다. 아직 부모의 역할은 끝나지 않았습니다. 이제는 스스로 기준이 되어 부정적인 유전자를 극복하며 살아갑니다. 과거의 상처는 해석하기에 따라 달라집니다. 저는 반면교사로 삼았습니다. 꼬이지 않은, 성장하는 어른이 되기 위해 노력합니다. 매일 글을 읽고 매일 쓰면서요. 유전자, 극복할 수 있습니다.

2-2.
상처를 나누다

김효진

       늦은 밤 울리는 전화는 언제나 나를 긴장하게 만든다. 특히 11시가 넘은 시간에 오는 전화는 대체로 좋은 소식보다는 나쁜 소식일 가능성이 높다.

  중학교 시절부터 친구였던 H는 평탄한 삶과는 거리가 멀었다. 부모님의 이혼 후, 그녀는 친척 집에서 동생과 함께 지내야 했다. 친구는 학교에 다니며 집안일도 도맡아 했다. 그녀는 어른스러웠고, 가끔은 나도 친구에게 의지한 적이 있었다. H는 결혼과 이혼을 두 번씩이나 겪었고, 지금은 혼자 살고 있다. 친구의 삶을 생각하면 얼마나 힘들었을지 감히 짐작하기조차 어렵다. 그런 H는 가끔 나에게 전화한다.

  "너는 행복하니?"

  전화할 때마다 같은 질문이다. 처음에는 그녀의 사정을 고려해 미안한 마음에 힘들다고 대답했다. 하지만 계속되는 질문에 시간이 지나면서 부담스럽기 시작했다. 무엇이라고 대답해야 할지, 그녀가 원하는 대답이 무엇인지 알 수 없었다. 솔직히 행복한 순간도 많았지만, 그렇게 대답하기에는 마음이 불편했다. 괜히 힘들다고 말하는 나 자신이 싫기도 했다. 마음공부를 하며 내가 느낀 평안함을 전해주고 싶어서 같이 선원에 가보자고 한 적도 있었다. 그러나 H는 늘 같은 질문만 던질 뿐, 자신의 상황을 바꾸려는 시도는 하지 않았다. 결국 "그럭저럭 살아"라고 무심하게 대답했다. 정말 무슨 대답을 듣고 싶었던 걸까? 부담을 느낀 나는 결국 연락을 피했다. 혹시 내가 도울 수 있었을까? 아니면 좀 더 깊이 있는 대화를 해야 했을까? 아직도 알 수 없다. 생각해 본들 답을 찾지 못했다.

작년 늦가을, 밤 11시가 넘어 또 다른 전화가 왔다. 이번엔 K였다. 첫마디부터 충격이었다.

"죽고 싶다. 정말 죽어버릴 거야."

술에 잔뜩 취한 K는 신세 한탄을 하며 목 놓아 울고 있었다. 평소 강단 있는 모습만 보아왔던 K였기에 나는 당황스러웠다. 혀가 꼬인 그의 말은 잘 들리지 않았지만, "죽고 싶다", "아무도 나를 몰라준다"라는 말만은 분명히 들렸다. 무슨 일이 있었냐고, 가족은 어쩌고 그런 생각을 하냐며, 표현은 하지 않아도 다 알고 있을 거라고 위로의 말을 건넸다. 그러다 "괜찮아, 괜찮아, 괜찮아" 하는데, 나에게 하는 말인 것 같아 나도 모르게 눈물이 핑 돌았다. K는 그 말을 듣고 한참을 꺼이꺼이 울다가 전화를 끊었다. 다음 날이 되어도 연락은 없었다. 창피했거나, 기억이 나지 않거나 둘 중 하나겠지. 그래도 전화할 사람이 있어서 다행이라는 생각이 들었다.

죽고 싶다고 말하는 것은 지금 힘들다고 알아봐 주기를 바라는 절박한 투정일지도 모른다. 술기운에라도 쌓인 말을 털어놓으면, 그 빈자리에는 살아갈 힘이 조금씩 채워지리라.

추운 날이었다. 또 11시 무렵이었다. 엄마다. 새벽부터 농사일하는 부모님은 일찍 잠자리에 드신다. 11시에 걸려 온 전화는 분명 좋지 않은 일의 징조였다. 아니나 다를까, 아빠는 또 술을 드셨다. 술만 먹으면 자제가 안 되고, 힘든 과거로 돌아가는 것 같았다. 옛날 옛적 호랑이 담배 피우던 시절 이야기부터 하나하나 꺼내어 엄마를 닦달하곤 한다. 몇 년 전 막내 남동생이 있었을 때까지만 해도 전화가 오는 일은 극히 드물었는데, 얼마 전 결혼을 했다. 엄마는 새 식구에게 싸우는 건 알리기 싫었는지 그 뒤로 나에게 전화하신다.

"아빠가 또 술 먹고 살림을 집어던져서 밖에 나왔어. 옷도 못 입고 그냥 나와 버렸네. 춥다."

나는 화가 나서 소리쳤다.

"옷이라도 챙기고 나오지! 차에라도 들어가 있어!"

"차 키도 없어."

엄마에게 버럭 화를 낸 내가 한심했다. 옷을 챙길 겨를도 없었을 텐데, 다 알면서도 나는 울화가 치밀었다. 엄마는 그 순간 기댈 곳이 필요해서 나에게 전화했을 텐데. 그 추운 시간, 혼자라는 느낌을 견디기 어려웠을 것이다. 딸이 짜증을 낼지언정, 엄마는 누군가와 연결되어 있다는 사실만으로도 조금은 따뜻했을까?

전화를 끊고 아빠에게 전화했다. 아빠는 술에 잔뜩 취한 목소리로 전화를 받았고, 나는 아빠가 잠들 때까지 쓸데없는 통화를 이어갔다. 아빠는 그 전화를 기억조차 하지 못할 것이 뻔했다. 엄마에게 전화해 아빠는 잠들었으니 인제 그만 들어가라고 전했다. 내가 할 수 있는 것은 그것밖에 없었다.

침대에 누워 울화통이 터져 베개에 대고 소리쳤다. 엉엉 울었다. 거실에서도 소리가 들렸는지 남편이 들어와 내 옆에 앉았다. 나는 더 크게 울었다. 아무 말 없이 옆에 누워 팔을 내민다. 그 순간 또다시 울컥 눈물이 흘렀다. 남편 가슴팍에 얼굴을 묻고 한참을 울었다. 조용히 나를 두 번 정도 토닥여주었다. 한참을 울고 나서 고개를 드니 남편의 티셔츠는 눈물과 콧물로 범벅이 되어 있었다.

우리는 서로 닮아 있었다. 남편 역시 시부모님 사이에서 중재 역할을 하느라 자주 전화 받는다. 그 모습을 보면 남편이 안쓰럽기도 하고, 시부모님이 원망스럽기도 하다. 남편이 전화를 받을 때마다, 나는 그가 얼마나 힘든 마음으로 그 상황을 견디고 있는지 느낀다. 때로는 남편의 표정에서 나의 표정을 보기도 한다. 부모님의 갈등 속에서 무언가를 해결하려고 애쓰는 모습을 볼 때마다, 마치 나의 과거와 현재가 겹치는 복잡 미묘한 감정을 불러일으킨다. 여러 번 반복되는 갈등이 나와 남편의 마음속에 어떤 상처를 남겼는지 돌아보게 된다. 때로는 힘들지만, 동시에 서로를 공감하고 위로할 수 있는 계기가 되기도 한다. 남편에게서 나를 본다.

고통과 상처는 단순히 나를 힘들게 만드는 것이 아니었다. 오히려 서로를 이해하고 지지해 줄 수 있는 기회가 되었다. 나의 상처가, 남편의 고통이 서로의 힘이 되어 살아갈 수 있게 해준다. 소중한 것들을 다시 깨닫게 해준다.

죽고 싶다던 K는 지금 잘 지내고 있다. 엄마와 아빠는 여전히 티격태격하면서도 함께 살아간다. 아직도 가끔 전화가 오지만, 그래도 그들은 살고 있다. H의 소식은 알 수 없지만, 그 역시 상처를 딛고 단단하게 살아가길 바랄 뿐이다. 나는 남편을 더 사랑하기로 결심했다. 늙으면 자식 다 소용없다는데, 내일은 남편이 좋아하는 반찬을 좀 해볼까?

글 쓰는 삶의 미학

2-3.
철저하게 혼자라는 사실을 인정하기

백란현

혼자라고 생각하며 살고 있습니다. 특정한 사람을 내 편이라고 생각하고 정을 준다면 이후에 상처받을 수 있기 때문입니다.

동네에서 친한 친구 림이와 저는 여중 1학년 2반이 되었습니다. 반에는 저 포함 50명의 학생이 있었는데, 제가 아는 친구는 같은 초등학교 출신 세 명뿐이었습니다. 우리 반에서는 입학 성적 2등이었습니다. 장학금도 받았습니다. 3등 선이와 저는 짝이었습니다.

선이가 나를 대하는 태도가 어색했습니다. 나만 아니었다면 본인이 2등을 했을 거라는 말도 했고 자기 아버지가 임업협동조합에 다닌다는 말도 했습니다. 저는 임업협동조합에 다닌다는 말이 어떤 의미인지 알지 못했습니다. 동네에서 함께 버스 타고 통학했던 림도 저를 차갑게 대하는 것 같았습니다. 눈길도 피하고 화장실 갈 때도, 도시락을 먹을 때도 저를 상대하지 않았습니다. 50명 중에서 48명이 선이 편에 선 것 같았습니다. 선이한테도 기분이 좋지 않았지만, 같은 동네에서 6년이나 함께 초등학교에 다녔던 림이의 태도는 더 이해하기 어려웠습니다. 중1 왕따 경험으로 인간관계에 연연하면 안 된다는 점을 배우게 되었습니다.

학교생활 친구 관계 고민에 대해 엄마에게 털어놓은 적 있습니다. 6남매 맏딸인 엄마는 중학교 합격 후 입학하지 못했습니다. 외할아버지가 위독하셔서 일을 바로 해야 했습니다. 나이 든 후 다시 중학교 과정부터 공부했다고 들었습니다. 제 나이에 배우지 못한 점을 어른이 되어서도 안타까워하셨습니다. 친구 관계 때문에 고민하던 나에게 한마디 하셨습니다.

"친구 신경 쓰지 말고 공부 1등 해. 그러면 다 해결돼."

엄마 몫까지 공부해야겠다고 다짐했습니다. 중3 중간고사에서는 전교 3등을 했고, 고3 수능 모의고사에서는 1등을 했습니다. 지금은 단 두 명과 소통하고 있습니다. 각반 1등이라 한 번도 세 명이 같은 반이 된 적은 없었지만, 야간 자율학습 쉬는 시간에 운동장 바라보며 대화했던 친구들입니다.

대학생이 되었습니다. 기숙사 희망했다가 떨어진 후 모 선교사 아파트에서 4년간 공동체 생활을 했습니다. 그때 함께 살았던 정이와 1학년 시간표를 같이 짰습니다. 점심도 같이 먹고 조별 활동도 함께 했습니다. 같은 공간에 살고 학교생활도 함께 했으며 기독교 동아리까지 같았으니 24시간 1년 내내 같이 생활했습니다. 항상 좋은 면만 볼 수는 없었습니다. 선배들 입장에서도 신입생

두 명이 마음에 들 리 없었을 겁니다. 공동체 생활을 통해 배려하는 훈련을 받는다고 여기라는 말도 들었지만, 동기끼리는 쉽지 않은가 봅니다. 저는 성적 겨우 맞춰 교대에 갔었고, 정이는 서울 갈 실력이었는데 수능 점수가 낮게 나와 교대에 입학한 것 같습니다. 저는 돈이 없었고 정이는 돈이 있었습니다. 일곱 명이 함께 하는 아파트에는 매달 7만 원 방값, 7만 원 생활비를 냈습니다. 집에서 넉넉하게 지원을 해줄 수 있었더라면 공동체 생활도 하지 않았을 겁니다. 근근이 돈을 냈습니다. 어느 날부터 생활비를 내지 못했는데요, 과외도 다 끊어졌고 집에서도 전혀 지원해주지 못하던 기간이 있었습니다. 자주 연락하지 않았던 사촌 오빠에게 10만 원을 빌려 썼다가 돌려준 적도 있었을 정도로 상황이 좋지 않았습니다. 그때 아파트에 세탁기가 고장났습니다. 새것으로 사야 하는데 함께 사는 언니들과 정이가 저에게 말했습니다.

"생활비 제때 못 냈는데 란현이는 세탁기값을 더 내야 하는 것 아니냐?"

IMF 여파 때문인지 운수업을 하던 아빠는 짐을 싣지 못했고, 아빠는 제 명의로 발급된 신용카드로 현금서비스를 타간 상태였습니다. 이래저래 치인 상황에서 친구는 제게 100만 원을 빌려주었습니다. 세탁기값, 카드값, 생활비 내고 나서 한숨 돌렸지요. 1년 후에 교사 발령을 받으면 갚기로 했습니다.

첫 달 월급이 140만 원이었고 월세가 30만 원이었습니다. 친구 돈부터 줘야 하는데 바로 주지 못했습니다. 내용증명 우편이 근무하는 학교에 도착했습니다. 저는 대출도 되지 않는 신규였습니다. 제2금융에서 돈을 빌렸습니다. 정이가 요구한 100만 원의 원금과

연 7퍼센트의 이자를 갚았습니다. 그리고 연락하지 않았습니다.

10년이 지났을 때 정이가 제게 설문지를 보내왔습니다. 대학원 논문을 써야 하는데 학급 아이들에게 설문을 받아달라는 거였습니다. 취합한 설문지를 착불로 보내라고 했지만, 선불 처리하여 택배 발송했습니다. 그 이후 잘 받았다는 연락이 없었습니다. 이후로 저의 인간관계에서 룸메이트였던 친구를 제외했습니다. 2002년 당시, 학생 신분으로 제게 100만 원 빌려주는 건 어려운 일이라는 것, 잘 압니다. 그래서 고맙게 생각했습니다. 거기까지입니다.

과거의 인간관계 경험은 현재 살아가는 데 지혜가 됩니다. 특히 글 쓰는 작가라서 더 뚜렷하게 느끼고 있는데요, 그 이유는 앞으로도 연결되는 사람과의 관계에서 지혜롭게 말과 행동을 하는 데 도움을 주기 때문입니다. 지금 인간관계에서 기대하지 않습니다. 제가 줄 수 있는 것은 줍니다. 줬다는 사실도 잊어버립니다. 삶을 철저하게 혼자 살아간다는 마음으로 살아갑니다. 상대방에게 기대하지 않으니 작은 친절에 오히려 감동하게 됩니다. 고맙다는 카톡 인사만으로도 눈물 날 때 있을 정도입니다.

인간관계에 대해 기대했고 상처받았던 시간은 작가가 된 지금 철저하게 혼자가 되게 해주었습니다. 글쓰기는 혼자만의 시간을 견뎌내야 하는 작업입니다. 제가 이 사람, 저 사람 챙기느라 시간을 소모한다면 퇴근 후 작가와 라이팅 코치 일은 할 수 없겠지요.

상처라고 표현하며 나열한 경험을 다시 읽어보니 저의 주관적인 판단이 들어가 있습니다. 글을 쓰면서 과거를 떠올려 보면 내

글 쓰는 삶의 미학

중심으로 그들을 판단하고 살았던 모습도 돌아보게 됩니다.

글쓰기는 선물입니다. 글쓰기 전보다 저의 내면을 조금이라도 더 객관적으로 볼 수 있는 기회를 주니까요. 그래서 노트북 화면을 바라보고 키보드를 두드리는 시간을 자주 가지고자 노력합니다. 제 삶과 거리가 멀었던 '글쓰기'였는데 이젠 점점 사이가 좋아지고 있습니다.

엄마, 아내, 딸, 교사, 작가, 제자, 라이팅 코치. 제가 맡은 역할마다 애쓰고 있습니다. 과거 인간관계에 대해 고민하고 갈등했던 일들이 계기가 되었습니다. 지금 연이 닿은 사람들에게 감사한 마음으로 최선을 다하고 그들이 책을 내도록 돕는 자로 살아가는 삶. 이것이 제가 과거를 통해 배운 결과입니다.

2-4.
글쓰기를 통해 배운 마음의 용서

서미소

"용서는 단지 자기에게 상처를 준 사람을 받아들이는 것만이 아니다. 그
것은 그를 향한 미움과 원망의 마음에서 스스로 놓아주는 일이다. 그러
므로 용서는 자기 자신에게 베푸는 가장 큰 베풂이자 사랑이다."

《달라이라마》

시간이 지날수록 부정적인 생각들이 계속해서 나를 괴롭혔습니
다. 그로 인해 내 일상은 무거운 감정들로 가득 차 있었습니다. 생
각에 파고들다 보니 나 자신이 점점 지쳐갔습니다. 삶의 활력마저
잃어갔습니다. 그러다 깨달았습니다. 내가 나를 지키기 위해서는
용서가 필요하다는 것을.

엄마 친구를 저는 이모라고 부릅니다. 제 딸보다 한 살 적은 이
모 외손녀와 친하게 지내는 사이입니다. 추석 전날 우리 네 식구

글 쓰는 삶의 미학

는 목욕탕에 갔습니다. 아들은 아빠를 따라 2층 남탕에 딸과 저는 여탕으로 들어갔습니다. 목욕탕에서 외손녀와 이모를 만나기로 했습니다. 목욕을 끝낸 후 제 딸은 외손녀와 함께 이모 집으로 먼저 갔습니다. 저는 아들을 데리고 가야 해서 서로 헤어졌습니다.

아들과 함께 차를 타러 가던 중 전화벨이 울렸습니다. '언니, 은채가 살짝 개한테 물려서 응급실에 갔어요.' 목소리는 차분한 척 했지만 '응급실'이라는 단어에 심장이 덜컥 내려앉았습니다. 신랑에게 전화해서 빨리 내려오라고 했습니다. 큰일이 아닐 거라 자신을 달랬습니다.

신랑은 차를 몰았고, 나는 병원에 도착하자마자 달리기 시작했습니다. 딸은 침대에 앉아 무표정한 얼굴로 나를 바라보았습니다. 심각한 상황이 느껴졌습니다. 어금니로 내 볼을 물었습니다. 눈물이 쏟아질 거 같아 더 세게 물었습니다. 딸의 머리카락은 잡초와 엉켜 있었고, 귀는 굳어진 피로 범벅이 되어 있었습니다. 귀 연골은 뚫려 있었고, 목 부분은 살점이 떨어져 나가 깊이 팬 상처가 드러나 있었습니다. 입고 있던 회색 카디건은 뜯겨서 500원 동전만 한 크기로 구멍이 나 있었습니다. 딸의 카디건을 등으로 내렸습니다. 어깨는 깊은 상처와 뼈가 드러나 있었습니다. 피부 안에서 기름 덩어리가 나와 있었고 쇄골과 등 쪽은 상처와 피로 범벅이 돼 있었습니다. 저는 그 자리에 주저앉고 말았습니다. 참았던 눈물이 한꺼번에 터져 나왔습니다. 응급실에는 울음소리만 가득했습니다.

명절 전날이라 모든 병원이 응급실만 가능했습니다. 의사는 얼굴 상처는 24시간 이내에 봉합해야 한다고 말했습니다. 병원에서는 드레싱과 메디폼을 붙여주는 것 외에는 할 수 있는 게 없었습니다.

의사가 상처 부위를 사진으로 찍어 달라고 했습니다. 얼음장이 된 손으로 핸드폰을 들 수가 없었습니다.

간호사가 대신 찍어주었습니다. 의사는 청주에서 환자를 받아 준다고 했습니다. 명절 전날이라 차가 막히고, 딸이 긴 시간을 참아낼 수 있을지 고민되었습니다. 잠시 뒤, 청주에서도 받아 줄 수 없다는 연락이 왔습니다. 차라리 다행이라는 생각이 들었습니다. 광주 병원에 근무하는 간호사 친구에게 전화를 걸어 상황을 이야기했습니다. 원장에게 물어보니 조선대 응급실로 가는 것이 최선이라고 말해주었습니다.

다음 날 새벽 5시에 출발했습니다. 조선대 응급실에 접수했습니다. 딸은 핏기 없는 얼굴로 고개를 왼쪽으로 기울인 채 침대에 앉았습니다. 얼굴과 어깨는 거즈로 덮인 상태였습니다. 사고 발생 시간과 경위를 확인하고 차트에 기록했습니다. 시계는 10시, 12시를 향해 가는데도 아무런 조치가 없었습니다. 딸은 점점 지쳐가고 있었습니다. 저도 입이 바짝바짝 말라 갔습니다. 딸 손에 핸드폰을 쥐여 주었습니다. 힘이 없는지 그대로 침대에 내려놓았습니다. 복도에서 아이들과 어른들이 길게 줄을 서서 기다리고 있었습니다. 1학년쯤으로 보이는 아이는 이마를 다친 채 핸드폰 영상에 빠져 있었습니다. '그래도 너는 참을 만한가 보다' 하는 생각에 부럽기까지 했습니다. 간호사는 의사 선생님을 기다리는 수밖에 아무런 도움을 줄 수 없다 했습니다.

글 쓰는 삶의 미학

정수기에서 물을 마시며 긴 시간 버텼습니다. 오후 2시 35분, 딸 이름을 부르는 소리가 들렸습니다. 그 순간 나는 숨을 제대로 쉴 수 있었습니다. 딸은 부분마취를 하고 봉합을 시작했습니다. 나는 딸의 손을 힘껏 잡았습니다. 신랑은 시술 과정을 지켜보았습니다. 딸은 "아파, 아파" 하며 엉엉 소리내어 울었습니다. 마스크 아래로 눈물과 콧물이 범벅이 되어 흘러내렸습니다. 한 시간 정도 걸려 봉합이 끝났습니다. 다행히 시간 안에 마무리되었습니다. 성형외과 전문의는 여자 선생님이었습니다. 밖에서 환자가 왜 이렇게 늦어지냐고 항의하자 선생님은 "기다리기 싫으면 가라고 하세요." 단호했습니다. 까칠한 성격만큼이나 섬세하게 상처 부위를 꿰매주었습니다.

몇 년이 흐른 것 같은 긴 하루였습니다. 어깨 부위는 독이 빠져야 봉합한다면서 항생제와 약을 잘 챙겨 먹으라고 했습니다. 병원을 나왔을 때 오후 4시. 큰 고비를 넘겼다는 안도감이 밀려왔고 허기가 느껴졌습니다. 그날 밤 딸은 자다 경련을 일으켰습니다. 손가락이 굳어 접혔습니다. 내 몸도 굳어졌습니다.

"엄마 믿지? 괜찮아. 좋은 생각해" 딸을 안심시킨 후 신랑을 깨웠습니다. 신랑은 긴장된 얼굴로 주사를 제대로 맞힌 거 맞는지 물었습니다. 다른 생각할 겨를이 없었습니다. 신랑에게 몸 한쪽을 주물러 달라고 했습니다. 내 옷은 땀으로 흠뻑 젖었습니다. 딸의 경련이 서서히 풀리기 시작했습니다. 감사합니다. 감사합니다. 제 입에서는 연거푸 감사하다는 말이 나왔습니다. 딸이 잠든 모습을 보니 저도 옆에서 눈을 붙일 수 있었습니다.

3일 뒤 광주 정형외과를 갔습니다. 앞을 구분할 수 없을 정도로

폭설이 내리는 날이었습니다. 20km 이상 속도를 낼 수가 없었습니다. 평소 1시간 30분이면 갈 수 있는 거리를 3시간 30분 걸려 병원에 도착했습니다. 혈관에 항생제를 투여해야 한다고 해서 바로 입원했습니다.

어깨 봉합 수술을 하는 날은 '수술실'이라고 써진 빨간 글씨만 멍하니 쳐다보며 기다렸습니다. 딸이 보일까 봐 문틈으로 눈을 대 보기도 했습니다. 수술을 마친 환자들이 이동 침대에 눕혀서 나왔습니다. 딸도 나왔습니다. 밝은 표정으로 나를 보며 웃어주었습니다. 의사는 콜라겐이 많이 들어있는 족발을 꼭 먹이라고 했습니다. 많이 먹길 바라는 내 마음은 뒤로한 채 먹는 둥 마는 둥 하더니 전부 남겼습니다. 입원실에 함께 있던 환자에게 족발을 줬습니다.

사고가 일어난 후, 저는 매일 밤 뜬눈으로 지새웠습니다. 딸이 감당해야 했던 아픔, 나를 무력하게 만들었던 상황들만 생각했습니다. 개 주인은 책임을 회피했습니다. 딸이 개와 놀다 일어난 사고니 잘못은 딸에게 있다는 것이었습니다. 분노가 치밀어 올랐습니다. '신은 과연 존재할까' 하며 원망이 생겼습니다. 내가 이렇게나 고통스럽고, 딸이 이토록 큰 아픔을 겪고 있는데, 아무 일도 하지 않는 신이 원망스러웠습니다. 절망과 분노는 내 마음을 휘감았습니다. 죽이고 싶었습니다. '용서'라는 단어는 내 마음속에서 점점 더 멀어져 갔습니다.

2년 가까운 세월이 흘러갔고, 제가 글쓰기 공부를 시작한 지 1

　　　　　　　　　　　글 쓰는 삶의 미학

년이 되었습니다. 글을 쓰면서 저는 자신의 내면을 들여다보게 되었습니다. 상대방을 미워하고 증오하는 생각이 저를 힘들게 한다는 걸 깨달았습니다. 나를 억누르던 과거의 감정으로부터 해방할 수 있게 도와준 것은 용서였습니다.

힘들었던 시간은 딸과의 관계가 두터워진 소중한 시간으로 변해 갔습니다. 일상에서 행복을 다시 찾는 계기가 되었습니다.

결국, 나를 지키려 한 용서가 딸과 함께하는 일상에 다시 밝은 빛을 가져다주었고, 그 과정에서 서로가 함께 성장할 수 있었습니다. 피부과 치료는 1년 9개월에 접어듭니다. 딸이 아파할 때 해줄 수 있는 것은 오직 손을 잡아주는 것뿐입니다. 저를 성장하게 한 것은 글쓰기입니다.

2-5.
괜찮아. 잘하고 있어

서영식

어릴 때 어머니는 시장에서 생선 장사를 하셨다. 초등학교 때 학교 마치고 돌아오면 집에 어머니가 있는 친구들이 부러웠다. 같이 놀다가도 저녁 먹을 시간이 되면, 다른 친구들은 엄마가 불러서 집으로 달려갔다. 나는 집에서 장사를 마치고 밤늦게 오시는 어머니를 기다렸다. 생선 장사를 하니까 집에 냄새가 밴다. 학교 갔을 때 혹시라도 비린내가 날까 전전긍긍했다. 친구한테도 어머니가 생선 장사를 한다고 말하지 않았다. 그 당시엔 부끄러웠다. 아침 일찍 나가서 밤늦게 어머니를 기다리는 시간이 길게만 느껴졌다. 그래도 명절엔 좋았다. 설날, 추석은 쉬니까 집에 계셨다. 대목에 종일 장사하느라 힘들어서 끙끙 앓으셨지만 그래도 집에 엄마가 있다는 사실이 좋았다.

초등학교 3학년 때 운동회를 했다. 청군, 백군으로 나눠서 응원

글 쓰는 삶의 미학

하고 공굴리기, 단체 줄넘기, 달리기 등 게임을 했다. 달리기에서 일등, 이등을 하면 손등에 도장을 찍어준다. 공책과 연필 상품을 받을 수 있었다. 나는 달리기는 항상 꼴등이었다. 지금과 다르게 어릴 땐 통통했다. 점심시간이 되면 다른 친구들은 가족들과 함께 도시락을 먹었다. 나는 아무도 오지 않았다. 학교 밖에 나가서 시장으로 달려갔다. 어머니가 일하시는 시장에서 혼자 짜장면을 먹었다. 장사하느라 바쁘신 와중에도 안쓰럽게 나를 지켜보시고 미안하다고 하시던 모습이 기억난다. 초등학교 6학년 마지막 운동회는 온 가족이 다 참여했다. 아버지, 어머니가 지켜보고 있었다. 점심도 같이 도시락을 싸 와서 먹었다. 마지막 달리기에서 이번엔 기필코 꼴등은 하지 않겠다고 각오를 다졌다. 의욕이 과했을까. 뛰다가 넘어져서 완전한 꼴찌를 했다. 달리기는 잘하진 못했어도 내 마음은 일등이었다.

어머니는 사십 년 넘게 장사하셨다. 손등은 거칠었고 갈라졌다. 손마디가 울퉁불퉁했다. 종일 쪼그려 앉아 있으니까 무릎이 좋지 않아서 인공관절 수술을 세 번이나 했다. 늘 두통이 있어서 사리돈, 판피린 등 약을 달고 사셨다. 장사하지 않고 살 순 없을까 하는 생각을 많이 했다. 빨리 내가 돈을 벌어서 쉬시도록 하겠다는 마음도 강했다. 형과 내가 돈을 벌게 되고 몸도 좋지 않으셔서 장사를 접었다. 평생 일하시다가 집에 쉬시니까 한동안 허전하고 이상하다고 말씀하셨다. 다행히 근처에 이모님이 계셨다. 함께 의지하면서 잘 지내셨다. 이모님이 먼저 세상을 떠나고 몇 개월 후, 어머니를 뵐 수 없게 되었다.

어머니에 대한 기억과 추억은 아쉬움이 많다. 어릴 때 왜 그렇게 장사하는 걸 부끄러워했을까. 철이 들고 나서는 가족을 위해 고생하는 어머니의 희생과 사랑을 알 수 있었다. 누구에게나 당당하게 장사를 하신다고 말했다. 장사하실 때 많이 도와드리진 못했다. 추석 대목에 딱 한 번 같이 새벽에 생선을 사러 간 적이 있었다. 새벽 네 시에 일어나서 트럭을 타고 자갈치 시장으로 갔다. 수십 군데를 다니면서 물건을 주문하고 차에 가득 실어서 다시 시장으로 돌아왔다. 시장에 물건을 내리고 나는 집에 왔다. 오전 잠깐 일했는데 파김치가 되었다. 그냥 따라다니기만 해도 힘이 들었다. 어머니는 그 많던 생선을 다 손질하고 손님에게 팔아야 했다. 친절하게 응대를 하신 덕분에 단골도 꽤 많았다. 가격이 좀 비싸더라도 좋은 생선만 직접 고르셨다. 어릴 때 먹었던 생선은 다 맛있었다. 좋은 생선을 많이 먹어서 입이 고급화(?)되었다. 다른 음식은 가리지 않는다. 다만, 지금도 생선은 맛이 없으면 잘 먹지 않는다.

어머니는 강인한 분이셨다. 혼자서 힘들게 일하시면서 가족의 생계를 책임졌다. 고등학교 때로 기억한다. 설날 대목이었다. 장사한 돈을 몽땅 도둑을 맞았다. 대목엔 손님도 많고 바빠서 돈을 정리하기 쉽지 않았다. 통에 넣어둔 돈이 몽땅 없어졌다. 누군가 지켜보고 있다가 장사하느라 정신이 없는 틈에 가져갔다. 지금처럼 CCTV가 있는 것도 아니고 찾을 수 없었다. 그 당시 백만 원이 좀 넘는 금액이었다. 생선을 샀던 돈도 줘야 했지만 하나도 없었다. 나는 도둑맞은 상황이 이해되지 않았다. 열 받고 화가 나서

글 쓰는 삶의 미학

견디기 힘들었다. 어머니도 처음엔 힘들어하셨다. 대신, 나보다는 빨리 이미 잃어버린 돈 어떻게 하겠냐고 말씀하시고 잊어버리려고 노력하셨다. 힘든 상황이 왔을 때 이겨내는 '회복 탄력성'이 강하셨던 것으로 기억한다. 돌이켜 생각해 보면 강한 정신력과 고통을 이겨내는 모습을 지켜보면서 나도 영향을 많이 받았다. 나와 함께 일하거나 아는 사람들이 말한다. 보기엔 그렇지 않은데 생각보다 끈기 있고 강한 면모가 있다고 한다. 어머니의 강한 정신력과 고난을 이겨내는 힘이 자연스레 스며든 것 같다.

살다 보면 누구나 힘들고 어려운 시기를 겪는다. 과거 상처나 아픔을 떠올리면 마음이 무겁고 우울해지기도 한다. 좋지 않은 기억도 인생의 한 부분이다. 힘들었던 삶의 경험은 나를 더 단단하게 해주는 힘이 된다. 나는 될 수 있으면 과거 상처와 아픔에 대한 기억을 잘 떠올리지 않는다. 자기 계발과 성장에 관심이 많고 실천하기 위해 노력하는 중이다. 좋지 않은 상황이더라도 긍정적으로 생각한다. 부정적인 생각은 될 수 있으면 하지 않으려고 한다. 회사에서 일이 잘 풀리지 않을 때가 있다. 기존에 하지 않았던 새로운 업무를 할 수도 있다. '왜 이렇게 일이 되지 않지?'보다는 '어떻게 하면 해결할 수 있을까.' 하고 생각한다. '지금 하는 일이 익숙한데 또 새로운 일을 어떻게 하지?'가 아닌 '새로운 기회가 될 수 있겠네. 배워서 도전해 보자.' 하고 마음을 먹는다. 실제로 어떻게 생각하는가에 따라서 결과가 달라진다. 하기 싫다고 생각하고 일을 진행하면 힘이 든다. 결과도 만족스럽지 않다. 어떻게든 해결해 보려고 답을 찾으면 방법이 나온다. 일할 때도 해결 방안에 몰입하게 된다. 결과가 생각만큼 나오지 않더라도 최선을 다하면 후회하진 않는다.

상처와 아픔이 없는 사람이 있을까. 과거일 수도 있고 현재 진행형일 수도 있다. 비슷하거나 같은 고통의 순간을 겪어본 사람은 공감한다. 코로나19에 걸려서 고생한 사람은 공감대가 있다. 이겨내기 위해서 유사한 경험을 한 사람의 사례를 찾아보거나 관련된 책을 읽으면 도움이 된다. 상처와 아픔을 극복하는 방법 세 가지를 생각해 본다. 첫째, 마음과 감정을 정리한다. 아는 사람이나 전문가와 대화를 나누는 것도 방법이다. 마음속의 이야기를 나누다 보면 스스로 정리할 수 있다. 둘째, 기다리는 시간을 가진다. 극복하기 쉽진 않지만 때로는 시간이 지나면 조금씩 나아진다. 셋째, 긍정의 마음을 가진다. 좋은 생각과 감사하는 긍정의 생각을 가지려고 노력한다.

과거에 있었던 상처로 현재까지도 힘들어하는 사람도 있다. 현재 힘들어하는 나에게 미래의 내가 뭐라고 말할지 생각해 본다. '괜찮아. 잘하고 있어. 지금은 아프고 힘들겠지만 지나고 나면 이 시간을 견디고 나면 너는 더 강하고 단단하게 성장하게 할 거야.'

　　　　　　　　　　　　　　글 쓰는 삶의 미학

2-6.
하루를 살아도 충만한 하루

오승하

　　안 겪었으면 좋았을까요? 살아가는 것을 버틴 시기가 있었습니다. 아들이 초등학교 때 재능을 발견해 운동선수가 되었습니다. 6학년까지는 곧잘 전국체전에서 금메달을 목에 걸었습니다. 실수가 있는 날도, 메달 색상만 바뀌었지, 단상에서 상을 받았습니다. 6학년 때 발목 골절 부상을 겪었습니다. 중학생이 된 이후 불과 몇 달 사이 전국 1등이던 아들은 전국 꼴찌가 되었습니다. 1등만 기억하는 운동을 그만두었습니다. 공부하는 학생이 되었습니다. 하지만, 아들은 결국, 운동을 다시 하기를 원했고, 가정 경제가 원활하지 않았던 저는 아들 운동을 다시 시켜 보겠다고 녹즙 배달을 시작했습니다. 빙상 운동 특성상 종일 직장은 가질 수 없고, 오전 시간만 가능한 일을 찾다 보니, 하루 3시간 아르바이트하는 녹즙 일이 안성맞춤이었습니다.

시작 전, 녹즙 배달 일은 녹즙 병만 가져다주는 것으로 알았습니다. 아들의 새벽 운동 시간이 끝나고 나면 등교시키고, 백화점에 출근했습니다. 배달 지역 중 백화점 개점 시간이 맞았습니다. 아침 시간 백화점 입구에는 커피 파는 판매원, 우유 파는 대리점 사장, 그리고 경쟁사인 P사 직원이 있었습니다. 그들 사이에서 저는 '굴러들어 온 돌'이었습니다. 이름을 묻지도 않았습니다. 경쟁자 한 명이 나타났다는 표정이었습니다. 그분들에게는 각자 단골 손님이 있었습니다. 저에게 인계해 준 배달원은 잠적했습니다. 시작이 처음부터 수월하지 않았습니다. 아침 3시간 배달이니, 버틸 수 있는 시간이라고 스스로 최면 걸었습니다.

하지만, 각자의 충성 고객들 사이에 집단 구성이 있었습니다. 백화점 매장 앞을 지나가면 쑥덕거림이라고 하기에는 들으라는 듯 이야기했습니다.

"저 뚱은 누구야? 지난번 그만둔 사람 후임이야?"
이름도 부르지 않고, 처음 보는 저에게 '뚱'이라고 말했습니다. 덩치가 있다고 그렇게 부르는 그들이 어이없었고, 상식적이지 않구나! 생각했습니다. 백화점 텃세는 생각보다 심했습니다. 각자 경쟁업체에서 이번 기회에 배달 사원이 바뀌었으니, 자기들에게 브랜드를 바꾸라고 물품 공세를 시작했습니다. 제가 알지 못하는 세상이 대한민국 같은 하늘 아래 있다는 것이 신기하기도 했습니다. 일주일 사이 고객 70명에서 20명만 남았습니다. 고객들은 갑자기 탈이 나기도 했고, 시골에서 호박즙이 올라왔다며 거절했습

글 쓰는 삶의 미학

니다. 이제 시작하는 제가 "계속 녹즙 마시면 몸에 좋아요"라는 이야기 꺼내기 힘들었습니다. 누군가에게 부탁이라고는 해본 적 없던 난, 이렇게 힘든 일이구나! 느꼈습니다.

녹즙 배달하기 전, 직업에 귀천이 없다고 생각하던 저는 이제야 알았습니다. 직업엔 귀천이 존재했습니다. 갑과 을이라는 개념이 명확한 분들이었습니다. 백화점은 최고의 서비스를 지향하는 만큼 녹즙 배달원은 철저하게 '을' 입장이었습니다. 고객으로 백화점을 방문할 때와는 다른 시선이 전달되었고, 말 속에서도 이미 하대였습니다. 배달 시작한 지 2주도 안 되어 '그만두기'로 결심했습니다. 그러나 아들이 스케이트에 대한 사랑이 크니, 겨우 버티는 시간이었습니다. '버티면 살아지니깐 시간이 해결하겠지'라고 생각했습니다. 그러나 오산이었습니다. 경쟁자들은 서로 이때다 싶었는지 신규 고객들 유치하기에 바빴습니다. 자본주의 사회에서 살아남기 위해 삶의 현장은 치열하다는 것을 몸소 체험했습니다. 많은 고객을 잃었습니다. 이미 브랜드를 바꾼 고객들의 마음을 돌리기 쉽지 않았습니다. 결국, 20명 남짓 남은 고객관리를 하면서 신규 고객을 창출하기로 전략을 바꿨습니다.

집으로 와서 대학 전공 서적을 다시 펼쳤습니다. 식이요법을 익히고, 기존 고객과 소통을 통해 드시는 음식과 체질을 컨설팅했습니다. 목표, 계획, 노력을 통해 앞으로 나아가야 했습니다. 살아지는 삶이 아닌 치열하게 살아내야 한다는 깨달음을 몸으로 체험하면서 익혔습니다. 시중에 나온 마케팅 관련 책을 읽고 설득 관련

심리학책도 읽었습니다.

어느 날, 기존 고객 중 성인병이 있으신 분이 병원에서 정기검진 진료를 받고 왔습니다. 의사 처방으로 약의 용량이 현저히 줄었다며 감사하다고 하셨습니다. 녹즙을 드셨고, 매일 식단을 컨설팅해 드렸는데, 이번 검진에서 콜레스테롤 수치가 현저히 줄었다고 고마워하셨습니다. 그리고 적극적으로 홍보해 주셨습니다. 눈에 띄게 몸이 좋아지는 고객들이 한 분씩 나타났습니다. 7년 동안 불임이던 고객이 임신했습니다. 그분은 녹즙 맛보다 달달한 생과일주스를 드셨습니다. 체질이 냉해 쑥을 권했고, 아침마다 데워서 드시기를 권했습니다. 7개월쯤 후, 좋은 소식이 들렸습니다. 백화점 안에서 이제 '뚱'이라고 부르던 사람들이 '우리 생활 주치의'라고 불러주었습니다. 경쟁사 고객들도 컨설팅을 받기 원했습니다. 순수하게 아는 범위 내에서 알려드렸습니다. 본인은 기존 드시던 업체가 있지만, 주변에 누군가가 녹즙을 마신다고 하면 '우리 생활 주치의'를 소개해 주었습니다.

주변에 건강해지시는 분들이 많아질수록 고객이 증가했습니다. 고객들이 증가하니, 돈이 쌓이기 시작했습니다. 돈이 들어오니, 삶에서 가장 힘든 대부분의 일이 해결되기 시작했습니다. 그렇게 업계에서 꽤 인지도가 있는 배달 사원이 되었습니다. 3년 만에 회사에서 관리자 제안했습니다. 그러나 아들의 운동 픽업을 위해 시간에 맞춰 움직인 삶을 살아야 했습니다. 전 시간 직장은 아직 힘들다 거절했습니다. 7년 후, 회사 관리직으로 스카우트 되었습니다. 인생에서 삶이 가장 치열했던 시간이었습니다. 그 경험 이후, 사람을 만나면, 소중한 인연으로 존중했습니다. 공감하는 법을 익히고 조직 관리를 어떻게 할 수 있을까? 알아가는 시간이 되었습니다.

2024. 8. 12. 생일을 하루 앞두고 『희망의 트랙 위에 다시 서다』 책의 저자가 되었습니다. 나이 오십에 작가가 되었습니다. '오십 지천명'이라고 합니다. 살아온 삶을 돌아보니, 열심히만 한다고 원하는 결과를 얻을 수 없다는 사실을 알게 되었습니다. 지천명은 말 그대로 우주 만물을 지배하는 하늘의 명령이나 원리를 조금은 알 수 있는 나이였습니다. 삶의 과정을 기록으로 남긴 책이 세상에 나왔습니다. 맞벌이 부부로 열심히 살던 우리 가정, 운동선수가 꿈이던 아이가 부상을 겪고 일어나는 과정을 기록으로 남겼습니다. 다니던 회사를 그만둔 일, 아이가 부상으로부터 회복되는 과정을 기록했습니다. 힘든 시간은 누구에게나 옵니다. 특히 자녀와 힘든 시간을 보내는 과정을 부모로서 어떻게 바라보는지 글로 남겼습니다.

오십이 되고 보니 겪지 않았으면 좋았겠지만, 겪고 보니 보이는 것들에 대해 알아차리게 되었습니다. 과정을 통해 내면 근력이 단단해졌습니다. 오히려 아이는 부상을 겪고 코로나 상황에서 학교 공부를 했습니다. 더는 선수의 길을 갈 수 없다 낙담할 수도 있었지만, 이 시기가 적기라 생각했는지, 아들은 대학 생활과 공부를 열심히 했습니다. 그리고 고등학교 모교에서 교생실습이라는 추억을 만들었습니다. 아르바이트하면서 세상을 바라보는 시선을 배웠습니다. 모든 일은 가까이서 보면 상처투성이지만, 멀리서 보면 이쁩니다. 책을 쓰는 내내 아픔을 표현하고 경험을 글로 남기면서, 삶의 한 부분이 정리되었습니다. 출판 후 독자들이 자녀를 바라보는 시선을 선물 받았다고 서평을 남겨 주셨습니다. "두고두고 간직하고 싶은 책"이라고 표현해 주시니 감사했습니다. 글 쓰고, 독자가 도움이 되는 글이라 표현해 주시는 삶은 에너지가 컸습니다. 과거의 상처와 아픔은 희망이 되는 순간 힘이 됩니다. 경험을 통해 현재 삶은 타인의 가치를 성장시키는 일을 합니다. 특히 다른 이들을 이해하고 함께 성장하는 원천이 됩니다. 오늘보다 내일이 더 희망으로 가득합니다.

글 쓰는 삶의 미학

2-7.
상처와 아픔도 넘어서면 희망이다

이성애

　　내일이면 베트남 푸꾸옥행 비행기를 탄다. 딸과 단둘이 떠나는 첫 4박 5일 해외여행이다. 딸이 가자고 했을 땐 망설였지만, 결정하고 나니 설렌다. 회사에서 여행 일정표를 보고 있었다. 핸드폰이 징징거렸다. 모르는 전화번호였다. 전화를 받자마자 이름을 묻는다. 자신을 검찰청 '이한율' 검사라고 한다. 불법 자금 유통 사건에 내 계좌가 연루되었단다. 검찰청에 출두해 조사를 받으라고 한다. 보내온 공문에는 검찰청 직인이 찍혀 있고 조사 대상에는 나의 이름이 선명했다. 덜컹 겁이 났다. 그는 정황상 단순 가담자로 보이지만, 조사는 해야 한다고 말했다. 협조만 잘하면 검찰청에 오지 않고도 혐의를 벗을 수 있다고 한다. 결백했기에 어떻게 하면 되냐고 물었다. 가능한 한 협조해서 혐의를 벗고 싶었다. 검사는 사건이 유출되어 외부에 알려지면 수사가 어려워진다며 비밀리에 진행되는 수사임을 강조했다. 사무실에서는 통화하기 어려울 것 같았다. 그날 오후 반차를 내고, 이어서 5일 간 휴가를 신청했다.

근처 카페로 가서 음료를 시켰다. 테이블에 앉아 친구와 통화하는 척했다. 겉으로는 태연한 척했지만, 핸드폰 속 검사의 목소리는 위협적이었다. 그의 말을 들으면 들을수록 속이 거북해졌다. 어느 순간부터 그가 내뱉는 숨소리에도 가슴이 철렁거렸다. 신경이 곤두섰다. 상속받은 주택에 관해 물었다. 숨이 턱 막혔다. 1년 전 아버지가 돌아가신 걸 어떻게 알았을까? 검사들은 나의 정보를 어디까지 알고 있는 걸까? 말을 잘못하면 없는 죄까지 뒤집어쓸 것 같았다. '검사의 심기를 건드리지 말자. 시키는 대로 하자.'

그 자리에서 핸드폰으로 8천만 원 대출을 받았다. 그다음 날 그 돈을 인출하라고 했다. 다음날은 딸과 베트남으로 출국하는 날이다. 그는 사건 조사 중엔 출국할 수 없다고 단호하게 말했다. 순간 머리가 띵했다. 딸과의 여행을 망칠 수도 있겠다는 생각이 들었다.

이번 여행은 딸이 계획했다. 딸은 고등학교 입학하면서 유치원 교사가 되겠다고 진로를 정했다. 3년 동안 매주 수요일마다 학교 근처 유치원에 봉사활동을 다녔다. 아이들과 선생님들을 보며 미래 자기의 모습을 그렸다. 공부도 열심히 했다. 대학 원서 6개 중 5개를 유아교육과로 지원했다. 결과는 좋았다. 원하는 대학에 합격했다.

대학교 4학년 6월 유치원 교생실습을 마치고 나서 갑자기 여행

글 쓰는 삶의 미학

을 다녀오겠다고 했다. 취업해야 할 시기에 여행을 간다니 황당했다. 딸은 여행을 갔다 와서 유치원 교사를 계속할지 말지를 진지하게 고민해 보겠다고 했다.

교생 실습하는 동안 힘들다고 여러 번 말했다. 실습 기간 내내 집에 돌아오면 거실 바닥에 벌러덩 누워 두 손으로 얼굴을 가리고 한동안 일어나지 않았다. 남편과 나는 퇴근 후에 유치원에서 사용할 교구인 종이 인형을 만드느라 도화지를 자르고 인형 눈을 붙였다. 새벽까지 실습 일지를 쓰고 3시에 잤다는 딸의 말을 듣고 도와주지 않을 수 없었다.

"베트남 같이 갈 수 있어?"라는 딸의 힘없는 물음에 바로 대답하지 못했다. 회사에 사정도 고려해야 하고 남편과 고2 아들을 두고 가야 한다고 생각하니 가야 할 이유보다 가지 말아야 하는 이유가 더 생각났다. 친구가 아닌 나와 가자고 하는 걸 보니 엄마와 여행을 가야 하는 이유가 있는 것 같기도 했다. 딸과 같이 가서 딸이 하는 고민 함께 나누고 오리라 마음먹었다.

출국금지라는 말에 깜짝 놀랐다. 베트남 가서도 조사에 협조하겠으니, 사정을 봐달라고 했다. 검사는 한참 말이 없다가 도주 의도는 없는 것 같으니, 여행은 허락해 주겠다고 했다. 대신 여행 중에도 적극적으로 협조하라고 했다. 나는 그의 선심에 핸드폰이지만 연신 고개를 조아리며 감사하다고 말했다. 다음날 베트남행 비행기를 탔다.

호텔에 도착하자마자 도착 문자를 보냈다. 그들은 딸과 떨어져 전화 받길 원했다. 베트남에 온 다음 날 아침부터 딸이 자고 있으면 베란다에 가서 2시간가량 쪼그리고 앉아 그들의 전화를 받았다. 코인거래소 앱을 다운로드했다. 업비트 회원가입을 시도했다. 가입이 되지 않아 상담원과 말다툼까지 했다. 외국계 코인거래소에서 뭔지도 모르는 버튼을 눌러가며 코인을 사고팔았다.

딸이 이불 속에서 몸을 뒤척이면 방으로 들어왔다. 조식을 먹으러 가서도 그들로부터 카톡이 오면 배가 아프다는 핑계를 대고 먼저 방으로 돌아왔다. 관광지를 돌아다니다가도 카톡이 오면 목이 마르다며 아이스크림 가게나 커피숍을 찾았다. 그곳에서 한 시간 넘게 핸드폰을 붙들고 대출을 받았다. 대출이 되면 속이 시원했다. 사건이 마무리되어 내 대출 내역이 하루빨리 삭제되기만을 바랐다. 딸은 다행히 나의 행동을 이상하게 생각하지 않았다.

가는 곳마다 내가 어디에 있는지 그들에게 카톡으로 알렸다. 핸드폰 진동에 온 신경을 곤두세웠다. 딸의 눈을 피해 전화를 받고 카톡을 보냈다. 딸과는 진지한 대화를 나누지 못했다. 딸의 마음을 살필 겨를도 없었다. 딸이 묻는 말에도 건성으로 대답했다. 혹시나 딸이 내 반응에 서운해할까 봐 "엄만 너와 베트남 와서 너무 좋다"라고 영혼 없는 말을 했다. 최대한 딸이 알아채지 못하게 하려고 내가 할 수 있는 수단과 방법을 모두 동원했다. 무사히 4박 5일 일정을 마치고 돌아오는 비행기를 탈 수 있었다.

집에 돌아온 후 딸과 대화를 피했다. 여행 얘기를 물을까 두려웠다. 하고 싶은 얘기가 없었다. 피곤하다며 일찍 자는 척했다. 그런 나에게 서운했는지 딸도 나에게 말을 걸지 않았다. 오해를 풀려면 당시 나의 상황을 말해야 하는데 그것도 싫었다.

그때 찍은 사진조차도 지우고 싶었다. 사진 속 나는 마음을 졸이면서도 항상 웃고 있다. 힘들면서도 힘들지 않은 척, 불안하면서도 불안하지 않은 척 사진을 보면 눈물이 날 것 같았다. 검사가 뭐가 그렇게 무서워 벌벌 떨었는지. 잘못한 것도 없는데 잘못한 사람처럼 그들의 말에 굽신거린 게 분했다. 그들의 배려에 감사하며 그들이 하라는 대로 다 하려고 애를 썼던 내가 어리석어 보였다. 나의 실수로 딸과의 추억도 엉망이 되었다. 가슴 한쪽이 저렸다.

경찰서에 다녀오고 대출을 갚고 출근하면서 점차 일상으로 돌아오자, 딸과의 오해를 풀고 싶었다.

베트남 여행 때 나에게 일어난 일에 대하여 딸에게 말했다. "엄마가 그때 좀 이상하기는 했어. 그런데 난 엄마가 일 때문인 줄 알았어. 엄마 바쁜데 내가 엄마 데리고 와서 내가 더 미안했어"라고 딸은 말해주었다. 엉망진창이었던 딸과의 베트남 여행이 다시 새록새록 기억되기 시작했다. 사진을 보면서 나의 심정을 말할 수 있었고 딸은 나를 위로해 주었다. 주변 사람에게 상처 주고 상처받을까 봐 숨기기보다는 사실을 털어놓는 것이 오해를 풀 수 있고 상처와 아픔을 치유하는 데도 도움이 될 수도 있음을 알았다.

보이스피싱을 당하고 3년이 지났다. 딸은 올해 4월 캐나다로 떠났다. 진로를 고민하던 딸은 국경을 넘어 다른 나라에서 유치원 선생님을 하고 있다. 나는 그때의 기억으로 글을 쓰고 있다. 기억하고 싶지 않은 기억이라 여겼는데 작가의 꿈을 꿀 수 있게 해준 씨앗이란 생각이 든다.

2-8.
상처가 남긴 선물

이은정

　　상처받은 과거를 지우고 싶었다. 시간이 지나고 나서야 깨달았다. 과거의 상처와 아픔이 단지 나를 무너뜨리기만 한 것이 아니었다는 것을. 오히려 내 삶의 중요한 전환점이 되었고, 오늘의 나를 만든 밑거름이 되었다.

　어린 시절, 나는 말괄량이였다. 여동생이 하늘나라로 떠나기 전까진. 어쩌면 외롭고 불안한 걸 숨기려고 일부러 씩씩하게 굴었는지 모르겠다. 아버지는 술을 좋아했고, 자주 마셨다. 그럴 때마다 부모님은 다툼이 잦았다. 엄마는 가족을 부양하기 위해 물질을 했고, 농사일에도 매달리셨다. 그녀의 고된 삶을 보며, 나도 모르게 책임감과 압박감을 느꼈다. 나와 동생에게 공부를 잘해야 한다고 말씀하셨다. '공부만이 네가 이 어려운 상황에서 벗어날 길이다.'라고 독려하셨다. 부담이었다. 엄마의 기대에 부응하기 위해 노력했지만, 때로는 기대가 너무 무겁게 느껴졌다. 공부를 잘해야만 가치 있는 아이가 될 수 있다는 생각에 사로잡힌 거다. 어쩌다 실수라도 하면 크게 혼났다. 그때마다 주눅이 들었고, 점점 더 조용해졌다. 사랑받고 싶은 마음에 더욱 순종적으로 행동했다. 그럴수록 자아는 점점 희미해져 '착한 아이'가 되어 갔다. 마음속에는 늘 두려움과 불안이 자리 잡았고, 그 감정들은 시간이 지나도 쉽게 사라지지 않았다.

대학교 4학년 2학기. 대학원 합격 통지서를 받았지만, 부모님의 반대로 은행에 취업했다. 첫 직장이다. 사회에 처음 발을 내디뎠을 때, 모든 것이 두려웠다. 새로운 환경, 낯선 사람들, 높은 기대치. 은행의 업무는 숫자와 정확성을 요구했다. 실수할까 두려워하며 매일 긴장 속에서 보냈다. 조합원의 돈을 다루는 일이었기에 작은 실수 하나도 큰 결과를 초래할 수 있었다. 완벽해야 한다는 압박감 속에서 나를 점점 더 옥죄었다. 스트레스의 연속이었다.

"통장이 왜 이렇게 된 거야? 이 양아, 이거 뭐냐고!"
"아…… 그게…….'"
입을 열려고 했지만, 목소리가 나오지 않았다. 머릿속은 하얘졌고, 어떻게 해야 할지 몰라 당황스러웠다. 도대체 뭐라고 대답해야 할지. 순간, 조용히 상황을 지켜보던 부장님이 나섰다. '무슨 문제인지 천천히 얘기해 주시겠습니까? 제가 해결해 드리겠습니다.' 부장님의 차분한 말투와 단호한 태도에 그 조합원은 조금씩 목소리를 낮추기 시작했다. 아무 말 없이 부장님 뒤에 서 있을 수

밖에 없었다. 일이 마무리된 후, 부장님이 나를 부르셨다. "이렇게 대응하면 안 돼. 당황하지 말고, 차분하게 설명해야지. 이런 일들에 더 익숙해져야 해." 고개를 끄덕일 수밖에 없었다. 퇴근길에 눈물이 멈추지 않았다. 나 자신이 너무나도 작고 무력하게 느껴졌다. 이런 일이 또 생기면 나는 어떻게 해야 할까, 그 생각이 머릿속에서 떠나지 않았다. 그날 밤, 잠을 이루지 못했다. 그때의 무력감과 자책감이 정말 컸다. 일기장을 펼치고 떠오르는 감정을 끄적거려 보았다. '아직도 난 배우는 중이다. 누구나 실수할 수 있다. 이대로 무너질 수는 없다.' 마음을 다시 잡았다. 글 쓴 덕분에 다시 일어설 수 있었다. 다음날 평소처럼 조합원들을 대했다. 실수를 두려워하지 않고, 차분하게 대처하는 방법을 가르쳐 준 경험이었다. 내 안에 있는 힘을 다시 한번 믿어보기로 한 거다. 실수해도 괜찮고, 배움의 기회로 받아들이면 된다는 것을. 조금씩 자신감이 생겼다.

그때부터 글을 쓰기 시작했다. 처음에는 일기를 쓰는 정도였다. 점차 내 감정과 생각을 깊이 있게 표현했다. 글을 쓰면서 그동안 얼마나 많은 상처를 안고 살아왔는지, 그 상처들이 나에게 어떤 영향을 미쳤는지를 알아갔다. 어린 시절의 두려움, 숨겨진 외로움, 첫 직장에서의 경험을 차근차근 적어 보면서 그때의 감정들을 하나씩 해소해 나갔다. 감정과 느낌을 글로 적어 보니 의미를 알게 되었다. 더는 내 상처를 부정하거나 숨기고 싶지 않았다. 끄적거리면서 얻은 큰 변화 중 하나는 삶을 바라보는 시각이 바뀌었다는 것이다. 과거에는 상처를 부정하고 숨기려고만 했다면, 이제는 그 상처들을 있는 그대로 받아들이고 의미를 찾으려 한다. 내 감정을 표현하는 데에 솔직해졌다. 감정을 억누르지 않고, 그 감정이 무엇인지 찬찬히 들여다보며 글을 쓴다. 상처를 통해 내가 배운 것들과 나에게 남긴 흔적들이 결국 나를 더 강하게 만들어 주었다. 나를 억누르지 않고, 성장시키는 원동력이 되었다. 내 삶의 모든 순간이 나에게 중요한 의미가 있다. 비록 아프고 힘든 순간일지라도, 그것은 나의 일부이며 나를 더 단단하게 만들어 주는 요소임을 알아차렸다.

실수가 두렵지 않다. 오히려 실수를 통해 배우고, 더 나은 사람이 되기 위한 발판으로 삼는다. 작은 변화들이 쌓여 지금의 나를 만들었다. 글 쓰면서 진짜 나를 만난다. 글쓰기 전에는 타인의 기대에 부응하기 위해 내 진짜 모습을 숨기고, 가면을 쓴 채 살았다. 그런데 감정을 글로 적어 보면서 나의 진짜 모습을 마주하는 시간이 되었다. 나의 약점과 부족함, 두려움들을 있는 그대로 받아들이게 되면서 비로소 진정한 나로 살아갈 수 있게 되었다. 완벽하지 않은 나를 사랑하는 법을 배웠고, 마음의 목소리에 귀 기울이게 했으며, 나를 더 깊이 이해하게 된 거다.

삶에는 크고 작은 상처들이 존재한다. 때로는 그 상처들이 너무나 아프고, 지워버리고 싶을 때도 있을 것이다. 하지만 그 상처들 덕분에 성장할 수 있었다. 상처를 마주하고, 그 안에 숨겨진 의미를 찾는 순간, 더 강해지고 깊은 사람이 되리라 믿는다. 과거의 아픔을 부정하지 말고, 있는 그대로 받아들이며, 희망을 찾았으면

글 쓰는 삶의 미학

좋겠다. 상처와 아픔은 결코 나를 무너뜨리는 것이 아니라, 더욱 단단하게 붙들어주는 힘이 될 수 있으니까. 중요한 것은, 상처를 어떻게 바라보고 어떻게 내 삶에 녹여내느냐이다. 글 쓰면서 내 상처를 마주하고 나아갈 수 있었다. 다른 사람들과 연결되었고, 희망을 전할 수 있는 사람이 되었다. 상처를 숨기기보다는 드러내고 다른 사람들과 나누다 보면, 분명 그 속에서 위로와 희망을 발견하리라 확신한다. 글 쓰는 삶을 위하여!

2-9.
이제 희망을 씁니다

장진숙

'고목에도 새싹이 자랄 수 있을까?'

고목은 오래된 나무나 말라죽은 나무를 의미한다. 표면에는 갈라진 금이 가득하고 두꺼운 껍질을 가진 고목. 그 자리에서 성장을 멈춘 고목도 새싹이 돋아날 수 있다. 고목은 과거 무성한 잎과 나뭇가지를 가졌었다. 물기 하나 없어 보여도 뿌리는 땅속에서 숨 쉬고 있다. 고목이 자라는 환경만 바뀐다면 다시 새싹이 돋아날 수 있다. 지치고 상처받은 모습이지만 내면 깊은 곳에는 희망의 씨앗을 품고 있다.

코로나19가 시작될 때, 사무실 건물을 나오면 도로를 따라 큰 벚나무가 있었다. 이삼십 년은 훌쩍 넘은 나무들이다. 점심 먹고 동료들과 벚나무 따라 걷고는 했다. 산책 중 유독 신경 쓰이는 벚나무가 있었다. 그 나무는 땅에서 50센티미터 위부터 나무 기둥

글 쓰는 삶의 미학

이 두 갈래로 자랐다. 한쪽은 앙상하고 건조한 나뭇가지를 가졌고, 다른 기둥에서는 생기가 가득한 나뭇가지와 잎이 무성한 나뭇잎이 하늘을 가리고 있었다. 나무 기둥의 시작은 같았지만 다른 모습이었다. 이 나무를 지날 때면 말라 가는 나무 기둥을 손바닥으로 쓰다듬게 됐다. 그 자리를 버티고 있어 대견했다. 나무에 꽃들이 만발한 날이었다. 그 나무를 지나는데 죽은 줄 알았던 벚나무 기둥에서 어린 줄기 하나가 삐죽 올라오고 있었다. 며칠 후 다시 찾았을 때, 어린 줄기 옆에는 서너 명의 친구가 있었다. 그리고 한 살 아기의 치아처럼 수줍게 꽃송이 피어 있었다. 죽은 줄 알았던 나무 기둥에서 새싹이 자라고 꽃도 핀 것이다. 그 모습에 나도 힘이 났다. 뭐든 할 수 있을 것 같은 생각이 들었다. 고목에서도 새싹이 자라고 꽃이 필 수 있었다.

코로나19 환자가 급격하게 늘었다. 육 개월 만에 보건 부서로 다시 돌아왔다. 연일 회의가 있었다. 회의자료 준비, 변화된 지침을 전달하는 일, 보건소의 문의 전화에 응대하기 등 업무가 많아질수록 사무실 분위기는 냉기가 돌았다. 장기간 이어진 코로나19로 동료들은 마음의 여유가 없었다. 빨리 코로나19가 끝나길 바랐다. 일에 쫓기니 서로에게 건네는 말은 차고 날카로워졌다. 마음이 얼어붙었다. 부정적인 말들은 상처에 뿌린 소금물 같았다. 들을 때면 몸이 움찔움찔했다. 귀를 막고 싶었다. 그런데 두 손을 귀까지 올릴 힘이 없었다. 마음은 울컥하다 땅속으로 들어가기를 반복했다. 브레이크가 고장난 차도 달린다. 기름이 떨어지거나 외부의 힘으로 멈춰질 때까지. 이런 복잡한 마음은 휴식만 하면 쉽게 회복될 줄 알았다. 하지만, 고삐 풀린 마음은 그냥 통제할 수 있는 것이 아니었다. 세 살 먹은 아기처럼 어르고 달래야 했다. 상처가 벌어지지 않고 새싹이 돋아야 한다. 상처 나면 후시딘을 발랐다. 후시딘은 상처의 빠른 회복을 돕는다. 마음의 상처에 희망이 돋아나게 하는 힘, 그것은 글쓰기였다.

글 쓰기 위해서 생각을 정리해야 한다. 복잡하고 얽힌 마음의 실타래를 한 올 한 올 풀어서 가지런히 정리해야 한다. 가끔 실타래가 풀리지 않을 때, 가지고 있던 실 가닥을 길게 당겨버린다. 남아 있는 실은 한쪽으로 몰려서 뭉쳐진다. 더 풀기 어려운 상태가 된다. 심호흡 크게 한번 하고 천천히 실을 한 가닥씩 풀어야 한다. 계속하면 실은 결국 풀린다. 끈기와 시간이 필요할 뿐이다. 가지런히 정리된 실타래로 다시 무언가를 만들 수 있다. 스웨터, 목도리, 장갑. 어느 것이든 선택하면 된다. 상처를 어떻게 다룰지는 나에게 달렸다. 계속 소금물을 부을 것인가, 빨리 아물고 살이 차오르게 할 것인가?

2022년, 번아웃증후군으로 두 달간의 병가를 썼다. 다른 사람들을 도와주는 일이라 생각하며 맡은 일을 열심히 했다. '열심히'가 다른 사람에게 부담이 될 수 있다는 것을 알았던 날, 세상이 무너지는 것 같았다. 갑자기 우왕좌왕하며 삶의 길을 잃었다. 어디로 가야 할지 모르니 망연자실해졌다. 나의 존재를 부정당하는 것 같았다. '내가 살 수 있을까?' 하는 염려가 계속되는 날들. 과거의 순간들이 그림자처럼 나를 따라다녔다. 떨어지지 않았다. 마음의 변화에 따라 크기가 작아지거나 더 커지기를 반복했다. 이 그림자

　　　　　　　　　　　　　　　글 쓰는 삶의 미학

를 수세미로 박박 닦아서 씻고 싶었다. 그림자와 떨어질 수 없다면 같이 갈 수 있는 방법을 찾아야 한다. 그 시간이 절망 대신 희망이 될 수 있어야 한다.

　번아웃증후군을 떠올리는 것은 과거의 상황에 말들이 더덕더덕 붙는 것 같았다. 생각만으로 머리가 아프고 피곤했다. 그 시간을 비밀 금고에 넣고 열쇠로 잠그고 그 열쇠를 멀리 던져버리고 싶었다. 기억을 아무도 꺼낼 수 없도록. 가슴 한편은 알고 있었다. 기억을 잘 정리하고 햇볕을 쫴야 해결되는 것을 말이다. 선뜻 용기가 나지 않았다. 미루고 미루다 마음이 진정되자 그 시간을 떠 올릴 수 있었다. 말로 표현할 수 있게 됐다. 매일 확언과 독서를 하면서 긍정적인 생각은 강화되고 단단해졌다. 내 마음의 뿌리가 더 성장해서 바람에도 버틸 수 있게 만들기 위해 노력했다. 복잡하게 얽혀있다고 생각했던 기억을 글로 풀어보니 생각보다 단순했다. 기억에 아픔이 더해지는 것이 아니라 상황이 선명하고 명료해졌다. 기억은 늘어나는 것이 아니라 덜어지고 있었다. 그 시간이 명확해질수록 그 경험이 주는 메시지가 보였다.
　‘내가 틀릴 수도 있다.’
　‘멈춤은 후퇴가 아니라 도약을 위해 필요한 시간이다.’

　나의 경험을 글로 쓰니 상처받았던 마음에 살이 채워지는 것 같았다. 글을 쓰면서 크게 세 가지가 달라졌다. 첫째, 과거의 기억을 다른 눈으로 보게 됐다. 위기의 순간이 변화의 시작이 될 수 있다. 어깨를 누르던 삶의 무게도 가벼워지는 것 같았다. 경험에서 찾은 메시지를 다른 사람들에게 잘 전달해 주고 싶었다. 나처럼 아파하는 사람을 도와주고 싶었다. '삶은 틀릴 수도 있는 거야. 괜찮아.'라고 말해주고 싶었다.

둘째, 오늘에 더 집중하고 감사하게 됐다. 지금, 여기에 관심을 가지니 전에는 보지 못했던 것들이 보였다. 출퇴근길에 지나쳤던 아파트 화단에는 강한 생명력을 지닌 나무들이 아름답게 자라고 있었다. 그 모습이 감동으로 다가왔다. 내가 아름다운 자연 속에 있어 감사했다. 매일 책을 읽고, 글을 쓸 수 있는 삶에 고마웠다. 나의 글이 다른 사람에게 도움을 줄 수 있다니 행복하다.

셋째, 삶에 대한 자신감이 생겼다. 나를 작아지게 했던 번아웃 증후군의 경험이 다른 사람에게 좋은 메시지가 될 수 있다는 것을 알게 됐다. 덕분에 삶에 자신감도 얻었다. 타인을 도와주는 사람이 되고 싶다는 생각은 무심코 하는 행동에 제동을 걸기도 했다. 나의 삶과 행동을 바르게 인도하고 있었다. 매일 독서하고, 확언하는 습관은 흐트러지는 나를 바로 서게 했다.

작은 씨앗이 자라서 꽃을 피우는 모습에 우리는 희망을 본다. 글쓰기 역시 그렇다. 과거의 경험이 씨앗이 되어 멋진 메시지로 재해석되는 과정에서 희망을 준다. 글쓰기는 과거의 경험을 그 순간에 멈추게 하는 것이 아니라 희망을 추가하는 일이었다. 누군가에게 희망을 줄 수 있는 글쓰기는 얼마나 감사한 작업인가? 과거의 경험에서 글감을 찾는다. 이렇게 해야 했는데 하고 후회한 날도 있었다. 글을 쓰면서 그 시간을 다시 돌아보니 후회 대신 그 순간에 대한 대안을 찾았다. 다른 말로 메시지다. 이불 킥하고 싶었

글 쓰는 삶의 미학

던 순간, 가만히 안아주고 싶은 순간, 같이 울어주고 싶은 순간, 옆에서 대신 화내주고 싶은 순간. 모두 누군가에게 알려주고 싶은 메시지가 있다. '나는 이제 상처 대신 희망을 쓴다.'

2-10.
엄마, 이제 그만 헤어져요

정원희

　　엄마와 헤어지기로 했다. 내가 먼저 그러자고
했다. 자식이 속 썩여 연을 끊자는 경우는 있어도 자식이 부모에
게 이러는 경우는 없다. 나도 안다. 그래서 이 말을 하는 것이 힘
들었다. 하지만 해야 했다. 그리고 나도 도망갔다.

　　스물한 살에 대학 편입을 하면서 집을 떠나게 되었다. 혼자 살
아 보고 싶어서 집과 거리가 먼 학교를 선택했다. 학생이었고, 경
제적인 부분까지 독립한 건 아니었기에 부모님과의 완전한 이별
은 아니었다. 부모님은 부산에 살고, 나는 경주에서 학교에 다녔
다. 시외버스로 한 시간 거리, 통학도 가능한 거리였지만 나는 집
을 떠났다. 혼자 살던 첫해에는 하숙했고, 두 번째 해부터 자취했
다. 혼자 음식도 하고, 청소와 빨래도 했다. 점점 혼자 살아가는
데 익숙해졌다. 그러다가 대학 4학년 2학기부터는 해외로 취업을

나가 한국을 잠시 떠나 살았다. 일 년간의 해외 생활을 마치고 한국으로 돌아왔다. 딱 일주일 부산 집에서 보내다가 다시 취업해 서울로 이사했다. 이후로 서른다섯 살이 될 때까지 나는 내 방식대로의 생활양식을 만들어 가며 살아왔다.

서른다섯에 엄마가 되고, 서른여섯이 되던 해에 마산 대학교 교수로 오면서 부모님과 다시 살게 되었다. 15년 만이다. 부모님이 육아와 살림을 맡아 주었다. 남편은 서울에 있었고, 나는 강의와 내 공부에만 집중했다. 다시 학생으로 돌아간 듯했다. 지방 생활을 계속 이어나갈지 다시 서울로 돌아갈지에 대한 결정은 하지 않은 채 마산 대학교에서 교수 생활을 시작했다.

3년이 지나고 남편과 의논했다. 가족이 너무 오래 떨어져 살 수는 없었다. 결정해야 했다. 나는 꼭 지방에서 살아야 한다는 것을 고집하지는 않았다. 꽤 만족스럽기는 했다. 15년 동안 서비스업에서 일하다가 처음으로 저녁이 있는 생활을 하게 되었다. 오랜만에 부모님과 함께 사는 것도 좋았다. 부모님은 아직 내가 필요한 나이가 아니었지만, 육아를 위해 부모님이 함께 있는 건 안정적이었다. 다시 서울로 가면 일과 육아를 해내느라 전쟁을 치러야 할 것이 분명했다. 그런 나를 위해 남편도 마산으로 내려와 살기로 했다. 마침, 마산의 외식업체에서 관리자급으로 사람을 구해달라는 요청이 와서 남편이 면접 보고 그 자리에서 일하게 되었다. 남편도 혼자 서울에 있을 때보다는 함께 지내는 것에 만족하는 듯했다.

남편은 잔소리 많은 엄마에게 가끔 버럭 소리를 질러대기도 했다. 워낙 장난이 심하고 부모님께 스스럼없이 대하는 성격이라 잘 지내리라 생각했다. 오빠와는 전혀 다른 성격의 남편에게 적응하는데, 부모님도 시간이 필요했다. 남편이 마산에 내려온 지 일 년쯤 되었을 때 나는 귀농에 관한 이야기를 꺼냈다. 남편은 일하고 있는 업장에서 매출과 사람 관리 때문에 스트레스를 많이 받고 있었다. 디스크, 통풍 등 몸에도 이상이 생겼다. 평소라면 그냥 웃어넘길 일에도 화내는 일이 잦았다. 성격 좋은 남편이 점점 예민해지는 것 같았다. 머리에서 김이 모락모락 올라오는 듯했다. 큰일 나겠다 싶었다.

창원에 있는 도시귀농학교를 추천했다. 결석도 자주 하고 재미있어하지는 않았다. 과정 중에 현장학습으로 가족이 함께 창녕으로 가는 일정이 있어 가게 되었다. 그곳에 다녀온 뒤 남편도 귀농에 대해 조금 더 긍정적으로 생각했다. 몇 달 후 이직의 기회가 생겼다. 귀농을 해보는 것으로 내가 설득했다. 이직하더라도 어차피 옮겨서 같은 일을 한다면 크게 달라질 것 없을 것 같았다. 근본적인 것의 해결 방법이 아니었다. 그렇게 해서 남편이 먼저 마산 내서에서 창녕으로 출퇴근하면서 농사를 배우기 시작했다. 처음 1년 정도는 땅을 구하거나 집을 사지도 않고 이 일 저 일 하는 것을 도와가며 천천히 적응했다. 일하다가 창녕에서 자고 오는 날도 있었다. 직장 생활을 할 때보다는 마음의 여유를 조금씩 가지게 되는 것 같았다. 건강도 좋아졌다. 통풍약도 안 먹어도 될 정도였다. 식단이 크게 달라진 것은 아닌데, 스트레스가 현격히 줄어 그런 결과가 아닌가 생각했다.

그렇게 지낸 지 한 일 년쯤 되었을 때, 창녕 영산에 있는 분과 인연이 닿아 영산에 있는 전원주택으로 이사하게 되었다. 평소 전

글 쓰는 삶의 미학

원생활이 로망이었던 부모님도 함께 이사했다. 여기서부터 잘못되기 시작했다. 부모님이 아들을 돌봐주고 있으니 당연히 같이 옮겨 살아도 괜찮겠다고 생각했다. 사실 그때 남편에게 그래도 되는지 묻지 않았다. 300평 대지에 서른 평의 집, 방은 두 개였다. 작은 방을 부모님이 쓰고, 안방을 남편과 나, 정원이가 함께 썼다. 거실이 넓은 편이라 책이며, 정원이 장난감 등은 거실에 두고 쓰는 게 큰 문제는 없어 보였다. 그럭저럭 1년쯤 산 것 같다.

언제인가부터 집에 들어가면 차가운 공기가 맴돌았다. "엄마, 오늘 또 할머니랑 아빠랑 싸웠어." 아이가 싸웠다고 하는 것은 무언가 큰 소리가 났다는 거다. 그런 일이 자주 있었고, 집에 들어가면서 나도 모르게 오늘은 아무 일 없기를 바라고 눈치를 보게 되었다. 우리 부부는 서로의 행동에 대해 잔소리하지 않는 편이다. 엄마는 달랐다. 남편 행동 하나하나가 엄마가 지금껏 살아오신 방식이랑 너무 달랐다. 매번 지적하고 고쳐주고 싶어 했다. 살림을 살고 있었던 엄마는 남편이 집에 오기만 하면 이것저것 해달라고 요구했다.

농부는 새벽에 나가 일하고, 해가 뜨거울 때는 쉬었다가 다시 해가 좀 지나면 일하기 시작한다. 해지면 더 이상 일할 수 없으니, 집으로 돌아와 쉬다가 잔다. 다시 새벽에 일어나야 하고, 다음날도 일하다가 중간에 쉬어야 한다. 새벽에 일하고 낮에 집에 와 눈붙이고 누워있는 남편을 보면 또 어떤 일을 시켰다. 조금 쉬어야 일을 좀 할 텐데 엄마 눈에는 그저 놀고 있는 모습으로 보였을 수 있다. 매일 아침 출근하고 저녁이면 퇴근하는 아빠만 평생 보며 생활한 엄마다. 남편이 낮에 놀고 있는 것을 이해하지 못했다. 어른이니 알아서 할 일도 잔소리를 했다. 잔소리하지 않는 나와 살다가 그런 엄마와 살려니 남편에게도 한계가 왔다. 참다못한 남편이 "우리 마누라도 나한테 안 그러는데 엄마가 왜 그래?" 하면 엄마는 더 큰 소리로 "그런 마누라랑 살아서 넌 좋겠다" 하며 받아친다.

하루는 강의 끝나고 늦게 10시쯤 집에 갔는데, 무언가 냉랭한 공기가 느껴졌다. 방에 들어가니 남편이 자지 않고 나를 기다리고 있었다. 이야기 좀 하자고 했다. "여보, 나 더 이상 못 참겠어. 당신이랑 같이 못살 것 같아." 때가 왔다고 생각했다. 엄마의 간섭에 더 이상 견딜 수 없었던 남편의 호소였다. 다음날 부모님만 집에 있을 때 이야기를 꺼냈다.

"엄마, 이제 그만 우리 헤어져야 할 것 같아요. 내가 오 서방이랑 헤어질 수는 없잖아요."

생각과 생활 방식이 다른 사람끼리 맞춰 사느라 힘들었다. 엄마는 참고 살겠다고 했다. 이제 남편에게 잔소리하지 않는다고 했다. 뒤뜰에 컨테이너 있으니, 거기다 방 꾸려서 따로 나가 살겠다고 했다. 아빠는 아무 말 없이 눈물 흘렸다. 나는 냉정했다. 이미 되돌릴 수 없다고 했다. 두 분이 울며 나와 살고 싶다는 말에도 결정을 바꾸지 않았다. 그날 부모님은 바로 짐을 싸고 부산으로 갔다. 우리 가족은 그날 밤 기본적인 대화 외에 다른 말은 하지 않았다. 조용히 밤을 보냈다. 다음날도, 다음날도 그랬다.

그로부터 2주 후가 추석 연휴였다. 시댁이 있는 홍성에도, 부모

글 쓰는 삶의 미학

님이 있는 부산에도 가기 싫었다. 나의 결정에 후회는 없었지만, 현실을 마주해야 하는 것이 힘들었다. 잠시 떠나 있기로 했다. 호주행 비행기를 예약했다. 추석 연휴 동안 정원이와 그곳에 다녀오겠다고 하고 떠났다. 열흘간 호주에서 여행하고 왔다. 임신 5개월 때 남편과 같던 시드니 곳곳을 정원이와 돌아다녔다. 같은 장소에 있는 우리 두 사람의 사진을 남편에게 보냈다. 그렇게 시간을 보내고 한국으로 돌아왔다.

　잠시 피했다 오니 나아졌다. 힘든 일이 생기면 그 현장을 잠시 벗어나 피해 있는 것도 방법이다. 식을 때까지 기다린다. 추석 연휴가 끝나고 호주에서 돌아와 부모님을 찾아갔다. 엄마는 아직 화가 나 있었고, 아빠는 여전히 눈물을 흘렸다. 아직 시간이 더 필요해 보였다. 나는 그때 냉정한 딸이었다. 못된 딸이었다. 남편을 핑계로 내가 그러고 싶었는지도 모른다. 더 이상 피할 수 없어서 그렇게 결정했다. 다시 그 순간이 오더라도 그런 결정을 할 수밖에 없다. 부모님과 재회는 그리 오래 걸리지 않았다. 오늘 대구로 운전해 오는 동안 한 시간 동안 엄마와 통화했다. 엄마는 전 세계를 떠도는 딸을 인스타그램에서 만난다. 이제 부모님과 나는 따뜻한 사이가 되었다.

2-11.
상처의 언어, 성장의 발자국

최주선

　"너는 그러니까 안 되지. 너는 키도 작고 못생겼어. 그게 착한 거냐? 멍청한 거지."

　중학교 1학년 입학식 후, 바로 내 앞자리에 앉아 단짝이 된 45번 친구가 입에 달고 살던 말이었다. 유독 나한테만 못되게 굴었다. 늘 나에게 '단짝 친구'라고 말하면서 내게 왜 그렇게 못되게 굴었는지 35년도 더 지난 지금도 이해되질 않는다. 그 탓에 사람들이 내게 좋은 말을 해줘도 모두 진심이 아닐 거라 믿었다. 그 계기는 오랜 시간 낮은 자존감으로 살도록 만들었다.

　대학 시절, 그리고 사회 초년 시절까지도 그 말이 나를 따라다녔다. 실제로 나는 당시 작고 동글동글 순하디순한 외모였다. 나도 내가 맘에 안 들었던 마당에 시간이 지날수록 45번 친구가 말한 게 진짜라 믿게 되었다. 누군가의 입에서 가시 돋쳐 뱉어진 말은 사라지지 않았다. 얼마나 뾰족했는지 마음에 깊숙이 박혀 쉬이

뽑히지 않았다. 잊을 만하면 그 말이 내 속에서 비집고 나왔다. 나는 못생겼고, 나의 친절과 선의가 누군가에게는 멍청한 일이라는 사실이 몹시 괴로웠다. 대체 어떻게 행동해야 하는지 몰랐다. 우유부단한 성격과 물러터진 내 반응은 야무지고 기가 센 친구에게는 놀림거리였다. 뭐든 좋은 게 좋은 거로 생각하고 순응하고 동의했던 '아무거나'와 같은 태도가 놀림거리가 되기에 충분했는지도 모를 일이다.

"지금 네가 했던 말은 지금 상황에 중요한 건 아니고!"

한두 차례 무시당했던 경험은 나를 위축되게 했다. 마음속에서는 하고 싶은 말을 외치고 있지만, 입 밖으로는 나오질 않았다. 그렇게 난감한 상황에 놓여 눈물이 터진 적도 한두 번이 아니었다. 그 모습을 보고 한 번은 친구들이 말했다.

"야, 쟤 받자 하지 마. 받아 주니까 더 그런 거야. 답답해. 버릇을 고쳐줘야지."

당시 그 '받자 하지 말자'라는 말이 무슨 말인지 몰랐는데 느낌상 내 태도를 받아 주지 않겠다는 말로 이해했다. 잘 지내다가도 한 번씩 그런 일이 있을 때면 관계를 끊고 숨고 싶었다. 그저 피할 수 없는 그 상황을 모면하고 싶어 늘 타인의 기준을 맞춰주려고 애쓰고 있었다.

시간이 지나면서 사회생활을 하고, 인간관계 기술이 늘어갔다. 이 사람 저 사람과 과거에 관한 이야기를 하며 내 생각도 이야기할 기회들이 있었다. 인문학 강의를 찾아서 듣고 관련 책을 읽었다. 다른 사람 눈치를 보는 게 아니라, 내 의사를 분명히 밝혀야 오해를 덜 일으킬 수 있다는 것도 알게 되었다. 나의 낮은 자존감도 차차 끌어 올릴 수 있었다.

둘째 다엘은 나의 그 성격을 꼭 빼닮았다. 다엘은 무슨 일이 생기면 말하지 않고 눈물부터 흘렸다. 눈물을 흘릴 타이밍이 아닌데도 불구하고 입은 꾹 다문 채 울기만 했다. 나는 다엘의 기분을 이해할 수 있었다. 솔직히 속 터졌지만, 다엘이 왜 그렇게 행동하는지 알 수 있었던 건 과거의 나도 그랬기 때문이다. 다엘에게 나 어릴 적 이야기를 들려주었다. 그리고 그렇게 내가 원하는 것과 생각하는 것을 명확하게 표현해야 서운하고 두려운 마음이 없어진다고 일러두었다. 말하지 않고 입을 닫거나 얼버무리면 어떤 불이익을 받을 수 있는지도 말해줄 수 있었다.

당시 누군가가 나에게 어떻게 행동하라고, 어떻게 반응하면 된다고 알려준 사람은 없었다. 밖에서 겪는 일은 절대 집에 가서는 입 밖에 내지도 않았다. 주변의 다른 친구들이 토닥여 준대도 문제가 쉽게 해결되지는 않았다. 시간이 지나면서 경험을 통해 알게 되었다. 내 태도에 따라 돌아오는 반응을 경험하면서 생각 전환하는 훈련을 했다. 다엘도 나처럼 시간이 걸릴 거다. 사람은 각자 다른 방식으로 인생 경험을 하며 성장하는데, 나는 인간관계를 배우는 데 시간이 필요했는지도 모르겠다. 지금 열세 살인 다엘은 반복적인 상황을 겪으면서 자신의 감정을 좀 더 솔직하게 말하고 조절할 수 있게 되었다. 어쩌면 남편과 나의 어떤 태도나 말이 비수가 되어 아이들에게 꽂히는 날이 많았을 게다. 또한, 남편과 나, 서로에게도 말이다. 말의 중요성을 알지만, 여전히 훈련해야 한

글 쓰는 삶의 미학

다. 오래전 아픈 기억 탓에 나는 순간순간 말조심하려고 애쓴다. 40년 넘는 인생 중 고작 1년에 불과한 그 시절의 상처가 이렇게나 기억에 오래 남아 있는 것을 보면 상처받은 경험은 기간과 비례하지 않는가 보다.

스물세 살 무렵, 당시 사귀었던 남자 친구는 중국에서 처음 마주한 한국 청년 H였다. 처음 만났던 그 시기, H는 중국에 장기간 머물고, 나는 한국에 단기 선교를 마친 후 돌아와야 했기에 인연을 이어갈 수 없었다. 그 뒤로 이메일과 메신저로 연락을 주고받았다. 6개월 만에 만났던 날, 나를 보면서 무슨 생각 했는지 물었다.

"어, 다리가 굵다고 생각했어……."

솔직해도 이렇게 솔직할 수 있을까? 당장 헤어지자고 말하고 싶었다. 그 말을 듣고 그날, 눈이 퉁퉁 붓도록 울었다. 친구에게 전화로 하소연하고 만나서 펑펑 울었다. 지금까지 나 좋다는 사람이 수도 없이 많았는데, 내가 이런 대우를 받고도 H와 만나고 싶다니, 내 뺨이라도 갈기고 싶었다. 며칠 뒤 잠시 자기가 미쳤었다며 연락 후 찾아왔지만 집 앞에 찾아오면 피해 다녔다. 그런 대우는 받고 싶지 않았다.

그 뒤로 나는 매일 한 시간 남짓되는 퇴근길을 걸어 다녔다. 출근길에는 지각할 수 있으니 버스를 탔고, 퇴근길은 무조건 걸었다. 운동화를 신거나 들고 다녔다. 구두 신고 출근한 날에는, 퇴근할 때 걷기 위해 운동화로 바꿔 신었다. 제대로 다이어트에 돌입했다. 독하게 마음먹고 식이 조절하며 걷고 또 걸었다. 그 당시는 무척 힘들었고, 나를 있는 그대로 사랑해 주지 않는 사람을 왜 좋아하는지 바보 같았다. 이를 악물고 근성을 보여주겠다며 근 1년 가까운 시간을 매일 걸었다.

어느 날 친구가 집에 놀러 왔다. 싱크대에 등 돌린 채 서서 음식을 준비하는 내 모습을 보던 친구 M이 내게 말했다. "야, 너 다리 살이 왜 이렇게 빠졌어? 너 운동했어?" 그 말을 듣는 순간 온몸에 전율이 확 올랐다. 전혀 변화를 못 느끼고 있었는데 친구가 알아봐 준 거다. 그간의 노력이 헛되지 않았다는 사실에 흥이 났다. 근 1년 동안 걸어 다닐 때는 언제까지 이래야 하나 싶었다. 이렇게 걷다가 안 걸으면 다시 또 굵은 다리라고 놀림 받을지 두렵기도 했다. 평소 그리 오래 걷는 일이 없었는데, 그 계기로 나는 걷는 걸 좋아하게 되었다. 운동도 되고, 살도 빼고 일거양득 아닌가. 게다가 평소 버스 타고 다닐 때는 보지 못했던 주변 거리의 모습과 상점들도 둘러볼 수 있었다. 그 동네만 20년 넘게 왔다 갔다 했는데도 같은 길이 새로워 보였다. 사색도 할 수 있는 시간이었다. 남아공은 거리에서 딱히 걸을 일도 없고, 안전 문제 탓에 동네가 아닌 산에 가서 걷곤 한다. 그럴 때면 많이 걸었던 그 시간이 떠오른다. 그 계기로 그 뒤로도 수없이 걸었다. 덕분에 걷는 게 좋아졌다.

그 경험을 통해서 배운 것들이 지금의 나를 만들었다. 누군가의 말 한마디에 상처받고 흔들렸던 그때의 나는, 오히려 그 경험 덕분에 더 단단해질 수 있었다. 지금 돌아보면, 그 힘들었던 순간들이 내게 준 선물이 있다. 나 자신을 있는 그대로 사랑하는 법을 배

글 쓰는 삶의 미학

웠고, 진심 어린 관계의 소중함도 깨달았다. 또한, 시간이 걸리더라도 포기하지 않고 꾸준히 노력하면 결국 원하는 바를 이룰 수 있다는 확신도 얻었다.

인생은 때로 우리가 예상치 못한 방향으로 흘러가기도 한다. 하지만 그 과정에서 겪는 모든 경험이 우리를 더 성장시키고, 더 나은 사람으로 만들어 준다는 것을 이제는 안다. 그때의 아픔이 있었기에, 지금 더 단단하고 성숙한 내가 있을 수 있었다. 이제는 그 말들이 더 이상 나를 아프게 하지 않는다. 오히려 그 경험이 내게 가르쳐 준 소중한 진실들에 감사하다. 결국, 우리는 모두 각자의 방식으로 성장하고 있는 것이 아닐까. 몸에 난 상처는 의사가 치료해 주지만, 회복되고 재생되는 어느 정도의 시간이 필요하다. 마음에 난 상처와 아픔 역시 누가 대신 치료해 주는 것보다 스스로 극복할 수 있도록 노력도 해야 한다. 그게 주변 사람의 도움으로 비롯되었든 스스로 동굴을 걸어 나오든, 상처는 겪지 않는 게 아니라 별것 아니란 것을 깨닫고 훌훌 털어버리는 것이 중요하다.

3장

그 시절의
고난이 지금의
나를 만들었다

3-1.
금지된 것을 소망합니다

김선황

"너 교회 갔다고 난리 났었어. 조용히 들어와."

토요일 오후 5시, 성경 공부를 마치고 집에 들어오자마자 큰언니가 말했습니다. 온탕에 있다가 냉탕에 동댕이쳐졌습니다. 심장이 쪼그라들면서 엇박자로 뛰기 시작했습니다. 낮술에 취해 집에 온 아버지가 점호를 시작했습니다. 큰언니부터 차례차례 부르다 제가 없는 것을 알았습니다. 교회에 갔다는 말을 듣자마자, 아버지는 고함을 치며 손에 잡히는 것들을 던졌습니다. 가까이 있던 전화기가 제일 먼저 부서졌습니다.

아버지는 어릴 때 새엄마를 맞이했습니다. 구박을 받았는지는 모르겠지만, 아마 관심도 받지 못했을 겁니다. 아버지 형제만 다섯 명에, 이복동생이 세 명 더 있었습니다. 시골 살림은 가난했습니다. 아버지 형제들은 일찌감치 철이 들었습니다. 형들과 누나

　　　　　　　　　　　　글 쓰는 삶의 미학

가 차례차례 시골을 떠났고 초등학교도 제대로 졸업하지 못한 아버지도 곧 그 뒤를 이었습니다. 큰아빠들과 고모는 시장에서 장사를 시작했습니다. 아버지도 일을 도왔습니다. 부모 울타리도 없고 배운 것이 부족한 아버지에게 세상은 가시밭길이었습니다. 지옥 같은 현실에서 잠시라도 구원의 방주에 올라타고 싶었겠지요. 아버지는 교회로 향했습니다. 어른의 품이 필요했습니다. 교회에서 세례도 받고 열심히 다녔다고 엄마에게 들었습니다. 망하기 전까지요.

아버지는 결혼 후 대전, 전주를 거쳐 군산 시장에 자리를 잡았습니다. 처음에는 완구점을 했는데 장사가 잘되었습니다. 초등학교에 입학한 큰언니는 반에서 유일하게 에나멜 구두를 신었다고 했습니다. 국채인지 채권인지 아버지가 한 투자가 실패했습니다. 장사가 안되기 시작한 게 먼저인지 투자에 실패한 것이 먼저였는지 모르겠습니다. 어쨌든 가게가 망했습니다. 그 사이에도 형제는 계속 늘어나 1남 4녀가 되었습니다. 더불어 빚도 불었습니다. 망하자마자 아버지는 하나님을 욕했습니다. 그 뒤로 교회에 가지 않았습니다. 아버지가 하는 일마다 마이너스였습니다. 모든 원망은 하나님과 엄마와 주변 사람들이었습니다.

아버지가 삶을 실패한 것에 대한 책임을 하나님께 전가하고 살아온 줄 몰랐습니다. 저는 우연한 기회에 교회에 갔습니다. 동네에서 전도지를 나눠주던 교회 선생님을 따라서요. 그때가 초등학교 2학년 때였는데 먹을 것에 홀려서 갔습니다. 시작은 시시했지만, 저는 곧 교회 붙박이가 되었습니다. 처음에는 괜찮았습니다.

별말이 없던 아버지가 어느 날 술에 취해서 저를 혼냈습니다. 그 날 교회 다녀왔다고 매를 맞았습니다.

교회에서는 선한 거짓말이라도 하지 말라는데, 교회에 다녀왔다고 말해야 할지 거짓말을 해야 할지 판단이 서지 않았습니다. "선황아, 교회에 꼭 가야겠냐? 집이 이렇게 시끄러운데?" 엄마는 교회에 가지 않으면 좋겠다고 했습니다. 아버지가 교회를 싫어하는 이유를 그때야 알았습니다. 하는 일마다 실패하는 이유를 교회 탓이라 여겼던 겁니다. 그 정도로 아버지 감정의 골이 깊었습니다.

금지는 욕망을 키웠습니다. 그 후부터 교회에 갈 때마다 거짓말을 했습니다. 가정의 평화와 엄마의 휴식을 위해서요. 저는 교회 다니는 맛을 알아버렸습니다. 거짓말이 늘었고 동시에 섬세해졌습니다. 대신 제 행동이 바뀌었습니다. 다른 부분에서 트집 잡히지 않도록 조심했습니다. 제가 해야 할 집안일들은 미리 해두었습니다. 벼락치기 공부도 했습니다. 작은언니와 여동생을 내 편으로 만드는 것도 잊지 않았습니다. 두 사람은 제 거짓말에 동참했고 대부분 제 편을 들었습니다. 착하게 행동하려 노력하고 기꺼이 손해 보는 일을 했습니다.

신을 믿는다는 것은 '내면까지 비추는 CCTV'를 갖는 것과 같습니다. 매주 한 주간의 말과 행동을 돌려봅니다. 부모를 욕되게 하지 않으려고 자식이 바른 행동을 하듯, 믿는 자는 하나님과 교회에 피해가 가지 않도록 조심합니다. 무사히 고등학교를 졸업할 수 있었던 것은 기준선을 세워 준 신앙생활 덕분입니다.

글 쓰는 삶의 미학

저는 스펀지 같은 사람입니다. 성경 말씀을 잘 흡수합니다. 신에 대한 믿음은 사람에 대한 믿음으로도 이어졌습니다. 의심이 별로 없습니다. 사람마다 성향은 다르겠지만 누군가를 만나면 의심부터 하는 사람이 있고, 일단 믿고 보는 사람이 있습니다. 저는 후자입니다. 주변에서 가끔 "어떻게 하나님을 믿을 수 있나요?"라는 질문을 받습니다. 제게는 신을 믿는 게 더 쉬웠습니다.

아버지의 반대는 신앙생활의 불쏘시개가 되었습니다. 반감이 클수록 욕구도 점점 커집니다. 어떻게 해야 교회에 갈 수 있을까 고민하고 행동을 바꿨습니다. 해야 할 것과 하지 말아야 할 것의 구분할 줄 알게 되었습니다. 공부를 잘할수록 유리하다는 걸 알았습니다. 기성회비 밀려가며 학교에 다니는데, 학원에 보낼 여력이 있을 리가 없습니다. 나름 노력을 하는 것이지요. 단칸방에 공부할 자리는 밥상밖에 없었습니다. 시험 기간에 공부하는 모습을 보여주는 것은 효과가 컸습니다. 성적도 그리 나쁘지 않았고요. 자식이 당신보다 나은 인생을 살 수도 있겠다는 기대감이 아버지에게 희망이 되었습니다. 배우지 못한 아버지의 한은 어느 정도 보상받았던 것 같습니다. 제가 형제 중에 처음 대학에 갔을 때 무척 뿌듯해하셨거든요.

만약 아무런 반대가 없었더라면 저는 얼마간 교회에 다니다 말았을지도 모릅니다. 더 자극적인 흥밋거리를 찾아 일탈을 즐겼을지도 모르겠습니다. 나만의 CCTV로 나를 감시하고 남편을 찾았습니다. 결혼해서 함께 교회에 다니며 각자 은사에 맞는 사역을

합니다. 사춘기 때 소원이 마음대로 교회 다니는 것이었는데 소원대로 삽니다. 아들들은 실컷 교회에 다닐 수 있는데 성인이 되니 오히려 교회에서 멀어졌습니다. 그리 갈급하지 않습니다. 언제든 교회에 다닐 수 있으니까요. 적절한 반대는 욕망을 부추깁니다.

"안 돼!"

하고 싶은 일을 무언가 막고 있나요? 금지는 오히려 에너지가 될 수 있습니다. 교회에 가지 말라는 말에 더 가고 싶어 안달하며 방법을 찾아낸 저처럼요. 시도하면 방법은 분명히 있습니다. 가고 싶은 방향을 찾고, 하고 싶은 일을 실행한 덕에 '지금의 나'가 있습니다. 금지당한 일을 소망합니다. "네가 할 수 있겠어?"라는 말이 시작 버튼이 되고 에너지가 됩니다. '미래의 나'가 지금 빚어지고 있습니다.

글 쓰는 삶의 미학

3-2.
삶이 주는 선물을 받다

김효진

　그렇게 살아왔다. 넘어지고 다시 일어서길 수 백 번 하고서야 걷는 아기처럼, 어색하고 쭈뼛쭈뼛 첫 친구를 사귈 때, 첫사랑의 상처, 미래에 대한 불안함, 새로운 도전, 사람과의 갈등, 외로움, 스트레스, 사회적 편견, 건강. 많은 일들이 일어나고 결국엔 지나간다. 그리고 지나온 문제들이 삶을 더 잘 살아갈 힘이 되어준다. 우리에게 일어나는 고통스러운 문제는 성장의 발판이다. 그 시간이 얼마나 고통스럽든, 힘든 시기는 지나간다.

　어릴 적 이사를 자주 했다. 학교에 들어가기 전에는 산동네 꼭대기에서 살았다. 입학하고는 친구 다현이 집에 방 하나를 얻어 살기도 했다. 일 년에도 몇 번 이사했다. 돈을 벌면 집을 넓히는 데 썼다. 자전거 수리점과 분식집을 운영하다가 간신히 작은 구멍가게를 인수하게 되었다. 엄마는 가게를 보고 아빠는 농사를 지었고, 우리 가족은 그 가게에 딸린 작은 방에서 살았다.

"야, 일어나! 빨리 나와!"

밖에서 아빠의 고함이 들렸다. 논농사가 한창일 때였다. 학교에 가지 않을 때 아빠는 가끔 우릴 데리고 논에 갔다. 어물쩍거리다 혼날까 봐 동생을 깨우고 서둘러 옷을 입었다. 아직 시커먼 새벽. 잠이 덜 깬 채로 껌뻑이며 트럭에 올라탔다. 트럭 위에는 이미 농기구와 비료가 가득 실려 있었다. 한참을 달려 다시 눈이 감겨올 때쯤 차가 멈췄다. 논에 도착하니 아빠가 트럭에 실렸던 농기구를 어깨에 둘러멨다. 우리는 농기구와 연결된 긴 호스를 잡고, 벼 사이를 잘 지나갈 수 있도록 당기거나 넘겨주었다. 어린 나에게는 그 호스가 왜 그리도 무거웠는지, 논 사이를 오가며 묻은 진흙에 장갑도 옷도 축축해졌다. 한참을 호스를 들고 멀고 먼 반대편 논 끝까지 다 가면 다리는 후들거렸다. 그사이 손에 묻은 진흙이 굳어 딱딱해졌다. 어렴풋이 떠오른 해가 논을 비출 때야 다시 트럭을 타고 집으로 돌아왔다. 힘들다고, 졸린다고 투정 부리지 못했다.

웬만해선 힘들어도 힘들다고 말하지 않았다. 혼나는 것보다 힘든 게 나았다. 꾹 참고 할 수 있는 만큼 해냈다. 주어진 일은 성실하게 했다. 인내심과 책임감이 힘들었던 그 시절이 나에게 준 선물이다.

한 번은 아빠 앞에서 말하다가 별것도 아닌 일로 크게 혼났던 날이 있었다. 잘 기억은 나지 않지만, 아빠의 기분을 상하게 했던

　　　　　　　　　글 쓰는 삶의 미학

것 같다. 아빠는 나를 뚫어질 듯 쳐다보며 '뭐라고?' 큰 소리를 질렀고 찌푸려진 미간은 펴질 줄 몰랐다. 심장이 쿵 하고 떨어질 듯 놀라서 아무 말도 할 수 없었다. 그날 이후 아빠 앞에 서면 말할 때마다 심장이 쿵쾅대고 식은땀이 나고 손발이 덜덜 떨렸다. 시간이 지날수록 사람들 앞에서 말하는 것도 무서워졌다. 학교에서는 선생님이 내 이름을 부를까 조마조마했고, 수업 시간이 되면 내 번호가 불리지 않기를 간절히 바랐다. 발표를 앞둔 순간마다 가슴이 두근거려 입이 말라버리고, 목소리도 제대로 나오지 않았다. 그 두려움은 성인이 되고서도 여전히 나를 괴롭혔다. 사회생활을 하면서도 사람들 앞에서 무언가 말해야 할 때마다 몸은 습관처럼 제멋대로 반응했다.

그런 나에게 느지막이 시작한 글쓰기 수업에서 "어제 뭐 했습니까?"라는 질문은 고난이었다. 질문이 나올 것 같으면 불안했다. 왠지 나를 보고 있는 것 같아 시선을 피했다. 괜히 딴짓하곤 했다.
"김효진 작가님! 어제 뭐 했습니까?"
"아, 네⋯⋯. 애들 학교 보내고⋯⋯."
내 목소리는 떨렸고, 주절주절 말하고 나면 무슨 말을 했는지 하나도 기억나지 않았다. 부끄럽고 창피했다. 얼굴까지 붉게 달아올랐다. 두 손에는 식은땀 가득하고 심장은 터질 것 같았다. 가끔은 대답하다가 숨이 차 어지러워 쓰러질 것 같은 느낌이 들기도 했다. 줌 화면에는 나의 그런 상태가 표시되지 않는지 야속하게도 자주 불렀다. 글쓰기 수업은 인생 수업이라고 할 만큼 재미있고 유익한 시간이었지만, 질문은 적응하기 힘들었다.

시간이 지나면서 조금씩 변화가 생겼다. 요령이 생겼다. 수업마다 두 가지 대답에 대한 키워드를 메모하고 들어갔다. 어제 뭐 했냐고 묻는 말에 적어놓은 단어들을 보면서 대답했다. 더 좋은 대답을 하고 싶어서 그럴듯한 메시지를 뽑아 보기도 했다. 말하는 것은 처음보다 자연스러워졌고, 가끔 웃기도 했다. 내가 말하는 동안 듣는 사람들의 반응을 살피기도 했다. 3년, 그 시간 동안 말하는 것에 대한 부담이 많이 줄었고, 사람들의 시선이 처음보다 불편하지 않게 되었다. 사람들이 내 이야기를 듣고 웃을 때 기분이 좋기도 했다.

고난이라면 고난이었던 그 시간. 같은 일을 여러 번 경험하면서 나아졌다. 타인의 시선, 생각, 표정, 판단에서 조금 더 자유로워질 수 있었던 과정이었다. 내가 강해졌다는 사실을 받아들이고 보니 감사한 시간이 된다. 사람들 앞에서 이야기하는 것이 더 이상 두렵기만 하지는 않다. 오히려 내 경험을 나눌 기회로 여겼다. 글쓰기 수업과 피하고만 싶었던 질문을 통해 나는 성장할 수 있었다.

돌아보면, 그 어린 시절의 시련이 없었다면 지금의 나는 없었을 것이다. 함께 버텨야 했던 가족과의 시간, 길고 무겁던 호스를 잡고 고된 노동을 견뎠던 나날들이 나를 단련시켰다. 그리고 글쓰기 수업에서의 떨림과 불안은 결국 내가 사람들 앞에서 당당히 나설 수 있도록 만들어 주었다. 고난은 나를 무너뜨리기 위한 것이 아니라 나를 강하게 만드는 과정이었다는 것을 깨닫는다. 역경 속에서 얻은 이 강인함이 나를 발전시켰다. 그 시절의 아픔이 있었기에 지금의 내가 있고, 앞으로도 그 경험을 통해 더 나은 사람이 되

글 쓰는 삶의 미학

어 간다. 이제 나는 그 과거의 아픔이 다른 사람들에게 도움이 된다는 것을 안다. 그들에게 작은 위안이 되고 싶고, 공감해 주고 싶다. 괜찮다고, 잘하고 있다고 전해주고 싶다. 누군가가 작은 위로를 받을 수 있다면, 그것이야말로 내가 겪었던 시련이 헛되지 않았다는 증거다.

지금의 어려움은 끝이 아니라 새로운 무기를 만들 기회다. 지금보다 강하게 변화시키며, 결국에는 더 빛나는 존재로 거듭날 것이다. 삶은 언제나 예기치 않은 선물을 안겨주곤 한다. 그 소중한 순간들을 놓치지 않도록 해야 한다. 포기하지 않았으면 좋겠다. 삶이 주는 선물들을 기꺼이 받아들이기를 희망한다.

3-3.
연구부장, 라이팅 코치 되다

백란현

연구부장 업무를 거부했습니다. 2014년 1년 간 학교 교육과정을 책임지는 연구부장이었습니다. 2015년을 앞 둔 시점에서 저는 학교 이동을 희망했습니다. 연구부장 맡은 지 1 년밖에 되지 않았으니 당연히 제가 연이어 연구부장을 할 거라고 예상했었나 봅니다. 인사이동 희망에 관리자는 당황했고, 인사이 동 실패에 저는 절망했습니다. 이제는 늦은 밤까지 일하고 싶지 않았습니다. 4시 30분부터 퇴근 준비하는 선생님을 볼 때마다 억 울했습니다. 쌓인 서류 더미 앞에서 한숨을 쉬었습니다. 제시간에 퇴근해 봤자 일은 밀릴 테니까 그럴 수 없었습니다.

신학기 교육과정 설명회 날짜가 잡혔을 때 일입니다. 학교 전반 연간 행사를 설명해야 하고요, 학급 교육과정 설명회도 겸해야 합 니다. 자료 준비와 리허설, 방송 장비까지 안내하고 교직원들에게 협조 요청을 했지요. 설명회를 마친 후 교육과정 완성본을 교육청에 제출해야 했고, 학년 교육과정도 제가 작업을 했습니다. 그때 저는 자기 계발도 하지 않았고 아이들 챙길 겨를도 없이 학교 업무만 하는데도 새벽 1시부터 새벽 4시에 학년 교육과정 파일을 완성하여 학교에 가져간 기억이 있습니다. 제가 2학년 부장을 겸하고 있고 2학년 학생을 가르치고 있는데도 옆 학교 2학년에 재학 중인 큰딸의 수학 문제 하나 제대로 봐준 적 없을 정도로 딸아이의 학교생활엔 방임했었습니다. 2학년 부장 겸 연구부장. 같은 학년에는 원로 교사 세 명과 함께했습니다. 저는 가장 어린 교사이자 부장이었고요. 학년 일은 제 차지였습니다.

하루는 저의 교실 뒤 작품을 거는 공간에 예쁘게 장식을 해주겠다며 엄마와 같은 나이인 대 선배 교사가 시간외 근무를 신청했습니다. 저는 뒤판을 꾸밀 겨를도 없었고 꾸미고 싶지도 않았습니다. 오늘도 보고 공문, 내일도 보고 공문이었고요, 2학년 수업 준비도 벅찼거든요. 원로 교사가 남아서 제 교실을 꾸미겠다는 건, 그만큼 어른을 챙겨야 하는 일이 더해지는 상황이 되어버린 겁니다. 우선 선생님이 드시기 편한 음식을 정해서 저녁 식사를 주문해야 합니다. 그리고 저의 뒤 게시판에 붙일 제목이나 이름표 같은 한글 파일을 선생님이 보시기에 적당한 크기로 만들어서 한글 작업을 해드려야 됩니다. 코팅기를 사용하신다면 열을 가하도록 세팅해 드려야 했고요, 중간중간 컴퓨터 작업이 쉽지 않으면 선생님은 저를 수시로 연구실에 불렀습니다. 저보다 1시간 먼저 퇴근하시는 선배님의 신발은 별관에 있었습니다. 별관 현관은 경비 아저씨가 잠근 상태였지요. 선생님 앞에 불을 비춰 드리면서 본관 2층에서 연결 통로를 지나 별관 2층, 1층, 신발장을 들러 다시 돌아와야 했습니다. 그리고 본관 현관까지 가시도록 배웅해야지요. 저는 왜 남은 걸까요. 차라리 집에 가서 연구부장 일을 해오는 게 나을 뻔했습니다. 도와준다는 손길을 말리지도 못했습니다. 이런 모습이 2학년 부장의 역할이었죠.

2014년 제 업무는 연구부장, 교육과정 업무, 학년 부장 업무, 학년 연구 업무, 학년 통계 수집, 국제이해 교육 과제 중점학교 주무, 문화 예술 강사 관리, 주 5일 수업제, 교육 기부사업, 창제 도서 선정, 검정도서 선정 등입니다.

학교 일에 파묻혀서 둘째를 어린이집 야간 보육까지 맡기고 싶지 않았습니다. 정시퇴근을 해야 아이를 챙길 수 있는 병설 유치원에 입학 원서를 냈기에 연구부장 업무는 더더욱 하지 못하겠다고 선언했습니다.

처음엔 교과 전담을 주겠다고 했다가 연구부장 업무를 수락하니 2학년 부장을 하라고 했습니다. 그러다가 원로 교사 세 명을 함께 학년에 넣은 거지요. 이러한 과정에서 관리자에 대한 신뢰는 깨졌습니다.

2015년 연구부장이 정해지지 않았을 때 설득 작업이 들어왔습니다. 한 과목만 가르치는 교과전담을 주고 업무를 줄일 테니까 맡으란 말이었습니다. 또다시 거부했습니다. 다시 말이 바뀔 수도 있잖아요. 그렇게 조건 좋아진다면 누구든지 하면 되겠다고 말씀드렸고요. 그래서 저는 원하는 4학년에서도 밀리고 독서교육부장으로 가게 되었습니다.

이렇게 있었던 일을 나열하는 것은 그 당시 학교가 저한테 심하게 했다는 걸 말하고자 하는 게 아닙니다. 1년간 과정에서 닥치는 대로, 하루살이처럼, 일을 쳐내는 삶을 살다 보니 도움된 점이 분명히 있습니다.

그 사실을 10년 후 지금 제 모습에서 찾게 되었습니다. 저는 라이팅 코치로서 글 친구들을 돕고 있습니다. 중간에 일이 끼어듭니다. 한 명의 글 친구의 원고를 읽고 있으면 다른 글 친구가 목차 요청을 해옵니다. 그리고 공저 작업을 하는 공저 작가가 본인의 원고를 읽어봐 달라고 할 때도 있으며 초고 진행이 잘 안된다며 저에게 상담 전화도 합니다. 저도 책 읽어야 하고 글도 써야 하며 글 친구들과 함께 공부하는 강의 피피티도 보완하고 리허설도 합니다. 블로그 포스팅도 하고 무료 특강 신청자에게 안내 문자도 보냅니다. 다음 달 계획도 세우는 등 일정이 분주하게 돌아갑니다. 제가 따르는 스승에게 강의도 들어야 하고요, 주말에 있는 작가 행사도 다녀오곤 합니다. 이렇게 바쁜 코치 업무는 퇴근 후 이루어지는 거지요. 하루를 48시간으로 사는 것 같습니다. 이러한 순발력과 멀티태스킹은 10년 전 연구부장 업무를 통해 익숙해진 것입니다.

혹자는 멀티태스킹이 있을 수 없다고 했습니다. 저와 자주 소통하지 않는 모 작가는 제가 여유가 하나도 없어 보인다고도 했고요. 저를 잘 모르는 사람들이 하는 소리입니다. 저는 몰려오는 일을 동시다발적으로 해결하는 일에 스릴을 느낍니다. 제가 어디까지 버티고 해결할 수 있는지 게임하듯 즐깁니다. 저에겐 지치고 힘들고 짜증 나는 감정 따위는 현재 존재하지 않습니다. 왜냐하면 그런 감정도 시간이 있어야 느끼는 것이기 때문입니다.

저의 연구부장 삶은 고난이었고 견디기 힘든 순간이었습니다. 저는 학교 교육과정을 기획하고 운영하는 사람이었는데 학교에서 잡다한 일은 혼자 하는 느낌이 들었거든요.

"공문 보고 일은 절대로 놓치지 마라. 그건 연구부장의 능력을 보여주는 거다. 연구부장 일 힘들다 소리 1년간 어디에도 하지 마라."라고 전임 부장은 제게 인계했습니다. 이 말 붙들고 일의 무게를 1년간 이겨냈습니다.

지금 코치로서의 삶에서 짧은 투자 시간에 다양한 일을 할 수 있는 순발력을 만든 계기는 연구부장 업무였습니다. 이렇게 저는 글 쓰는 삶을 통해 과거를 돌아보고 재해석할 수 있는 작가가 되었습니다.

지금 제 삶에도 날마다 좋은 일만 일어나는 건 아닙니다. 딸 셋 키우는 일도, 부모님 병원 신세도 염려하면 한도 끝도 없습니다. 그런데도 지금이 행복하다고 여기는 건 제가 할 일이 있고 일에서 성과를 내는 재미를 알았기 때문입니다. 저를 이해 못 하는 이들에게 마음 주고 신경 쓸 겨를 없습니다. 저는 오직 저를 의지하며 글 쓰는 친구들에게 저의 삶을 보여줌으로써 그들에게 에너지를 주는 사람이 되고 싶습니다.

글을 쓴다는 건 과거의 저와 현재의 제가 만나 화해하는 과정입니다. 퇴근 후 연구부장 일을 했던 저도, 자정을 지나 키보드를 두드리는 저도 모두 쓰는 삶을 만난 덕분에 소중한 순간으로 기억됩

글 쓰는 삶의 미학

니다. 내 삶에 의미를 부여합니다. 이렇게 제가 누리고 있는 글 쓰는 삶의 기쁨을 모두가 함께 쌓아가길 소망합니다.

3-4.
삶의 전환점, 글쓰기로 나를 만나다

서미소

　　결혼한 지 3년이 흘렀지만, 저에게 아이는 찾아오지 않았습니다. 누군가는 당연하게 느껴지는 일이지만 기다림이 쉽지 않았습니다.

　　첫 번째 임신 4주째 검진을 갔을 때, 의사 선생님이 태아의 심장 소리가 들리지 않는다고 했습니다. 계류유산* 진단을 내렸습니다. 이후에도 비슷한 상황이 반복되었고, 두 번의 유산은 저를 무기력하고 소심하게 만들었습니다. 주변 사람들의 관심은 부담으로 느껴졌습니다. 아이를 왜 가지지 않냐. 시험관 시술을 해봐라. 나이가 젊지 않은데 일찍 시작해야 늦지 않는다. 주변 사람들의 걱정이 저를 자책하도록 만들었습니다.

　　'왜 나는 남들처럼 임신이 안 되는 걸까?' 비관적인 생각들로 가

---

*　임신 후 발달 과정에서 태아가 보이지 않는 경우 혹은 초기(일반적으로 20주까지)에 사망한 태아가 자궁 내에 잔류하는 경우를 말합니다.

　　　　　　　　　　　　　　　　　　　글 쓰는 삶의 미학

득 찼습니다.

2013년 11월, 세 번째 임신했습니다. 반갑고 설레어 선물처럼 느껴졌습니다. 약국에서 산 임신 테스트기에 선명한 두 줄이 뚜렷하게 나타났습니다. 돌아가신 94세 외할머니는 자식이 둘만 있습니다. 장손에 시어머니 시집살이를 하며 살았습니다. 자궁 외 임신, 큰 수술을 네 번이나 해서 임신이 쉽지 않아 어렵게 얻었다고 말했습니다.

외할머니는 "안 겪어본 사람은 절대 몰라야, 얼마나 힘드냐"라고 말했습니다. 그 말에 한과 설움이 느껴졌습니다. 유산의 아픔을 겪는 동안 외할머니의 이야기는 그 어떤 위로의 말보다 더 큰 위로가 되었습니다.

다음날 병원에 갔습니다. 염려하고 가슴 졸였던 날들이 스쳐 지나갔습니다. 마음 한구석에는 이 아이를 무사히 만날 수 있을까 하는 걱정도 밀려왔습니다. 탈의실에서 옷을 갈아입고 침대에 누웠습니다. 의사는 차가운 젤을 배에 발랐습니다. 초음파 화면에 작은 점이 보이고 내 안에 새로운 생명이 자리 잡고 있음을 실감했습니다. 의사 선생님은 "자리를 잘 잡고 있네요. 5주입니다"라고 말했습니다. 마음 한구석에는 여전히 불안했습니다.

임신 사실을 알게 된 후 신랑과 저는 3개월이 될 때까지 아무에게도 알리지 않기로 했습니다. 어느 날 참외가 먹고 싶었습니다. 참외 가격이 10만 원이 훌쩍 넘었습니다. 참외를 전문으로 하시는 선미 엄마는 임산부면 모를까 가격이 내려가면 먹으라 했습니다. 제가 먹는다는 말은 못 하고 동네 동생이 임신해서 택배로 보내 달라고 했습니다. 임신이라는 기쁨을 마음껏 나누고 싶었지만, 나에게 찾아온 불안과 두려움은 그 기쁨을 온전히 느끼지 못했습니다. 임신 초기 3개월 동안 자리를 잡을 때까지 잘못되지 않을까 화장실을 수시로 들락거렸습니다.

나를 선택해 준 소중한 아이에게 내가 해줄 수 있는 선물은 무엇일까 고민했습니다. 나와 아이를 위한 편안한 시간을 만들어 주는 건 독서라는 생각이 들었습니다. 이전 독서는 읽다 말기를 반복하고, 몇 줄 읽다가 흥미를 잃는 경우가 많았습니다. 읽어도 기억에 남지 않았습니다. 이번에 다시 도전해 보기로 했습니다. 나 자신을 위해 마음의 평안을 찾고, 조금 더 가치 있게 보내고 싶었습니다. 과거에 저는 한의학, 철학, 불교 등 심오한 주제의 책을 읽으며 그 내용을 이해하려고 애썼습니다. 책에 있는 내용을 따라가기도 벅찼고 독서가 무거운 정보 습득의 과정이었습니다. 깊은 의미를 찾기보다는 '읽어야 한다.'라는 의무감만 있었던 것 같습니다. 그러나 임신 후 태교 독서를 시작하면서 다른 경험을 하게 되었습니다. 좋은 부모가 되기 위한 육아 책들의 독서는 쉽고 편하게 접근할 수 있었습니다.

《무지개 원리》, 《프랑스 아이처럼》, 《괜찮아 괜찮아 이제 곧 엄마가 되는 당신에게》, 《첫 부모 역할 책》 등 자녀 양육에 관한 책들은 육아에 도움이 되었습니다. 책들은 읽기 쉬웠을 뿐 아니라 지혜를 선물해 주었습니다. 책을 읽는 것이 지루하지 않다는 사실을 깨닫는 순간이었습니다. 목적이 있는 독서는 재미뿐 아니라 졸리지 않고 몰입할 수 있게 했습니다. 제가 책 읽기를 싫어하는 게 아니었습니다. 끊임없이 도전하고 스스로 발전하려는 의지를 가진 사람이라는 것도 알게 되었습니다. 아이에게 도움을 주고자 하니 메모도 하고 어떻게 적용할 것인지 고민도 하게 되었습니다. 엄마의 하루 이야기와 기분들을 대화하듯 육아일기에 담았습니다. 읽었던 책 제목도 기록해 두었습니다. 독서와 글쓰기를 통해 마음의 평안을 찾았고, 화장실을 드나드는 불안함도 줄어들었습니다. 소파에서 책을 읽고 쉬면서 이런 시간을 즐기기 시작하고 불안한 임산부가 아닌 안정감 있게 성장하고 있었습니다.

하루가 의미와 가치로 채워졌습니다. 책을 읽고 기록을 남기면서 저에게 많은 변화가 생겼습니다.

첫째, 마음의 평안을 찾았습니다. 임신 초기의 불안함과 걱정이 많았던 제가 책을 통해 안정을 찾을 수 있었습니다. 책 속의 지혜와 이야기들이 저에게 큰 위로가 되었습니다.

둘째, 현명한 부모가 되기 위해 준비를 할 수 있었습니다. 육아서와 부모 교육에 관련된 책들을 읽으면서 아이를 어떻게 키울지, 어떤 부모가 되어야 할지 저만의 큰 틀을 잡을 수 있었습니다. 처음 해보는 부모 노릇이 두렵기만 한 게 아니라 함께 성장하는 과정이구나 생각하니 편했습니다.

셋째, 독서의 즐거움을 발견했습니다. 책을 통해 새로운 경험은 단순히 정보를 얻는 것 이상의 의미가 있었습니다. 책은 나에게도 행복을 주었고 태어날 아이에게도 내 마음을 전달할 수 있는 연결고리가 되어주었습니다. 태어날 아이와 함께 새로운 이야기를 만들어 갈 생각에 마음이 설레었습니다. 이렇게 태교와 함께 시작된 독서는 저에게 큰 의미가 되었습니다. 책을 통해 많은 것을 배우고, 아이를 맞이할 준비를 할 수 있었기 때문입니다. 독서와 함께한 시간은 저에게 소중한 기억으로 남아 있습니다.

유산의 아픔은 잊기가 쉽지 않았습니다. 시간이 멈춘 듯 느껴지기도 했습니다. 아픔과 불안 속에서 시간을 보냈다면 아무것도 하지 못했을 것입니다. 그러나 독서와 글쓰기를 통해 불안에서 벗어나 내 마음을 전하고 생각을 정리할 수 있었습니다. 글쓰기는 단순한 기록을 위한 도구가 아닌 치유의 과정이었고, 자신을 발견하는 기회였습니다. 저와 대화하며 상처를 치유해 나갔고 새로운 가능성을 발견했습니다. 앞으로도 계속해서 기록하며, 삶의 의미를 찾아 나가려 합니다. 이 글이 유산의 아픔을 겪고 있는 이들에게 작은 위로가 되고 자신만의 삶을 되찾는 데 힘이 되기를 바랍니다.

3-5.
고난은 삶을 단단하게 만드는 힘

서영식

직장을 24년째 다니고 있다. 슬기로운 직장 생활을 하고 있냐고 묻는다면 그래도 고난과 역경을 잘 이겨냈고 여기까지 왔다고 답하고 싶다. 처음 입사하고 몇 번의 힘든 고비를 넘겼다. 직장을 다니다 보면 다양한 일을 겪는다. 이번에 공저를 쓰면서 직장에서 있었던 일을 돌아봤다.

입사 후 일곱 번의 부서 이동과 업무 변경이 있었다. 처음엔 공장에서 원가 업무를 배우면서 현장을 뛰어다녔다. 그 후로 혁신 프로젝트, 해외 영업 관리, 기획, 내부 회계 업무를 맡았다. 현재는 컴플라이언스(공정거래법 준수) 업무도 함께 한다. 주위 동료들은 한 팀에 오래 근무하는 경우가 많다. 나는 여러 팀에서 업무를 할 기회가 있었다. 쉽진 않았지만, 다양한 경험이 일할 때 많은 도움이 되었다. 힘든 일을 겪고 나면 좀 더 성장한다. 가장 기억에 남는 두 번의 일은 혁신 업무와 전사적 자원관리 (ERP) 프로젝트를 했을 때다. 둘 다 정신적, 육체적으로 쉽지 않았다.

2000년 초반, 변화와 혁신이 유행했다. 혁신은 모든 업무를 원점에서 새롭게 보고 다시 검토하는 일이었다. 전체 업무를 기존에 하던 방식을 바꾸기 위한 프로젝트에 참여했다. 담당했던 업무는 수익을 분석하고 개선 방안을 도출하는 일이다. 수익성이 좋다고 생각했던 주력 제품에서 손실이 난다는 걸 확인했다. 최종 보고가 끝나고 판매 비중이 높은 제품의 생산 중단을 결정했다. 찬성보다 반대하는 의견이 훨씬 많았다. 당시 회사로서는 쉽지 않은 결단이었다. 경영 전략 변경을 통해 회사는 비약적으로 성장할 수 있었다. 현재는 매출 네 배 이상, 이익은 오십 배 이상 증가했다.

그 당시엔 입사한 지 4년 차에 불과했다. 이제 막 업무를 배우는 중이었다. 업무 강도는 상상 이상이었다. 주말도 없이 일했다. 처음 시작했던 3개월은 매일 밤 11시는 기본이었다. 밤까지 새면서 일했다. 새로운 아이디어를 찾기 위해 고민을 많이 했다. 일은 어렵고 힘들었지만, 함께하는 선배, 동료와 끈끈한 정이 쌓였다. 전체 프로세스를 보는 눈도 키울 수 있었고 업무 전반을 배우는 소중한 기회가 되었다.

기획팀에 있을 때 진행한 전사적 자원관리 프로젝트도 만만치 않았다. ERP 프로젝트는 회사의 모든 데이터를 하나로 통합하는 대규모 업무였다. 말 그대로 전사 인원이 참여했다. 프로세스별 담당 인원이 선정되고 외부 컨설팅 인원과 함께 업무를 했다. 기존 업무를 하면서 프로젝트도 병행했다. 낮에는 기획 업무를 하고 밤에는 컨설팅 인원과 일했다. 프로젝트 막바지에는 역시 거의 밤 새며 일했다. 맡은 일은 최종 결산하는 업무였다. 처음부터 끝까지 전체 프로세스의 흐름을 배울 수 있었다. 이번에도 일은 힘들었지만, 함께하는 선배와 컨설팅하는 외부 인원들과 뜨거운 동료애를 느낄 수 있었다. 문제가 생기면 머리를 맞대고 답을 찾기 위해 노력했다. 각 부서의 데이터를 확인하고 맞지 않는 부분을 확인한다. 여러 유형의 오류가 발생하면 원인을 찾아서 문제를 해결했다. 새 프로그램은 모르는 부분이 많았다. 하나씩 배워가면서 익힐 수 있었다. 두 가지 일을 동시에 하면서 실수할 때도 있었다. 때로는 상사에게 혼나기도 했다. 힘들 때 팀원들과 컨설팅하는 담당자가 괜찮다고 위로해 주고 응원해 줬다.

24년간 직장을 다니면서 성장할 수 있었던 건 도전했기 때문이 아닐까. 힘들다고 포기하지 않았기 때문이다. 피하지 않고 맞서 이겨낸 덕분에 끈기와 문제를 해결하는 능력을 키울 수 있었다. 슬기로운 직장 생활을 할 수 있는 동력이 되었다고 생각한다. 혁신과 변화는 힘든 과정이지만 많이 배울 수 있었다. 고난과 역경을 이겨내면 어떤 일이든 할 수 있겠다는 자신감과 힘이 생긴다. 견뎌내는 순간은 힘들지만 끝냈을 때 보람과 성취감도 맛볼 수 있다. 쉽게 일하면 몸과 마음은 편하다. 대신에 업무역량을 키우거나 성장과 발전에는 한계가 있다. 매일 밤늦게 퇴근하고 날을 새고 할 때는 끝이 보이지 않는 깜깜한 터널을 지나는 느낌이 들었다. 돌아보면 그런 시간이 쌓여서 지금의 나를 만들었다는 생각이 든다. 혁신 업무는 새로운 방향을 찾는 일이었다. ERP 프로젝트는 두 가지 일을 동시에 했다. 그 시기엔 힘들었지만, 마친 후에는 할 수 있다는 자신감을 기를 수 있었다. 어떤 일이든 끈기를 가지고 해내는 의지력도 키웠다. 고난과 역경을 이겨낸 시간으로 더 강해질 수 있었다.

정신적으로나 체력적으로 힘들면 예민해진다. 이럴 때 멘탈 관리를 잘해야 한다. 힘들 때 웃을 수 있는 사람이 진정한 승자다. 어려운 상황을 극복한 경험은 더 강하게 만든다. ERP 프로젝트를 할 때였다. 그 당시엔 매일 출근할 때 반대편 춘천행 기차를 타고 싶다는 충동을 느꼈다. 출근하면 밤늦게까지 일해야 하는 상황이 그려졌다. 여유가 없었고 쉬고 싶었다. 시도는 하지 않았다. 그때 마음을 먹고 춘천행 기차를 탔다면 지금 내가 회사를 계속 다니고 있을까.

ERP 프로젝트가 끝나도 일이 많았다. 새로운 오류가 계속 발생했다. 프로그램이 돌아가는 시간도 계속 늘어났다. 결산하기 위해서 단계별로 진행해야 한다. 중간 단계에서 열 시간이 넘게 걸리는 경우가 생겼다. 결산일이 다가오면 매달 밤을 새우곤 했다. 내가 작업을 완료해야 월 결산이 끝난다. 집에 가지도 못하고 회사에서 열심히 작업했다. 함께하는 동료와 선배도 같이 고생했다. 뭔가 해결 방안을 찾아야 했다. 전산 프로그램은 잘 알지 못한다. 같은 프로그램을 쓰는 다른 회사 사람에게 물어보기도 하고 인터넷 검색도 반복했다. 드디어 해결 방법을 찾았다. 시스템을 만든 회사에서도 모른다고 한 사항을 찾아낸 것이다. 흔히 말하듯 목마른 사람이 우물을 판다고. 밤새우지 않고 싶다는 강렬한 열망과 절실함으로 답을 찾았다. 세팅 값을 변경하고 나서 열 시간 넘게 걸리던 시간을 두 시간 이내로 단축했다. 해결 방법을 찾으면서 다른 회사도 비슷한 사례를 올린 자료를 봤다. 그 당시에 답을 찾지 못한 다른 어떤 외국인은 이십 시간 넘게 돌고 있다고 했다. 그때 답을 찾지 못했다면 우리도 같은 상황이 될 수도 있었다. 다행히 해결한 덕분에 밤새는 고생을 끝낼 수 있었다.

누구나 직장이나 인생에서 고난의 시기가 온다. 어려운 상황을 만났을 때 포기하고 싶다는 생각이 들기도 한다. 왜 나에게 이런 일이 생기는지 때로는 원망하기도 한다. 같은 상황이라도 대응하는 방법은 서로 다르다. 힘든 시기를 극복한 사람을 보면 내공이 느껴진다. 여유가 있다. 당황하지 않는다.

직장 생활을 24년째하고 있는 중이다. 아직도 새로운 일이 많이 발생한다. 좋은 일보다는 해결할 일이 더 많다. 더 나은 방법을 찾기 위해 계속 공부한다. 직장에서 보고 듣고 경험해서 알게 된 정보와 지식을 나눈다. 어떤 이는 왜 힘들게 만든 자료를 그냥 공유하냐고 본인의 노하우로 간직하라고도 말한다. 내 손에 붙잡고 있으면 한 사람의 것이지만 열 명에게 나누면 열 개가 된다. 정보와 지식과 경험은 나눠야 한다는 생각이다.

힘든 시기가 있을 때 책을 읽고 도움을 많이 받았다. 공감하는 글을 읽으면 마음의 위로가 되기도 했고 문제를 해결하는 방법을 찾기도 했다. 사례를 나에게 맞게 적용해서 해결하기도 했다. 고난과 역경을 극복하는 세 가지 방법을 정리해 본다. 첫째, 멘탈을 잡아야 한다. '사는 게 가장 힘든 일이다'라는 말이 있다. 과거 경험으로 이겨냈던 사례를 생각하고 긍정적인 마음을 가진다. 둘째, 같은 고난을 겪은 사례로 찾는다. 책이나 다른 사람의 이야기를 듣고 이겨낼 방법을 찾아본다. 셋째, 극복한 모습을 그려본다. 힘든 상황을 계속 떠올리지 않고 이겨냈을 때를 상상한다.

태풍이 지나갈 때 비바람이 불고 소리도 요란하다. 지나고 나면 언제 그랬냐는 듯이 조용해진다. 고난과 역경의 시간도 마찬가지다. 지나고 나면 웃으면서 그때 정말 힘들었다고 말할 수도 있다. 지금 겪는 이 고통이 삶을 더 단단하게 만들어 줄 수 있지 않을까. 상황은 바뀌지 않더라도 받아들이는 건 내 몫이다. 힘들다고 생각하면 힘든 일만 생긴다. 이겨낼 수 있다고 생각하고 극복하면 한 단계 더 성장하는 기회가 될 수도 있다. 무너지지 않고 다시 일어선 이야기를 나누면 나와 같은 경험하는 사람을 도와줄 수 있다. 니체는 "나를 죽이지 못하는 고통은 나를 더욱 강하게 만든다"라고 말했다. 힘든 인생 경험은 나를 더 강하게 만들어 주는 최고의 무기가 될 수 있다.

글 쓰는 삶의 미학

3-6.
60이 된 내가 현재의 나를 자랑할 수 있도록!

오승하

　　20대에 등산을 좋아했습니다. 복잡한 도시 생활에서 잠시 떠날 수 있는 시간이었습니다. 전국 유명한 산을 주말마다 찾았습니다. 산 입구에서부터 새소리, 물소리, 스치는 바람의 촉감들이 복잡한 뇌를 꺼내 흐르는 냇물에 씻겨 주는 상상을 했습니다. 물론, 올라가는 산길이 편했던 적은 단 한 번도 없었습니다. 매번 깔딱 고개를 넘으며 굳어지고 흔들거리는 다리 힘을 경험하면서 산행했습니다. 힘든 산을 왜 올라가는 것일까? 이렇게 생각하는 이도 있겠지만, 산 정상에서 보는 시선은 모든 과정을 묵묵히 버틸 힘을 선물해 주었습니다. 정상에는, 구름 위로 산 꼭대기가 섬처럼 서 있고, 그 주변을 구름이 감싸고 바람을 타고 흐릅니다. 바람이 불어오면 산을 에워싸고 있던 구름은 출렁이는 파도처럼 부딪쳐 사라집니다. 마치 바위 위로 부딪쳐 사라지는 파도 같습니다. 구름보다 더 높은 곳에 서 있다는 자체가 행복한 기분이 듭니다. 산 정상에서 해 뜨는 시간을 맞이해 본 경험이 있는 사람들은 삶을 허투루 살 수 없습니다. 출렁이는 운무 속 끝에 붉은 태양이 떠오릅니다. 오늘의 태양입니다. 어둠을 뚫고 구름 사이로 뿜어져 나오는 붉은빛이 온 세상을 물들입니다. 그 장관을 보고 있노라면 인간이 미약하다고 느껴집니다. '산 정상까지 올라온 과정이 힘들어도 가치 있다.'라고 생각하는 순간입니다.

눈물이 날 때도 있습니다. 정말 아름다워 언어로 표현할 수도 없습니다. 수많은 산을 오르고 내리면서 알게 되었습니다. 정상으로 가는 길은 언제나 힘듭니다. 10년 넘게 산행길을 올라가도 늘 숨이 턱에까지 차오릅니다. 다리는 무겁고 머리에서부터 얼굴까지 땀이 범벅됩니다. 과정을 즐기라고 했지만, 올라가는 그 시간은 즐길 수 없습니다. 고통이 더 크기 때문입니다. 그러나 과정을 묵묵히 이겨내면 상상 그 이상의 정상 풍경을 눈에 담을 수 있습니다. 때로는 그렇게 힘들게 올라간 산에서 날이 흐려 일출을 볼 수 없는 날도 있습니다. 일출을 보는 것은 운 좋을 때입니다. 인생도 이와 같습니다. 열심히 한다고 모든 보상이 생기는 것은 아닙니다. 그래서 저는 운도 중요한 삶의 영역이라는 것을 믿습니다. 한참 멍하니, 산 정상을 즐기고 하산합니다. 해 뜨는 장면을 본 날은 기분이 좋은 날입니다. 하산길은 자연스럽게 자신을 성찰하게 됩니다. 도심 속으로 돌아와 한 주를 집중합니다. 모든 시련은 불편함과 오랜 시간의 싸움입니다. 좋은 일도 힘든 일도 다 지나가는구나! 버티면 살아진다. 생각합니다.

글 쓰는 삶의 미학

아들이 운동선수 길을 선택하고, 경쟁자 학부모들과 불편한 관계가 생겼을 때 사람 관계가 힘들었습니다. 운동 경비를 충당하기 위해 녹즙 배달했을 때 고객들과 소통에서 아픈 날도 있었습니다. 다행히 20대 산행을 했던 성찰의 시간이 있었기에 버틴 시간이었습니다. 과거의 어느 순간이 현재의 나에게 힘을 전해줄 수 있는 시간이 제 안에 있었습니다. 묵묵히 오랜 시간 보내고 나면 정상에서만 느낄 수 있는 시간이 전해진다는 삶의 진리를 통해 저를 버티게 했습니다. 결혼 후, 엄마가 되고 자녀를 키우면서 불편한 과정이 있었지만, 오십이 되고 나서야 모든 것이 감사했습니다. 오십에 여유가 생길 수 있었던 것은 30대와 40대를 버티고 충실히 할 수 있는 것들을 꾸준히 실천했기 때문에 선물 받은 시간입니다.

매일 조금씩 꾸준히 무엇을 실천했을까요? 아침에 일어나 감사일기를 적었습니다. 알고 있는 단어 중 긍정의 언어를 오감을 사용해서 적었습니다. 시간 가계부에 하루 3가지, 급하지 않지만 중요한 일들을 블록화했습니다. 급하지 않지만 중요한 일이란, 일종의 독서와 자산 공부였습니다. 경제 신문을 읽고, 부동산 흐름을 보고, 최근에는 AI 툴 활용하는 방법들을 공부합니다. 트렌드 공부와 마케팅 공부도 합니다. 속도가 중요하다는 것 누구나 익히 알고 있습니다. 그런데 방향이 엉뚱하면 다시 돌아오기도, 다시 시작하기에도 힘들 수 있습니다. 그래서 독서는 급하지 않지만, 꾸준히 해야 합니다. 독서는 시대 방향을 볼 수 있는 통찰력을 선물로 줍니다. 오십이 되고 보니, 삶의 한 단락이 지어졌습니다. 책을 쓰면서 삶을 회고할 수 있는 시간이 되었습니다.

인생에서 가장 힘든 시절을 꼽으라면 30대와 40대였습니다. 처음 엄마가 된 저는 서툴렀습니다. 맞벌이하면서 키우는 육아는 버거웠습니다. 아들이 초등학생이 되고, 운동선수 길을 걸으면서 맞벌이를 그만두고 전업주부가 되었습니다. 둘째를 키우고 큰아들 운동 뒷바라지를 했습니다. 이때 만나는 학부모들은 생각이 달랐습니다. 전업주부로 지내던 그들의 삶과 맞벌이하면서 직장 생활을 한 저의 가치관이 부딪혔습니다. 특히 아들은 운동 세계에 있다 보니 엄마들은, 경쟁자라는 이유로 배려보다는 서로가 서로에게 상처를 주는 생활을 했습니다. 서투른 엄마들의 행동들이었습니다. 남편 혼자 벌어서 대한민국에서 운동선수로 키우는 과정은 자녀가 꿈이 있어도 생활비와 싸워야 하는 시간이었습니다. 생활뿐 아니라, 마음의 여유도 없던 날들이었습니다.

오랜 시간을 견뎠습니다. 내면 근력을 키우고 자신의 그릇을 만들고 키우는 시간이었습니다. 지금은 성장해서 국가대표 선수가 되었습니다. 자신의 꿈을 도전하는 세계 챔피언의 길을 걸어가고 있습니다. 아들들이 자라고, 저의 삶을 다시 찾아가고 있습니다.

30대와 40대 나이를 지내고 보니, 삶에 거름이 되었고 도움 되었습니다. 그 시간이 있었기에 이론에서 실전을 통해 마케팅을 배웠던 기회가 되었습니다. 백화점이란 한정된 공간에서 서비스와 최고의 제품을 파는 곳에서 마케팅을 테스트하고 배울 수 있는 시

글 쓰는 삶의 미학

간이었습니다. 하루는 백화점 매니저가 "우리가 승하 씨에게 마케팅 교육을 배워야 해. 듣다 보면 녹즙 먹는다고 주문하니 말이야." 그때 고객에게 스토리텔링 화법으로 녹즙을 설명했습니다. 녹즙이 왜 필요한지, 녹즙을 마시면 어떤 삶을 만들어 갈 수 있고, 일을 통해 성장할 수 있는지 천지 창조 이야기를 통해 설명했습니다. 옆 매장에 계신 직원분들까지 한두 분 고객이 늘어갔고 성장했습니다. 그렇게 성장한 매출은 상위 1%에 들어갔고 결국, 조직 관리를 하는 관리자로 특별 승진을 했습니다.

전국에 있는 대리점을 관리했습니다. 코로나 위기에도 상승 그래프를 만들었습니다. 매일 교육을 위해 힘썼습니다. '살아있고 성장하려면 교육만큼 중요한 것 없다.'라고 생각했습니다. 리더가 트렌드를 모르면 열정이 있다 한들, 방향이 엉뚱한 곳으로 가고, 결국 위기를 맞기 때문입니다. 조직 관리하는 관리자가 되어 잠을 줄이고 독서와 공부를 했습니다. 어느 조직이든 공부를 가장 많이 하는 사람은 리더입니다. 누군가를 따라 한다고 하는 리더는 결국, 큰 조직이 되었을 때 더는 따라 할 것 없어지면, 정체기를 맞습니다. 그러니 리더가 아닐 때 내공을 쌓아가야 합니다. 매일 꾸준히 조금씩 '급하지 않지만 중요한 일'들을 해내야 합니다. 그것이 리더로서, 조직원들에게 희망이 된다는 사실을 과정에서 익히게 되었습니다.

지금은 자기 계발 세계에 들어와 있습니다. 이 세계 역시 처음 겪는 일이라 생소합니다. 하지만, 지금 당장 할 수 있는 일들을 해

내고 있습니다. 매일 꾸준히 독서 하고 글 쓰고 있습니다. 속도가 느려도 방향만 맞는다면 조금씩 나아가면 되는 것입니다. 우리가 산 정상에 올라서서 돌아보면 그 과정은 하나의 뿌듯함이 됩니다. 인생도 이와 비슷합니다. 과거의 힘들었던 순간이 현재에 와서 돌아보면 순간순간, 충실했기에 얻어지는 축복입니다. 그러니 지금 힘들다면 분명 정상을 향해 걸어가는 것이고, 정상이 가깝다는 것입니다. 정상에서 만나는 저의 60대를 생각합니다. 인생은 매일 조금씩 불편함 속에 성장하는 것입니다. 오랜 시간을 거쳐 완성되어 가는 것 그것이 우리 인생이라고 생각합니다. 시간이란 복리의 마법을 통해 인생을 가치 있는 작품으로 만들어 냅니다. 60세가 된 내가 지금의 나를 마주할 때, 언제나처럼 치열하게 살아낸 자신을 당당히 맞이해 줄 것입니다.

3-7.
통장에 있는 돈은 숫자에 불과해

이성애

딸과 베트남 여행을 마치고 집에 돌아와 나는 검찰청 홈페이지를 살폈다. 나에게 연락한 검찰청 검사가 진짜 검사인지 확인하고 싶었다. 콜센터로 전화했지만, 주말이라 전화 연결이 되지 않았다. 컴퓨터로 해당 검찰청 홈페이지에서 통화한 검사 이름을 찾았다. '이한율'이라는 이름이 있었다. 그때 전화벨이 울렸다. 전화를 받자마자 "그렇게 나를 의심하면 수사를 어떻게 합니까?"라는 말이 들려왔다. 순간 움찔했다. 큰 잘못을 저지른 것처럼 기가 죽었다. 마치 물건을 훔치다 걸린 도둑처럼 아무 말도 하지 못했다. 의심하지 말자고 다짐했다.

몸살기가 있어서 여행 후 하루 더 휴가를 냈다. 검사는 몸을 추스르라고 하면서도 하루라도 빨리 돈을 찾아 금융감독원으로 넘기라고 재촉했다. 그동안 스마트폰 앱으로 대출받은 돈이 통장에 쌓였다. 은행을 돌아다니며 찾았다. 현금 인출이 쉽지 않았다. 천만 원 이상 현금으로 달라고 하면 꼬치꼬치 물었다. 내가 통장에서 내 돈 빼는데 뭐가 이렇게 까다롭냐고 따졌다. 수십 곳의 은행을 미친 듯이 돌아다니며 돈을 찾았다. 금융감독원 직원을 만나 현금을 넘겼다. 통장의 돈을 모두 넘기고 나니 속이 후련했다. 몸이 아픈지도 몰랐다.

다음 날 검사로부터 전화가 왔다. 차분하고 심각한 말투로 부동산에도 사기단들이 손을 댄 흔적이 있다고 알려주었다. 아찔했다. 이번엔 부동산이라니! 금융사기단들을 어떻게든 잡아야겠다는 생각이 들었다.

등기부등본이 어디 있는지 몰랐다. 저녁밥을 먹으면서 남편에게 은근슬쩍 물었다. 남편이 나를 쳐다봤다. 긴장되었다. 왜 찾냐고 물어보면 얼렁뚱땅 둘러대야 하는데 과연 남편을 속일 수 있을지 알 수 없었다. 남편은 왜 찾는지, 찾아서 무엇을 할 것인지에 관하여 묻지 않았다. 다행이었다.

다음날 남편이 출근하고 등기부등본을 갖고 대부업 직원을 만났다. 검사는 사기단이 대출받지 못하도록 최대한 많이 대출받으라고 했다. 직원은 내 지분에서 대출받을 수 있는 한도는 2억 원을 초과할 수 없다고 했다. 10억은 족히 나갈 집인데 고작 2억이라니 실랑이를 한참 했지만, 그들은 더는 어렵다고 했다. 다음 날 통장에 대출 수수료를 제외한 1억 9천2백만 원이 들어왔다.

글 쓰는 삶의 미학

나는 또 내 통장에 들어온 돈을 현금으로 찾아서 금융감독원 직원에게 넘겼다. 온 동네 은행을 돌아다니며 은행원들과 실랑이를 벌였다. 분식점에 들어가 라면을 먹다가도 그들이 급하다고 하면 젓가락을 내려놓고 달려 나가 돈을 전달했다.

해가 넘어가고 노을빛으로 하늘이 물들 때쯤 모든 돈을 찾아 넘겼다. 내가 할 일은 다 끝났다고 생각했다. 검사는 수사에 도움이 많이 되었다며 보상이 있을 거라고 했다. 부동산도 지키고 보상도 있다니 휴가 내서 수사에 도움을 준 내가 대견했다. 집에 가도 되냐고 하니 잠깐만 기다리라고 했다. 금융감독원 직원이 나에게 종이가방을 줄 텐데, 그걸 받아서 집에 가라는 것이었다.

건네받은 종이가방에는 수표 뭉치 하나가 덩그러니 들어있었다. 10만 원 수표 100장이면 천만 원, 그동안 내가 고생한 걸 생각하면 받을 만하다고 생각했다. 집에 와서 다시 수표를 확인했다. 100만 원짜리 수표 100장이었다. 큰 금액에 놀랐지만, 그동안 몇백만 원에서 억 단위로 현금을 인출하느라 고생한 걸 생각하면 충분히 보상받을 수 있는 금액이란 생각이 들었다.

홀가분한 마음으로 출근했다. 검사로부터 전화가 왔다. 그 수표를 다시 통장에 넣고 현금으로 인출하라는 것이다. 한숨이 나왔다. 언제까지 해야 하냐고 물었다. 받은 수표 얼른 전달하고 이 사건에서 한시라도 빨리 손을 떼고 싶었다. 이제 다 마무리 단계라는 말에 수표를 들고 은행으로 갔다.

5천만 원을 현금으로 달라는 말에 은행직원은 모니터를 한참 보더니 금액이 많으니 경찰이 동행할 수 있도록 도와주겠다고 했다. 순간 당황했지만, 카톡에서 검사는 은행직원이 시키는 대로 하라고 했다. 경찰에서 조사받아도 자료가 검찰로 넘어오면 자신들이 모두 소명할 테니 걱정하지 말라고 했다.

경찰은 돈이 어디서 났냐고 추궁했다. 내 돈이라고 말했다. 경찰은 "아줌마, 정신 차리세요. 보이스피싱이에요"라며 내 이름과 직장도 물었다. 난 믿지 않았다. 파출소에 가서도 내 돈이라고 우겼다. 파출소에서는 내가 가겠다고 하니 잡지는 않았다. 파출소에서는 사건을 접수하겠다고 했다. 마음대로 하라고 했다. 내 뒤에는 검사가 있다, 다 해결해 줄 것이다.

집에 돌아오자마자 동대문 경찰서 보이스피싱 전담반 팀장이라는 사람으로부터 전화가 왔다. 빨리 와서 진술하라는 것이었다. 자신들이 현금책을 잡았는데, 그 사람이 맞는지 확인해 달라는 것이었다. 누구 말이 맞는 것일까? 경찰서 팀장 말이 맞으면 내가 그들에게 넘긴 4억 5천만 원은 어떻게 되는 것인가!

결국, 나는 전화금융사기범들에게 사기를 당했다. 2주간 국경을 넘나들며 시달렸다. 몸이 녹초가 되는 줄도 모르고 내 돈을 다 퍼주고, 신용대출에 부동산 담보 대출까지 받았다. 게다가 누구의 돈인지도 모르는 돈을 받아 현금으로 인출까지 해주었다.

글 쓰는 삶의 미학

감당할 수 없는 손실이었다. 주워 담을 수 없기에 충격에서 빨리 벗어나려고 했다. 하지만, 잃은 돈만 생각하면 피가 거꾸로 솟는 것 같았다. 입맛도 없었다. 돈이 아쉬울 때마다 사기당한 돈이 떠올랐고, 그럴 때마다 속이 쓰렸다. 보이스피싱을 당하기 전에는 통장에 있는 돈만 봐도 흐뭇했다. 개인연금저축을 30만 원씩 20년을 부었다. 2026년이면 연금을 받을 수 있다. 35만 원씩 10년을 부은 예금도 2026년이면 만기가 된다. 2026년이 되면 직장을 그만둬도 될 것 같았다. 통장에 찍힌 숫자만 봐도 기분이 좋았다. 이 돈은 내가 평생직장 다니면서 틈틈이 모은 나의 전 재산이다. 이젠 아무것도 없다. 잊어야 함에도 불쑥불쑥 생각이 나면 허탈감에 기운이 빠졌다.

'자이언트 북 컨설팅' 책 쓰기 강의를 들었다. 돈 없어도 그냥 통장에 몇천만 원 있다고 생각하라는 이은대 작가 말이 뇌리를 스쳤다. 어차피 찾지 않으면 달라질 게 없다. 만기 해약을 퇴직하는 2033년에 한다고 생각하기로 했다. 그동안 벌어서 채우면 되지 않겠는가! 직장 다니면서 4억 5천이라는 돈이 내 통장에 있다고 생각하기로 했다. 통장에 있는 돈 찾아 쓰지 않으면 숫자에 불과하다. 물질적인 손실도 내가 마음을 어떻게 먹냐에 따라 있고 없고가 결정된다.

3-8.
나를 단단하게 만든 순간들

이은정

대학원 시절, 내 삶에서 결코 잊을 수 없는 기억이 있다. 석사 논문을 작성하던 때였다. 도전이고 성장이었다. 모든 열정을 다했다. 여러 밤을 새우며 자료 찾아보고, 문장도 다듬고, 단어 하나하나에 신경을 쏟았다. 마침내 완성되었을 때, 눈물이 날 정도였다. 당시 내가 이룰 수 있는 가장 큰 업적을 이룬 것 같았다. 자랑스럽게 지도교수님께 논문을 제출했다. 마음속 깊은 곳에 곧 칭찬을 받게 될 거라는 기대를 품었다. 며칠 후, 논문을 꼼꼼히 읽었다며 근엄하게 말씀하셨다.

"이 선생, 이건 논문이 아니라 수필 같아."

그 순간, 머릿속이 하애졌다. 논문이 아니라 수필이라니. 전혀 예상하지 못한 말이었다. 내가 한 모든 노력이 물거품이 된 거다. 망치로 머리를 한 대 '꽝' 맞은 듯한 충격이었다. 어쩔 도리가 없다고 판단하고 교수님의 피드백에 귀를 기울였다. 친절하게 논문의

글 쓰는 삶의 미학

문제점을 짚어주셨다. 문제는 논리적인 전개와 명확한 근거가 부족하다는 거였다. 배운 적이 없었기에, 감정을 바탕으로 글을 쓴 것인데. 그 점이 학문적인 논문보다는 개인적인 수필처럼 보였나 보다. 난 고개를 끄덕였지만, 마음속 깊은 곳에서는 좌절감이 몰려왔다. 그동안의 모든 노력이 무의미해진 것 같았다. 다시 처음부터 시작해야 한다는 생각에 숨이 막혔다.

좌절하고 있을 수만은 없었다. 다시 일어나야 했다. 지도교수님의 피드백을 바탕으로, 논문의 구조를 완전히 새로 잡았다. 감정에 의존했던 문장들을 논리적인 근거와 자료로 채워 넣어야 했다. 밤낮없이 도서관에서 시간을 보냈다. 학술 논문들을 참고하며 놓치고 있던 부분을 채워나갔다. 때로는 이 과정을 끝낼 수 있을지조차 확신할 수 없었다. 그러나 포기하지 않았다. 그저 조금씩이라도 앞으로 나아가는 것만이 유일한 선택이었다. 시간이 지나면서 점차 논문이란 무엇인지, 학문적인 글쓰기란 어떤 것인지에 대해 이해할 수 있었다. 논문은 내 생각을 표현하는 게 아니라, 타당한 근거와 논리적인 전개로 독자를 설득하는 글이어야 한다는 것을, 논문 쓰면서 익히게 되었다.

몇 달 후, 논문을 완성했다. 자신감보다는 겸손한 마음이었다. 배운 걸 최대한 적용하며 작성했다. 다시 제출했을 때, 교수님은 미소를 지으며 말했다. "이제야 논문답네요." 그 말은 나에게 더할 나위 없는 보상이었다. 순간, 이전의 좌절이 나를 얼마나 성장하게 했는지 실감했다. 처음부터 끝까지 다시 써 내려간 여정들을 결코 잊을 수 없다. 나에게 글쓰기의 진정한 의미를 깨닫게 해주었고, 더 나은 학자로 성장하게 만든 소중한 경험이었으니까.

지금도 글을 쓸 때면 그때의 경험을 떠올리곤 한다. 좌절은 쓰라렸지만, 그 경험이 없었다면 현재의 나로 성장할 수 없었을 것이다. 글쓰기는 결국 자신을 끊임없이 되돌아보고, 개선해 나가는 과정임을 그때 배웠다.

'원고 검토 결과 출간 계약은 어렵다고 결정하였습니다.'

이메일을 열었다. 내심 '축하합니다'라는 단어가 첫 줄에 있을 거라 믿었다. 출판사 측의 정중한 문장 속에서 예상치 못했던 답변을 들은 거다. 한마디로 '거절'이었다. 무거운 돌이 내 심장을 누르는 듯했다. 어떻게든 이해하려 했다. 그렇지만, 머릿속은 하얗게 비워진 것처럼 텅 비었다. 답변 온 메일들을 열어보다 말고, 방안을 둘러보았다. 책상 위의 커피잔이 여러 개 보인다. 다른 한편에는 수정할 때 사용했던 노트가 너저분하게 펼쳐져 있었다. 지금까지 쏟아부은 시간과 열정이 방안 곳곳에 흔적으로 남아 있었다. 모든 노력에도 불구하고, 결과는 거절이라니! 모든 노력과 꿈이 무너지는 것 같았다. 글을 쓰며 매일 새벽까지 깨어 있었던 날들, 스스로 한계를 넘어서려 애쓰며 고치고 또 고쳤던 문장들이 무의미해진 듯했다.

한동안 아무 말 없이 멍하니 앉아 있었다. 애써 쓴웃음을 지으려 했지만, 목구멍 어딘가에서 막혀 나오지 않았다. 실망감과 무력감에 빠졌다. 왜 그토록 열심히 쓴 글이 끝내 거절당한 걸까? 필

글 쓰는 삶의 미학

력이 부족한 걸까, 아니면 정성이 모자랐던 걸까, 한편으론 화가 났다. 진심이 담긴 글이 거부당했다는 생각에, 가슴 깊은 곳에서 무언가 부글부글 끓어올랐다. 문득, 창문 밖을 바라보았다. 초여름의 햇살이 부드럽게 내려앉은 거리에 사람들은 각자 저마다의 일상을 살아가고 있었다. 어찌나 평온하게 보이던지. "괜찮아, 이 또한 지나갈 거야"라고 말하는 듯했다. 깊이 숨을 들이쉬며 마음을 가라앉혔다. 다시 메일로 눈을 돌렸다. 거절의 말들이 날카롭게 느껴지지 않도록, 다른 각도로 바라보았다. 어쩌면 이건 끝이 아니라, 나아가라는 신호일지도 모른다고 생각하려고 애썼다.

그날 저녁, 일기장을 펼쳤다. 거절의 순간을 기록으로 남기고 싶었다. 솔직한 감정을 그대로 적어나가면서, 왜 글을 쓰기 시작했는지를 다시 한번 되새겼다. 출판이나 성공 같은 외적인 결과가 아니라, 단지 나의 이야기를 세상에 전하고 싶었다. 내가 느끼는 진심과 의미가 중요하다는 걸 깨달았기 때문이다. 실패는 아팠지만, 아픔 속에서 성장하고 있었다. 출판사의 거절 메일을 하나의 폴더에 보관했다. 거절의 증표이기도 했고, 넘어야 할 하나의 과정이다. 나를 더 강하게 만들어 준 도전의 기록이랄까. 그 후로 매일 글을 쓰고, 자주 고친다. 글 쓰는 과정 자체가 즐겁다. 언젠간 내 글이 누군가에게 다가갈 수 있을 거라 확신한다. 출판사의 거절이 더 좋은 작가로 만들어 주었으리라.

글 쓰는 삶은 기복이 많다. 다만, 모든 순간에는 의미가 있다. 잠 못 이루는 밤, 실패했던 시도, 다시 시작해야 했던 모든 것들.

아마도 진정한 무언가를 만들어 가는 삶의 일부가 아닐까. 고난이 없었다면 지금의 내가 될 수 없었을 테니까. 고난 속에서 나를 이해했고, 내 안에는 힘이 있음을 발견했다. 때로는 그 과정이 너무나 힘들고 고통스러울 수 있다. 그러나 고난이 나를 더욱 단단하게 했고, 무슨 일이든 도전할 수 있게 하는 동기가 되었다. 길이 불확실하고, 노력이 헛된 것처럼 느껴지더라도. 지금 겪고 있는 어려움은 헛되지 않음을 확실하게 알았다.

지금 겪는 고난은 결코 나를 쓰러뜨리기 위한 것이 아니다. 더 강하고, 깊은 사람으로 만들기 위한 과정이다. 고난 속에서 좌절하고 싶을 때, 배움의 기회로 삼는다. 고난은 성장의 밑거름이다. 지난 시절의 고난이 지금의 나를 만들었듯이, 각자가 마주한 고난도 분명히 나를 상장시켜 줄 거라 확신한다. 아울러 고난이 닥치더라도 자신을 사랑하면 좋겠다. 종종 고난을 겪으면서 자신을 비난하거나, 나 스스로 더 힘들게 만들곤 한다. 그런 순간에도 포기하지 않고, 있는 그대로를 받아들이며 사랑하기를. 단언컨대, 고난은 나를 시험하는 시간이자, 동시에 나에게 자애로울 수 있는 선물이다.

글 쓰는 삶의 미학

3-9.
위기에는 독서

장진숙

'내 인생의 고난은 뭐였지?'

가장 먼저 떠오른 것은 2022년 번아웃증후군이었다. 강렬하고 큰 사건이라 이 일이 다른 고난들을 다 삼켜 버렸다. 과거 힘들었던 시간이 현재 나에게 어떤 영향을 주었는지 찾으려 해도 보이지 않았다. 무언가 있을 것 같은데 선뜻 떠오르지 않았다. 삶의 큰 이벤트만 찾아서 더 그런 것 같다. 속상한 일이 생기면 이불 끝자락이 축축하게 젖었다. 많이 운 날은 눈가가 따갑고 불그스름해졌다. 아파서 주위를 눈 주위를 만질 수도 없었다. 글을 쓰는 지금도 늘어가는 업무에 스트레스받고, 내가 이 순간을 이겨낼 수 있을지 걱정하고, 책에서 위로받는다. 여러 순간 고난이 닥쳤고 그것을 넘어서 지금에 왔다. 힘들었던 시간도 지나고 보니 별일이 아니었다. 옆에 책이 있었기에 그랬다. 물론 그 당시는 마음이 아팠지만. 인생은 멀리서 보면 희극 가까이서 보면 비극이라고 하지 않는가?

남보다 더 똑똑한 사람이 되고 싶었다. 똑똑한 사람은 책을 많이 읽는 사람이라 생각했다. 대학 때 들었던 '똘똘이 스머프'라는 별명이 퍽 마음에 들었다. 조그마한 파란 몸에 동그란 안경을 쓰고 항상 손에는 책을 가지고 있었던 똘똘이 스머프. 내가 되고 싶은 모습이다. 책을 많이 읽고 싶은데 책이 눈에 안 들어왔다. 몇 장 읽다 포기하기 일쑤다. 대신 책장에 늘어나는 책에 만족해야 했다. 돌아보면 위기의 순간 내 옆에는 한 권이 책이 있었다. 〈폰더 씨의 위대한 하루〉, 〈내 인생 나를 위해서만〉, 〈나는 할 수 있다〉, 〈등을 밀어준 사람〉 등등. 마음에 든 문장이 생기면 그곳을 읽고 또 읽었다. 한두 달 그 책을 가방에 넣고 다니며 집에 오면 책부터 빼서 침대 위 베개 옆에 올려 두었다.

대학병원 간호사를 그만뒀다. 3교대 근무와 고도의 집중력을 요구하는 작업환경이 지치게 했다. 체력적, 정신적으로 한계였다. 한 달에 열흘 이상 야간 근무하고 퇴근하는 길, 병원 거울에 비친 내 모습을 봤다. 출근할 때 단정했던 머리는 여기저기 부스스해졌다. 얼굴에는 번들거리는 기름이 끼고 눈은 움푹 들어갔다. 꾀죄죄하고 피곤한 모습에 없던 기운마저 빠져나갈 것 같았다. 속상한 마음에 병원 로비를 휙 하고 둘러봤다. 피곤해 보이는 사람을 찾았다. 나만 피곤한 모습이 아니라는 것을 확인하고 싶었다. 위안받고 싶었다. 다른 날보다 탈의실에서 삼십 분 정도 늦게 나온 탓인지 나이트 근무자들이 보이지 않았다. 대신 생기 넘치는 직원들이 웃으며 내 옆을 지나갔다. 그 모습이 사라질 때까지 멍하니 바라봤다. 병원 밖에서 비치는 햇살에 급격히 우울함이 몰려왔다.

글 쓰는 삶의 미학

억울했다. 계속 이대로 살 수 없었다.

병원만 그만두면 활기차고 생동감 있는 삶을 살 수 있을 것 같았다. 이런 생각을 하자 병원 출근길은 지옥문으로 들어가는 길 같았다. 마지막 병원 출근길, 다리도 가볍고 홀가분했다. 처음 며칠은 다 좋았다. 다 잘된 것 같은 막연한 희망이 있었다.

병원을 그만두고 일주일 정도 지나니 슬슬 미래가 불안해지기 시작했다. 간호사 구인 사이트에서 교대 근무하는 병원 대신 상근으로 일할 수 있는 회사를 알아봤다. 병원 근처는 눈도 돌리기 싫었다. 제약회사와 의료기기 회사에 원서 냈다. 내가 원하는 연봉과 근로조건의 회사는 찾기 어려웠다. 생각처럼 취업은 쉽지 않고 가지고 있던 돈은 점점 줄었다. 매달 날아 오는 고지서들에 마냥 취업을 기다릴 수 없었다. 잔고가 줄어들수록 걱정으로 잠이 안 왔다. 집 근처 개인병원에 다니면서 적당한 일자리를 찾아보기로 했다. 그때 가지고 다니던 책이 바로 앤디 앤드루스의 〈폰더 씨의 위대한 하루〉였다. 주인공 폰더 씨가 실직하고 교통사고를 당한다. 사고 순간 일곱 명의 위인을 만나고 그들에게 두루마리 종이에 있는 삶의 지혜를 하나씩 받는 이야기다. 책에서 자주 읽었던 메시지는 체임벌린의 '나는 행동을 선택하는 사람이다.'였다. 대학병원을 그만둔 것은 나의 선택이다. 다시 다른 삶을 선택해야 하는 순간, 내가 원하는 방향의 선택을 하고 있다고 확인하고 싶었다. 불안으로 마음이 울렁울렁할 때마다 책을 읽으면서 나에게 말했다. '나는 내가 원하는 삶을 선택하고 있어' 무엇을 할지 몰라 갈팡질팡하는 사이 개인병원에 출근하며 시간이 흘렀다. 같이 병원에 다니던 후배 간호사 덕분에 '간호직 공무원'에 대해 알게 됐다. 병원을 그만두고 노량진 고시학원 다니며 본격적으로 시험을 준비했다. 오전 9시부터 12시간을 학원의 강의장과 독서실로 오갔다. 쉽게 생각했던 시험에 떨어지니 마음에 다시 위기가 왔다. 어두컴컴한 독서실을 벗어나지 못할 것 같아 불안한 날은 책을 읽었다. 독서는 위로고, 다시 시작할 용기였다. 손에 닿지 않을 것 같던 합격은 2년 후 찾아왔다. 벌써 12년 차 간호직 공무원으로 근무하고 있다. 방황하고 고난의 시간이 새로운 삶을 시작할 수 있는 계기가 된 것이다.

코로나19가 유행하면서 코로나19 재택 치료 업무를 담당하게 됐다. 빠르게 증가하는 환자, 급변하는 환경, 폭증하는 업무량에 정신을 차릴 수 없었다. 삶에 대한 의욕까지 잃게 했다. 하루를 무사히 잘 버티면 스스로 칭찬했다. 그래야 다음날을 시작할 수 있었다. 이 무기력에서 벗어나고 싶었다. 책을 읽기로 선택했다. 매일 하루 한 장 독서하기가 목표였다. 나 이외 아무것도 생각할 여력이 없었던 순간, 선택한 책이 라인하르트 K. 슈프렝어의 〈내 인생 나를 위해서만〉이었다. 살기가 버거웠다. 살아내기 위해서 다른 사람들의 시선은 신경 쓰지 말고 오롯이 나만 생각해야 했다. 나만 생각하는 것이 이기적인 것 같아 마음이 불편했다. 그런데 책에서 나만 생각하라는 말에 안심했다. '내 인생은 오직 나에 의해, 오직 나를 위해 존재한다.'라는 말로 내 삶이 먼저라고 알려줬다. 덕분에 나를 돌볼 수 있었다. 책을 많이 읽겠다는 욕심을 버리니 하루 한 장부터 십 분 독서까지 매일 책을 읽을 수 있었다. 책

글 쓰는 삶의 미학

을 읽으면서 나를 돌아보고 생각을 변화시키는 말들을 찾았다. 내가 보지 못했던 다른 면이 있다는 사실을 알았다. 독서하는 날이 늘어날수록 사용하는 어휘가 풍부해지고 생각은 긍정적으로 변했다. 나도 누군가에게 도움을 주는 글을 쓰는 상상을 한다.

이십 개월 매일 책 읽으며 삶의 세 가지 변화가 일어났다. 첫째, 스스로에 대한 믿음이 생겼다. 매일 하루 한 장부터 십 분 이상 독서까지 꾸준히 책 읽는 모습에 '나도 할 수 있다.'라고 믿을 수 있었다. 둘째, 생각이 긍정적으로 변했다. 과거 인지하지 못했는데 나는 부정적인 어휘를 자주 쓰는 사람이었다. 꾸준히 독서하면서 위기가 다 부정적인 것이 아니라 긍정적인 상황을 만들 수 있다는 것을 깨달았다. 과거의 위기에서 배우고 현재의 위기를 긍정적으로 받아들이는 연습 중이다. 셋째, 다양한 경험과 교훈을 얻었다. 책 속의 다양한 사례를 통해 다양한 간접 경험을 했다. 비슷한 상황에 놓이면 책에서 배운 점을 적용하려 한다.

요즘 '꽃길만 걸어라.'라는 말을 덕담처럼 많이 사용한다. 나도 지인이 승진하면 축하 인사로 '꽃길만 걸어라.'라는 말을 꼭 붙였다. 이보다 더 좋은 응원이 없다고 생각했었다. 그런데 삶의 위기에 대해 생각하면서 이 말이 결코 덕담이 아니라는 것을 알았다. 위기는 아프지만 새로운 습관을 만들 기회가 된다. 위기는 해결할 수 없는 문제가 아니다. 이 상황을 어떻게 받아들이냐에 따라 삶이 달라질 수 있다. 위기를 고통으로만 보면 그 시간이 긴 고통의 시간이 되고, 위기를 기회로 보면 변화의 계기가 된다. 독서는 여러 경험을 대신하고, 현재 상황을 보는 시야를 넓혀준다. 위기를 변화의 계기로 볼 수 있었던 것은 바로 독서 덕분이다. 책을 읽으면서 다양하게 경험하고, 느끼고, 성장하고 있었다. 때론 전쟁터 한가운데 있고, 환상의 세계에도 있다. 독서가 아니라면 경험하기 힘든 순간들이다. 위기는 신이 우리에게 주는 삶을 리셋할 기회가 된다. 앞으로 어떤 위기가 오더라도 꾸준히 독서하면 잘 이겨낼 수 있다는 자신감도 생겼다. 독서는 위기를 기회로 만드는 발판이 된다.

글 쓰는 삶의 미학

3-10.
100일간의 동거

정원희

　2024년 6월 28일 저녁 8시 30분. 집에서 키우는 개 '이슬이'의 새끼가 태어났다. 예정일을 며칠 지난 상태였다. 예전 다른 개들에 비해 배가 덜 불러서 상상 임신인가 했다. 저러다가 어떻게 되냐고 남편에게 물으니 자연히 배가 꺼진다고 했다. 혹시나 하는 마음으로 며칠을 더 두고 보기로 했다. 저녁 먹고 마당으로 바람 쐬러 나간 남편이 다급한 목소리로 나를 불렀다. 수건에 싼 강아지 한 마리를 데리고 집으로 들어왔다. 남편이 데리고 들어온 강아지를 받았다. 한 손에 쥐어졌다. 어미가 물어 죽이려는 것을 뺏어 왔다고 했다. 동물들은 약하게 태어나는 새끼들을 어미가 물어 죽인다는 이야기를 들은 적이 있다. 직감적으로 안다는 것이다. 양수를 먹은 것 같다고 했다. 몸에 묻은 양수를 닦아내고 나면 흰털이 나와야 하는데, 노란빛이었다.

　몇 해 전 겨울에 태어난 꽁꽁 언 강아지를 아들과 같이 손으로 마사지하고 인공 호흡해서 살려낸 적이 있다. 이번에도 그렇게 정성을 다하면 될 거로 생각했다. 두 번째 강아지를 기다리러 나간 남편이 집으로 들어왔다. 동물병원 원장님과 통화하고 있었다. 혹시 모르니 이슬이를 병원에 데려가야 할 것 같다고 했다. 아직 몇 마리가 더 나올 것 같은데 이슬이의 의지가 안 보인다고 했다. 차를 마당으로 가지고 왔다. 트렁크를 비우고 이불을 깔았다. 100kg에 가까운 강아지를 SUV 트렁크에 겨우 태웠다. 첫 번째 강아지는 내가 데리고 있고 남편은 병원으로 갔다.

태어나자마자 엄마 젖을 먹어야 하는데, 어쩔 수 없이 미리 준비해 놓은 동물 초유를 작은 우유병에 담았다. 젖병을 강아지 입에 댔는데 입을 벌리지 않았다. 억지로 입을 벌리고 젖병 입구를 밀어 넣었다. 한두 방을 입안에 떨어트렸다. 입을 벌리고 한참을 있었다. 삼키지 못했다. 빨지도 못했다. 입안에 거의 묻히다시피 하면서 10ml 우유를 먹였다. 30분이 넘게 걸렸다.

한 시간쯤 지나 남편에게 전화 왔다. 병원으로 가는 중에 강아지 한 마리가 더 나왔다고 했다. 혹시 어미의 무게에 눌려 죽을까봐 걱정했는데 괜찮다고 했다. 이슬이는 병원에 도착하고 마취를 한 뒤 제왕절개를 했다. 다섯 마리의 강아지가 더 있었다. 강아지들이 다른 강아지들보다 작아서 이슬이 배가 크게 부르지 않았던 것 같다. 제왕절개로 나온 강아지 중 한 마리는 세상에 나오자마자 숨 쉬지 못해 죽었다. 남편을 기다리면서 아들과 통화했다. 첫 번째 강아지를 '일봉이'라고 이름 지어 주었다. 이슬이는 봉합이 끝나고 강아지들과 함께 집으로 왔다. 다섯 마리 모두 건강해 보였다. 미리 끓여 놓은 미역국을 식혀 이슬이에게 주었다. 남편은 강아지들을 세 시간에 한 번씩 어미에게 데리고 가 젖을 물렸다. 배가 빵빵해지게 먹고 나면 잠을 잤다. 먹고 자고 싸고를 반복했다. 평범한 일상이 일봉이에게는 당연하지 않았다. 여전히 우유 넘기는 것을 어려워했다. 혹시나 해서 어미에게 데려가 젖을 물렸는데 전혀 빨지 못했다.

15일째 되는 날 다른 강아지들은 눈을 떴다. 시끄러워졌다. 다섯 마리가 배고프다고 한꺼번에 울었다. 새벽이라도 남편은 일어나서 강아지들을 데리고 젖을 물리러 갔다. 일봉이는 먹을 때도 잠을 잘 때도 신음을 내고 있었다. 힘들어했다. 한 달쯤 지났을 때 동물병원에 전화해 일봉이 얘기를 하니 아직도 그 개가 살아있냐고 원장이 놀라며 되물었다. 살아 있는 것이 기적이라고 했다. 다른 강아지들은 엄마 젖을 먹으며 폭풍 성장 중이었다. 움직임도 많아지고, 몸무게도 늘었다. 40일이 되면서 이유식을 하기 시작했다. 그때까지 일봉이는 그릇에 있는 것을 핥아먹지도 못해 먹여주어야 했다. 물 먹는 것도 거부해서, 주사기로 억지로 먹였다. 다리에 근육이 전혀 생기지 않고 기운이 없었다. 50일이 넘어가면서 강아지들이 한 마리씩 입양되어 떠났다.

일봉이는 보내지 않았다. 남편이 운영하는 세인트버나드 밴드에 강아지들의 소식을 올렸다. 내용은 본 TV 프로그램 동물농장 작가에게 일주일에도 몇 번씩 전화 왔다. 일봉이 사연을 듣고는 사진을 보내 달라고 했다. 초 대형견은 태어난 지 60일 정도가 되면 몸무게가 7~8kg은 나가야 한다. 평범하지 않은 이야기는 재밋거리가 되니 출연에 관한 이야기도 나왔다. 남편은 싫다고 했다. 사진도 보내주지 않았다. 흥밋거리로 만들고 싶지 않았다.

일봉이는 똥을 싸도 인지하지 못해 발로 밟고 온몸에 다 묻혔다. 하루에도 서너 번 목욕시켜야 했다. 꼬리와 다리에 피부병도 있었다. 같은 배에서 나온 강아지들이 몸무게가 10㎏이 넘어간다는 소식을 들었다. 그때 일봉이는 겨우 1.5㎏이었다. 너무 작아서 예방접종도 못 했다. 단백질을 먹어야 하는데 씹지 못해 사골 국물을 주사기에 넣어 먹였다. 슬라이스 치즈를 조금씩 잘라서 입에 넣어주니 곧잘 받아먹었다. 그게 전부였다. 겨우겨우 살아내고 있었다.

80일째 되는 날 일봉이 몸무게가 2㎏이 되었다고 남편은 좋아했다. 먹기만 하면 더 클 수 있지 않을까 하는 기대가 생겼다. 90일째 되던 날 새벽이었다. 잠이 깨서 거실에 나왔더니 남편이 일봉이를 안고 있었다. "이제 일봉이 보내줘야 할 것 같아. 숨을 잘 못 쉬어." 한참을 안고 있다가 다시 카펫이 깔린 펜스 안으로 내려놓았다. 잠시 기운을 차리는 것 같더니 이내 주저앉았다. 가쁜 숨소리가 들렸다. 그 모습을 보다가 수업하러 방으로 들어갔다. 수업을 마치고 나오니 일봉이가 너무 멀쩡하게 일어나 걷고 있었다. 숨소리도 괜찮았다. 냉장고에 있는 우유를 데웠다. 왼손에 일봉이를 안고 우유를 먹였다. 일봉이를 들어서 안았는데 가볍게 혹 올라왔다. 그새 몸무게가 또 줄었나 보다. 우유를 먹이고 거실 마루에 내려놓았는데 서지 못했다. 힘도 없는 데다가 바닥이 미끄러워서 그런 것 같았다. 카펫 위에 깔아놓았던 배변 패드를 다 걷었다. 그나마 카페 위에서는 덜 미끄러졌다. 카펫에 오줌이 배고 똥이 묻어 냄새가 고약했다. 그래도 일봉이가 조금이라도 편하게 걸을 수 있다면 좋았다. 죽을 고비를 넘기고 기운을 다시 찾은 듯했다.

글 쓰는 삶의 미학

그런데 같은 행동을 계속 반복했다. 같은 자리를 뱅뱅 돌았다. 쉬지 않고 돌았다. 그러다 다리에 힘이 빠지면 주저앉아 있다가 또 일어나 돌았다. 하루 종일 그렇게 했다. 남편과 통화하면 일봉이 안부를 묻는 것이 일상이 되었다.

"아직 괜찮아?" 살아 있냐고 묻는 것이다. 살아있기를 바라지만 오늘 죽어도 이상할 것이 하나 없다고 동물병원 원장님이 그랬다. 태어나던 날, 그냥 이슬이가 하는 대로 둘걸 그랬나 하는 생각이 들었다. 그럴 수는 없었다. 살아 움직이는데 어떻게든 살려 놓아야겠다고 생각했다.

얼마 전에 남편과 밖에서 점심 먹고 집으로 오는 길에 '연명치료'에 대한 이야기를 나눈 적이 있다. 친정 부모님 두 분 다 연명치료 받지 않겠다고 이미 서명해 두었다. 당신의 죽음은 직접 선택하고 싶다고 했다. 남편도 나도 연명치료를 하지 말자는 데에는 동의했다. 내가 다시 물었다.

"내가 만약에 목숨이 붙어 있는 식물인간 상태라면 어떻게 할 거야?" 포기할 수 없다고 했다. 나도 그럴 것 같다. 그래서 미리 결정해 두는 건지도 모르겠다.

97일이 되는 날 일봉이는 이제 스스로 일어서지 못하는 상태가 되었다. 입에 넣어주는 우유나 물을 겨우 받아먹고 다시 바닥에 주저앉았다. 일어나지 않는 몸을 계속 세우려 애만 계속 썼다. 끙끙거리는 소리가 나기도 했고, 약간씩 짖기도 했다. 백 일째 되는 날 남편에게 일봉이 그냥 보내주자고 했다. 병원에 데려가서 안락사시키기로 했다. 남편은 주말 보내고 월요일에 병원에 데려간다고 했다. 주말 내내 일봉이의 상태는 나아지지 않았다. 잠깐씩 안아주고 다시 방으로 와서 할 일을 했다. 그게 일봉이를 위해 내가 할 수 있는 일의 전부였다. 우리가 먼저 포기하지는 말자고 했는데, 그냥 이제는 보내야 할 것 같았다.

병원에 데려가기로 한 날 일봉이는 조용히 눈을 감았다. 남편은 해 맑은 눈을 보며 도저히 병원에 데려갈 수 없다고 몇 번을 망설였었다. 농장 옆에 잘 묻어주고 하루에도 몇 번을 그곳을 가본다고 했다. 일봉이가 가고 나서 며칠 동안이나 환청이 들렸다. 거실로 나가 일봉이가 있던 자리를 한참 멍하니 쳐다보다가 방으로 들어왔다. 스마트폰 속 일봉이 사진이 자꾸 보인다. 100일을 살아내느라 얼마나 힘들었을까? 일봉이는 처음부터 눈을 맞추거나 우리가 부르는 소리에 응하지 않았다. 자신의 세상에만 사는 것 같았다. 내가 먼저 입 밖에 낸 이별인데, 조용히 그렇게 우리 곁을 떠났다. 예견된 이별이었지만 며칠 동안 가슴 한구석이 꽉 막혀 있었다.

글 쓰는 삶의 미학

3-11.
예상치 못한 조각들의 아름다운 조화

최주선

　　고등학교 졸업 후 2년간 대학에서 사회복지학을 공부했다. 전공 외에 몇 개의 과목을 더 수강하면서 실습까지 마치면 보육교사 자격증을 받을 수 있었다. 기회가 왔을 때 잡기로 했다. 어린 시절 꿈이 유치원 선생님이었다. 유아교육과 지원 후 떨어졌고, 당시 갈 수 있는 학과는 사회복지학과였다. 보육교사 자격증을 취득은 절호의 기회였다. 사회복지학을 공부할수록 특수교육, 언어 치료학에 관심이 생겼고, 할 수만 있다면 편입해서 더 공부하고 싶었다. 당시 나는 그 꿈을 이루기 위해 방학 때마다 대구대학교에 가서 일주일 단위의 연수를 챙겨 들었다. 학기 중에는 대학교에서 수업을 듣고 왕십리에 있는 언어치료 연구소를 찾아 참관수업도 해보았다. 방학에는 서울에서 대구대학교까지 갔다. 덕분에 평생 살아 볼 일 없는 작은 고시원살이를 몇 주씩이나 해볼 수 있었다. 한 번 가면 일주일 내내 하루 9시간 이상의 수업을 들어야 했다. 힘들어도 시간에 맞추어 책상에 다가가 앉았다.

  대학 졸업 후 1년간 편입을 위해 매일 공부했다. 고려대학교 다니는 지인의 도움을 받아 도서관을 사용할 수 있었다. 지금 생각해 보니 그 덕 아니었다면 고려대학교 도서관에 들어가 볼 일이나 있었을까 싶다. 당시 바로 취업할 수도 있었지만, 특수교육학과로 편입해서 그 분야를 더 파고 싶었다. 편입 영어 학원도 다니고, 학원에 가지 않는 날은 매일 도서관으로 출퇴근하며 공부했다. 1년 후 편입합격 통지서를 받았다. 원하던 특수교육학과였다. 이제 입학만 하면 됐다. 들뜬 마음으로 엄마에게 합격통지서를 내밀었는데, 엄마의 표정이 급히 어두워졌다. 축하한다는 말 대신 "그 종이 식탁 위에 올려놔"가 전부였다. 그날 밤, 엄마는 나를 거실에 불러 앉혔고, 힘겹게 말을 꺼냈다. 미안하다는 말의 반복이었다. 형편이 안 돼서 등록금을 내줄 수 없다는 거였다. 그리고, 가능하면 빨리 취업해서 같이 가계에 힘을 보태라고 했다. 화내고 싶지는 않았지만, 깊숙한 곳에서 원망이 덩어리로 밀려 올라왔다. 돈 때문에 대학을 못 간다는 사실은 내게 청천벽력이었다.
  '아무리 힘들고 어려워도 대학을 못 가는 게 말이 돼? 자식이 공부하겠다는데 못 해준다고?'
  빼꼼 열린 안방 문 사이로 미간을 잔뜩 찡그린 채 무릎을 꿇고 앉은 엄마가 보였다. 눈물을 뚝뚝 흘리며 기도하는 엄마를 보며 나는 입 밖으로 크게 소리 내지도 못하고 말을 삼키지도 못한 채 읊조리기만 했다. 그리고 참을 수 없는 눈물이 수도꼭지를 틀어

놓은 것처럼 계속 흘러내렸다. 그날 밤은 오래오래 기억되는 암울한 밤이다.

　나는 예상보다 빠르게 취업했다. 대학 졸업하자마자 보육교사가 된 친구에게 연락이 왔다. 근무하는 어린이집 6세 반 교사 자리가 났으니 오겠냐고 물었다. 조건이 어떻든 빨리 취업해야 했다. 그저 학기 중간인데도 불구하고 자리가 났다는 사실이 감사하기만 했다. 취업 후 업무에 최선을 다했다. 초임 교사로서 실수투성이에 모르는 게 많아 하나씩 물어가면서 소신껏 일했다. 아이들을 돌보는 동안 예기치 못한 안전사고도 자주 일어났다. 아이가 넘어져 이마가 찢어지고, 어떤 아이는 팔이 부러지고, 또 어떤 아이는 미끄럼틀 위에서 떨어져 다리가 부러지는 사고도 있었다. 교사로 일하는 동안 안전사고를 수없이 경험했다. 얼마나 놀랐는지 다친 아이를 데리고 응급실에 데러가서 기다리는 동안 내가 하얗게 질려 쓰러졌던 경험도 있다. 다친 아이의 부모가 아니라 오히려 내가 부축을 받아야 했던 상황이었다.

　나는 종종 사람들에게 '침착하다'라는 말을 듣는다. 작은 일보다 오히려 큰일에 덤덤하게 반응하거나, 대처하는 모습을 일컫는 말이다. 타고난 성향일 수 있지만, 살아온 환경과 경험에 따라 갖춰진 침착함이다. 아이들을 가르치는 교사로 일하다 보면 하루에도 심장이 한 열 번쯤은 튀어 나갔다 들어온다. 이런 경험을 10년 정도 하고 아이 셋을 키워 보니, 위험천만한 상황에 유연한 대처 능력이 생겼다.

오빠와 나는 세 살 터울인데, 나보다 3년 늦게 결혼했다. 오빠의 결혼 당일, 두 살배기 다엘은 분장실의 출입문 경첩 사이 공간으로 손가락을 넣었다 뺐다 장난치고 있었다. 친정 아빠는 다엘을 보지 못했고 문을 닫고 말았다. 비명이 섞인 다엘의 울음소리, 깜짝 놀라 얼른 문을 다시 열던 친정 아빠의 놀란 목소리가 섞여 순간 아수라장이 되었다. 메이크업을 받던 나는 아이 쪽으로 몸을 돌렸다. 아이 손가락에 이상이 없는지 걱정이 됐다. 그 와중에 화를 내면 아빠는 무안하실 거고, 다엘이 놀란 나를 보면 더 크게 울게 뻔했다. 재빠르게 피멍 든 손가락을 확인하고 부러지지 않은 것 같아 놀란 마음을 진정시켰다. 식은땀이 등줄기를 타고 흘렀지만 당장 할 수 있는 게 없었기에 침착하게 마음을 눌렀다. 예식 시작이 30분도 남지 않은 상태였고, 부러지지 않았다면 좀 더 지켜보는 게 맞다고 판단했다. 엑스레이를 찍어봐야 알겠지만, 그간의 경험으로 미루어 볼 때 당장 병원에 가지 않아도 되겠다는 판단이셨다.

"아니, 무슨 아기 엄마가 이렇게 침착해요?"

놀란 표정으로 묻는 메이크업 아티스트의 말에 "저도 놀랐죠. 침착해야지 별수 있나요"라며 애써 태연하게 응대했다. 친정 아빠는 이미 약국으로 뛰어갔고, 친정엄마는 다엘을 안고 달래고 있었다. 그 상황에서 할 수 있는 건 다 하는 것 같았다. 예식 내내 나는 아이를 안고 토닥거렸다. 오래전 에피소드이지만 만약 이전에 이런 어린이 안전사고에 관한 경험이 없었다면 호들갑을 떨고도 남았을 거다. 아빠를 원망했을 수도 있다. 본인 손주인데 나보다 더 마음이 아프고 미안했을 게 분명하다. 한쪽에는 자식새끼 감싸느

　　　　　　　　　　　　　　　　글 쓰는 삶의 미학

라 부모에게 호통치는 자식은 되지 말아야 한다는 내 신념이 한몫했다. 사고에 대처하는 내 모습을 보면서 나 스스로 경험이 다 했다는 생각이 들었다.

처음부터 나의 첫 직업으로 어린이집 교사를 하려던 건 아니었다. 그렇지만, 그 경험은 지금에 와서 다른 모양으로 제 역할을 하고 있다. 2023년 남아공 프리토리아 넬마피우스의 빈민 지역에 어린이집을 개원했다. 계획한 대로 돌아가지 않고, 늘 내 예상을 뛰어넘는 상황을 겪는 중이다. 좌충우돌 하나의 공동체를 만들어 가는데 꽤 많은 에너지가 들어간다. 어제, 오늘만 해도 답답한 현실에 딱 체한 기분이었다. 한국과 비교하면 갖추어지지 않은 환경, 내 계획과 마음대로 되지 않는 상황을 경험하면서도 이전의 경력이 내게 큰 힘이 되었다. 아마 편입학해서 하고 싶은 공부를 했더라면 그쪽 분야에서도 열심 다해 일하고 있을 거다. 사람 일은 알 수 없다고, 전공과 전혀 다른 일을 하고 있을 수도 있지 않은가. 무에서 유를 창조하고 A부터 Z까지 프로그램과 시스템을 만들어 가는 일이 녹록지 않다. 가장 마음대로 안 되는 건 사람인데, 교사들 다루기도 쉽지 않다. 이미 사고 구조 자체가 한국인과 다른 흑인들을 이해할 수가 없다. 그보다 내가 단호하지 못해 휘둘리기도 한다. 힘들고 어렵지만, 순간순간 내가 할 수 있는 최선과 이전의 경험을 조합해서 결과를 만들어 가고 있다.

편입학하지 못했을 당시 나에게는 선택의 여지가 없었다. 왜 나에게 이런 일이 일어나는지, 왜 우리 집만 이 모양인지 따져 묻기도 했다. 대체 그놈의 돈이 없어서 학교에 못 간다는 게 말이 되는지 말이다. 공부를 더 잘했다면 장학금을 받고도 갈 수 있었을 텐데, 돈과 집안 형편만 탓했던 나는 어리기만 했었나 보다. 지금 와서 곰곰이 생각해 보면, 인생이야 어떤 모습으로 살아가든 자기가 걷는 길에서 최선을 다하면 그만이다. 어떤 경험이든 인생의 작은 퍼즐 조각이 하나둘씩 잘 맞춰져 상호 보완적으로 엮여 간다는 생각이 든다. 과거가 없이는 현재가 있을 수 없다.

고난이 때로는 기회가 되며, 그 기회를 어떻게 잘 다듬어가고 만들어 가는가는 본인에 달려있다. 어떤 프레임에 갇혀 살고 있는지, 보는 각도에 따라 인생의 관점도 달라질 수 있다. 여전히 고난은 힘들다. 가능하다면 어서 그 상황을 벗어나 내가 원하는 대로만 이루어지면 좋겠다는 생각도 한다. 하지만 내가 보고 싶은 곳만 보고 내 생각만 고집하는 것이 아닌, 현재의 고난과 힘든 여정도 훗날 내게 어떤 의미를 가져가 줄지 생각할 수 있는 여유를 가져본다.

글 쓰는 삶의 미학

4장

가치 없는
인생은 없다

4-1.
글쓰기는 '마주하기'입니다

김선황

"자기는 어렸을 때 상처가 뭐야?"

나주로 가는 두 갈래 길에서 불쑥 남편에게 질문했습니다. 왼쪽으로 가려던 남편이 질문을 생각하다 오른쪽 길로 꺾었습니다. 두 길 모두 나주로 가긴 갑니다. 돌아가느냐 조금 덜 돌아가느냐의 차이일 뿐입니다. 무심히 던진 질문 같지만 제가 며칠 고민한 질문이기도 합니다. 잠시 생각하던 남편은 딱히 없다고 했습니다. 굳이 하나 꼽으라면 당시 유행하던 신발을 사달라는 말을 꺼내지 못한 것이라고 했습니다. 오 남매 막둥이로 태어났을 때 시아버지 나이가 마흔세 살이었습니다. 당시로서는 늦둥이입니다. 자라면서 부모님께 돈 달라고 해본 적이 한 번도 없다고 했습니다. 남편이 중학생일 무렵 형들과 누나가 대학생이어서 생활이 빠듯했을 거라는 눈치에서 비롯된 것이겠지요. 그렇다고 상처까지는 아니라고 했습니다. 말하지 못해서 갖지 못했던 아쉬움인 것 같다고요.

글 쓰는 삶의 미학

남편과 저는 성향이 다릅니다. 저는 반성을 빙자한 후회를 자주 하는 편입니다. 강박적으로 후회하지 않기 위해 머릿속으로 시뮬레이션합니다. 같은 일이 벌어지면 어떻게 대처할지 미리 연습하는 것이지요. 실상 같은 경우는 거의 없었는데도요. 남편은 이미 끝난 일에 미련을 두지 않습니다.

결혼과 동시에 과거에 대한 상처를 봉인했습니다. 트라우마처럼 비어져 나오는 거무스름한 과거의 흔적을 애써 꾹꾹 눌렀습니다. 가난한 집 딸로 자라 상처투성이인 여자가 아닌, 한 남자의 아내로 새 삶을 살기 위해 필요했습니다. 새 술은 새 부대에 담는 게 당연하다고 생각했습니다. 엄마만 그 집에 놔두고 나왔지만, 자녀로서 때가 되어 독립한 것이니 내 인생 살면 된다고 정당화했습니다.

결혼 후 2년 뒤, 아버지가 돌아가셨습니다. 덮어두고 열지 않으려 애쓰던 과거는 그대로 숨겨져 있었습니다. 내가 건드리지 않으면 그대로 잊힐 수도 있겠다 싶었습니다. 추도 예배 회수가 누적될수록 아버지에 대한 부정적인 기억은 희미해졌습니다. 꺼낼수록 기억의 재구성이 일어났습니다. 치열한 일상이 반복될수록 봉인한 기억이 있다는 것마저 잊고 살고 있습니다. 어쩌다 자매들과 만나 그때 그 시절 이야기를 꺼냅니다. 기억은 상대적입니다. 같은 장소에 있었는데, 같은 이야기가 다른 방향으로 흘러갑니다.

과거의 상처를 꺼내 글을 쓰라는 목차를 받았을 때만 해도 만만했습니다. 어떤 상처를 꺼내 쓰나 고를 수도 있겠다 할 정도로요.

그런데 막상 꺼내놓고 보니 이게 아직도 상처인가 싶었습니다. 종이 위에 끄적끄적 '상처, 과거, 아버지, 시골, 나만…' 이런 단어들을 적으며 과거 에피소드를 꺼냈습니다. 상처가 맞는지 헷갈렸습니다. 그래서 남편에게 물었던 것입니다. 남편에게서 글의 실마리를 풀 힌트를 얻어보려 했는데 실패했습니다. 남편이 상처받았던 기억이 별로 없다는 겁니다. 여전히 막막합니다. 친정 식구들과 나주에서 만나기로 한 터라 일단 생각을 접었습니다.

글 마감이 하루 앞으로 다가왔습니다. 하루 내내 나주 관광지에 다니느라 피곤했지만, 씻지도 않고 노트북을 펼쳤습니다. 마지막 꼭지 구상을 아직 못 했습니다. 이것저것 쓰고 지우기를 반복했습니다. 노트북을 덮고 언니와 동생이 이야기하는 방으로 갔습니다. 즉석 인터뷰를 시도했습니다. "가장 기억나는 상처가 뭐야?" 흑백요리사 이야기를 신나게 하던 언니와 동생이 벙찐 얼굴입니다.

"있잖아, 나는 아빠가 나만 놔두고 시골에 언니들이랑 동생들 다 데리고 간 거. 그거 되게 상처였어. 겨울이어서 엄청 추웠는데 엄마 오기 전에 방에 불을 때라고 했거든. 아궁이에 박스 찢어 넣으면서 나 울었잖아. 나도 놀러 가고 싶었는데."

제가 먼저 말을 꺼냈습니다. 언니가 잠시 생각하더니 말했습니다.

"아 그거, 아마 아빠가 우리 데리고 돈 빌리러 간 거였을걸?"

"생각난다. 나 다방에서 야쿠르트 되게 맛있게 먹었는데."

당시 초등학교 1학년이었던 동생이 말을 이어받습니다. 큰언니와 남동생에게 물어보면 다른 이야기가 나올 것 같습니다.

글 쓰는 삶의 미학

다시 노트북을 펼쳤습니다. 나주의 밤이 깊어도 글 길이는 그대로입니다. 두껍고 검은 장막 뒤에 거대하고 대단한 무언가를 두려워했는데, 휘장을 걷고 보니 별거 아닙니다. 얼떨떨합니다. 글로 어떻게 풀어내야 할까. 고민은 계속됐습니다.

그간 회피해 왔던 일들이 대부분 그렇지 않을까? 상처라는 거창한 이름을 붙이고 봉인해 버린 것은 사실은 용기가 없어서였던 건 아닐까? 일주일도 되지 않는 시간 동안 필요한 기억만 끄집어내어 글을 쓰려했는데, 아직은 해체하고 싶지 않았던 기억들이 딸려 나왔습니다. 기억을 마주할 기회가 만들어졌습니다. 과거를 재해석할 기회도요.

어렸을 때 살던 동네에 가면 골목길이 이렇게 좁았나 싶습니다. 아이였을 때 넓었던 그곳은 성인 두 명이 나란히 걷기도 좁은 길이었습니다. 길은 그대로인데 아이가 자란 것이지요. 상처도 그렇습니다. 후비지 않고 묻어두어 상처의 크기는 그대로였습니다. 그 사이 저는 자랐습니다. 소금을 뿌려가며 괴로워하지 않았습니다. 상처는 덧나지 않았습니다.

스물세 살에 발목을 심하게 삐어서 한의원에 다녔습니다. 적외선 치료를 받다가 저온 화상을 입었습니다. 동그랗게 흉이 생겼습니다. 가끔 지인들에게 하이힐 신고 발목 삔 이야기를 들려주면서 양말을 벗습니다. 오른쪽 발목에 흉터가 있어야 하는데 보이지 않습니다. 다시 왼쪽 양말을 내립니다. 희미한 흉터가 보입니다. 백 원짜리 동전 크기인 줄 알았는데 엄지손톱보다 작습니다. 멋쩍게 웃고 다시 양말을 신습니다. 보여주지 않았다면 제 말만 듣고 오

백 원짜리 동전을 상상했을 겁니다. 시간은 왼쪽과 오른쪽도 헷갈리게 할 만큼 기억을 희미하게 만듭니다.

글을 쓰면서 상처를 들여다볼 용기가 생겼습니다. 친정 식구들과의 여행이 맞물려 직접 이야기를 들을 수 있었습니다. 글을 쓰니 별거였던 일이 별거 아니라는 것을 알게 됩니다. 얼마나 많은 별거 아닌 일을 회피해 왔을까요. 글쓰기는 '마주하기'입니다. 글로 자꾸 꺼내놓으면 '별거'를 볼 수 있는 안목이 넓어지겠지요. 두 갈래 길 모두 목적지에 도착하는 길이었듯 지금 걷는 길은 '내일의 나'로 통합니다. 글쓰기로 어제를 마주할 용기를 얻은 덕분에 상처를 재해석할 수 있었습니다. 글로 더 나은 삶을 만들어 갑니다.

글 쓰는 삶의 미학

4-2.
엉킨 매듭을 글로 풀다

김효진

오늘 뭐 했냐는 질문에 두서없이 적고 보면 특별한 일이 없다. 아침에 일어나 빨래하고 청소했다. 책을 읽고 부모님께 안부 전화를 드렸다. 다른 날들과 별 차이 없이 할 일들을 해낸다. 다른 엄마들과 비슷한, 그냥 아무것도 아닌 나의 하루. 이런 게 무슨 글이 될 수 있을까?

아니었다. 아침에 일어나 빨래하고 청소한 일은 가족과 나를 위한 꼭 해야 할 일이 될 수도 있다. 혼자 감당하는 일이 아닌, 함께하는 일이 되기도 한다. 매일 해야 하는 일이 아닐 수도 있었다. 책을 읽고 메시지 한 줄을 뽑아 글을 쓰면 누군가에게 도움이 되는 글이 될 수 있었고, 스스로에게 위로의 말이 되어주기도 했다. 부모님과의 통화는 내 마음을 편안하게 만들어 주는 소중한 시간이기도 했다. 혹은 자식을 위해 지금까지 고생하며 농사짓는 부모님께 효도하는 글이 될 수도 있다.

부드러운 말 한마디, 따뜻한 미소, 딸이 와서 폭 안기는 찰나, 슬쩍 잡은 손의 온기, 살랑거리며 온몸을 쓸어주는 바람 한 뼘, 설거지를 마치고 물기를 털며 허리를 펴는 순간, 하늘에 보이는 구름 한 점. 이런 일상이 누구나 느낄 수 있는 행복이 된다. 구태여 좋은 것만 쓰라는 말은 아니다. 까칠한 눈길, 무뚝뚝한 대답, 냉랭한 바람 속 얼어붙은 유리창, 어둠 속에 퍼지는 비릿한 불안함, 혼자라는 외로움도 글로 쓰고 나면 따뜻한 난로가 되어줄 수 있는 안도와 위로의 포옹으로 바꿀 수 있다. 그렇게 하나하나 적고 의미를 부여하다 보면 내가 살아가며 해야 할 일을 어렴풋이 발견하기도 한다.

우리 부모님은 자주 싸웠다. 가정불화, 불안한 어린 시절, 힘들었던 기억들이 떠오른다. 힘들었으니 나를 좀 알아주고 위로해 주라는 말이었는지도 모른다. 하지만 그 시절의 글을 여러 번 쓰고 나니 그 일에 대한 다른 면도 보게 되었다. 초등학생 때는 우리 가족, 그러니까 엄마와 나, 그리고 두 동생을 괴롭히는 아빠가 죽었으면 좋겠다고 생각했다. 아빠는 좋을 때만 아빠였고, 그 외에는 괴물이었다. 그때 당시엔 무섭기만 하고 전혀 이해할 수 없는 행동을 했던 아빠였지만, 지금은 그럴 수도 있었겠단 생각이 든다. 물론 그것이 잘했다는 것은 아니다.

하루 종일 뼈 빠지게 일을 하고 나면 자식들은 방으로 도망치듯 들어가고, 오늘은 또 어떤 걸 트집 잡아 자신을 괴롭힐까 하는 생각에 슬슬 눈치를 보는 마누라. 그런 가족을 바라보는 아빠의 외로움과 고통 같은 것. 돈도 없고 기술도 없고 기댈 곳도 없는 허허벌판 같은 곳에서 마누라와 토끼 같은 자식 셋을 먹여 살려야 하는 가장의 무게. 그래서 가엾고 불쌍하고 외로운 아빠를 더 미워하고 싶지 않은 마음이 들었다. 미워하는 사람이 더 불편한 이 상황을 해결해야겠다고 생각했다. 내가 해결해야 할 문제처럼 느껴졌다.

　노트북을 켜고 메모장을 열었다. 키보드를 두드려 제목을 적었다. '아빠에게'로 글을 시작했다. 엉망이었다. 수업 시간에 배운 맞춤법, 문장 구조, 짧게 써라, 독자를 생각하라, 메시지가 있어야 한다는 그 어떤 것도 적용되지 않은 시뻘건 날것이었다. 괜찮았다. 같은 글을 몇 번이나 쓰고, 울분과 두려움, 불안함을 한껏 글로 토해냈다. 순간순간 배꼽 아래에서부터 뜨거운 뭔가가 자꾸 올라왔다. 내 안에 있는 장기들이 다 쪼그라들어 사라질 것만 같은 느낌도 들었다. 글씨가 보이지 않았다. 숨쉬기가 곤란했다. 입은 티셔츠가 눈물로 다 젖었다. 뚝뚝 떨어지는 끈적한 콧물을 팔로 닦아내고 어린애처럼 훌쩍거리며 울어대는 내 모습은 한마디로 못 볼 꼴이었다. 하얀 화면 가득 메운 시커먼 글씨를 보다가 메모장 오른쪽 'X' 표시를 눌렀다.

　'변경 내용을 저장하시겠습니까?'

　'저장하지 않음'

글 한 번 썼다고 아빠에 대한 감정이 싹 사라질 수는 없다. 고통, 고난, 역경이라는 단어를 만나면 나도 모르게 어린 시절이 떠오른다. 아무에게도 말할 수 없던 일을 하나씩 글로 적었다. 점점 아빠를 볼 때 마음이 편해지기 시작했다. 가식적인 웃음 말고 조금은 '진짜 웃음'을 지을 수 있었다. 아무것도 아닌 걸로 화낼 땐 다시 마음이 오르락내리락하지만, 다섯 번 중 한 번은 아빠의 투정으로 넘긴다. 가끔은 엄마에게 조언도 한다.

"엄마! 아빠는 그냥 가족을 위해서 뼈 빠지게 고생한 자기 좀 알아달라고 대접해달라고 그러는 거야. 퉁퉁 불어서 퉁명스럽게 하지 말고, 아이고 여보~ 고생했네. 오늘 뭐 맛있는 거 해줄까 하고 5살짜리 아기한테 말하듯이 한번 해봐. 아빠가 좋아할 텐데~"

그런 소리 죽어도 못한다며 손사래를 치는 엄마에게 코를 찡긋거리며 "엄마 인생이니 알아서 해" 하고 잔소리도 한다.

아빠에 관한 생각만 바뀌고 있는 것은 아니다. 아빠가 죽었으면 좋겠다고 생각했던 그 아이를 미워하며 살았다. 착한 아이는 그런 생각 하면 안 되니까 용서할 수 없었다. 아빠를 이해하는 것보다 나를 이해하는 것이 훨씬 어려운 일이다. 계속 글을 쓰며 나도 온전히 이해하고 보듬어 줄 수 있는 때가 오기를 기다린다. 괜찮아, 고생했다. 힘들었지. 지금까지 살아줘서 고맙다고 할 그때가 올 거라고 믿어 의심치 않는다.

내가 보고 싶은 것만 보고 생각하고 싶은 쪽으로만 생각하며 살았다. 글로 쓰지 않았다면 다른 쪽을 돌아볼 여유 따위 없었을 거다. 누구의 인생은 필요 없고, 누구의 인생은 세상에 꼭 필요하다는 그런 생각, 이제는 하지 않는다. 내가 이해하든 못하든 상관없다. 모든 삶에는 이유가 있고 가치가 있다. 아빠의 고된 인생사를 바탕으로 내가 지금까지 살아왔고 버텼고 글을 쓰고 있는 것처럼,

글 쓰는 삶의 미학

엄마의 힘든 결혼생활을 보며 난 그렇게 살지 않아야지 마음먹었던 것처럼. 좋았거나 나빴거나 어떤 상황에서든 무언가 얻을 수 있다면, 그야말로 가치 없는 존재는 없는 것 아닐까?

　이 세상에 태어나 서로 각자의 역할을 맡아 연기하고 있는 우리에게 쓸모없는 임무는 없다. 먼지부터 거대한 우주까지 각자만의 자리가 있다. 돌멩이 하나에 걸려 넘어져 다른 사람이 "나는 돌멩이를 조심해야지." 하는 생각을 갖게 해준다면, 그 시간, 돌멩이, 걸려 넘어진 사람, 보는 사람 모두 가치가 있다. 쓸모없는 존재는 하나도 없다. 두려워하지 말고 세상에 내 이야기를 꺼내 놓자. 내가 겪은 이야기는 다른 사람들에게 희망이 되기도 한다. 그러니 그 경험을 믿고, 오늘 하루 한 줄 적는다. 글로 쓰고 삶을 위로받는다. 그 위로가 글을 보는 이에게도 전해지면 더할 나위 없이 행복할 것 같다.

4-3.
매 순간을 소중하게 여기는 삶

백란현

　　글을 쓰면 매 순간을 소중하게 여길 수 있습니다. 일상의 경험과 감정을 관찰하여 글로 기억할 수 있으니까요. 있었던 일만 나열하는 것이 아니라 글을 쓰면서 오늘은 나에게 어떤 하루였는지 의미 부여한 내용까지 덧붙이면 다른 사람이 읽었을 때 공감, 위로, 감사, 용기 등의 마음도 선물로 줄 수 있습니다.

　초등 1학년 부장입니다. 유치원 선생님이 며칠 전부터 샌드 아트 공연이 있는데 1학년도 함께 볼 건지 물었습니다. 흔쾌히 좋다고 했습니다. 8시 50분 공연 시작이라 아침 활동은 생략하고 세 개 반이 서둘러 공연을 보러 강당에 갔습니다. 유치원 선생님이 처음 제게 제안했을 때는 저에게 학생 의자를 준비해서 깔면 1학년 모두가 편할 것이라고 했습니다. 1학년을 데리고 의자 60개를 까는 건 무리란 생각에 강당 바닥에 앉히겠다고 했습니다. 제 이야기를 듣고는 별말씀이 없었는데요, 오늘 강당에 갔더니 일인용

엉덩이 깔개가 있었습니다. 아이들은 폭신한 자리에서 공연을 볼 수 있었습니다. 아이들 공연을 보도록 기회를 준 것도 감사한데 깔개까지 챙기는 마음에 고마웠습니다. 1학년을 가르치면서 스스로 해야한다는 점을 강조하고 살았던 저를 돌아보는 시간이 되었습니다. 공연을 보기 전 강당 입구에 있었던 물건을 관찰한 순간 제 생각도 글로 보관할 수 있었습니다. 글을 쓴 덕분이지요.

샌드 아트 공연을 본 우리 반 21명의 학생에겐 어떻게 하루를 소중히 여기도록 도왔을까요. 교실로 돌아와 2교시엔 짧게라도 글을 써보자고 했습니다. 1학년과 글을 쓴다는 건 쉽지 않습니다. 그래서 맞춤법은 강조하지 않기로 했습니다. 소리 나는 대로 틀리게 써도 넘어갔습니다. 일일이 글자를 바르게 고쳐주다가 순간 떠오르는 생각까지도 까먹게 될 것이라는 게 저의 판단이었습니다.

오늘 공연 어땠는지 물었더니 한결같이 '부러웠어요'라는 대답이 나왔습니다. 공연 내용은 《팥죽할멈과 호랑이》 내용이었습니다. 샌드 아트 1부 공연이 끝난 후, 아티스트는 퀴즈 세 개를 낸 후 맞힌 어린이에게 오레오 과자를 하나씩 줬습니다. 아이들은 대부분 우리 반에 승훈이가 오레오 받은 게 부러웠던 겁니다. 제사보다는 떡밥에 관심이 있었나 봅니다. 공연 장면을 기억해 보자고 했고 무엇이 기억나는지 물었습니다. 모래로 그린 그림이 신기했고 모래도 만지고 싶었다는 내용도 이어졌습니다.

일대일로 지도할 차례입니다. 빈 A4용지에 재미있었다는 내용이 들어 있다면 무슨 장면에서 재미있었는지 물었습니다. 그리고 대답을 듣고 메모해서 보여주었고요, 제 메모를 보고 다시 글씨를 써오게 시켰습니다. 초등 1학년의 샌드 아트 공연 관람 글쓰기는 어려운 작업이었습니다. 그래도 시간을 넉넉하게 투자하여 학생마다 생애 첫 시를 한 편씩 썼고 결과물도 남았습니다. 저는 저대로 지도 과정에 대한 경험을 다시 글로 옮길 것이며, 학생들도 처음 시 쓴 경험에 대해 또 기록할 수도 있겠지요. 오늘은 매 순간을 소중히 여기는 날이었습니다.

오늘 경험은 오늘만 남기는 것은 아니겠지요. 제가 작가가 되고 두 권의 개인 저서를 출간하면서 저의 삶을 되돌아보았습니다.

첫 번째 개인 저서 《조금 다른 인생을 위한 프로젝트》에서는 교직 경력 18년 동안 학교에서 독서교육을 진행했던 내용과 16년 세 자매 독서 육아 과정을 담았습니다. 책을 쓰기 전에는 교사로서의 삶이 승진 중심이 아니었기에 이룬 게 마땅치 않다고 생각했었습니다. 부족하지만 첫 책을 쓰고 나니 교사로서 제 삶에 자신감이 생겼습니다. 쓴 덕분에 그동안 잘 살았다고 저를 인정했지요. 과거의 제 삶에도 소중했다는 점을 쓰는 삶을 만난 후 알게 되었습니다.

두 번째 개인 저서 《여자, 매력적인 엄마 되는 법》에서는 육아휴직 없이 세 자매를 키우면서 경험했던 에피소드와 읽고 쓰며 강의하는 엄마로서 살아낸 과정에 관해 썼습니다. 특히, 두 번째 책의 독자들이 술술 잘 읽힌다는 말씀을 해주었고 나도 내 이야기 써봐야겠다고 마음먹었다고 했습니다. 2024년 2월에 출간한 두 번째 책 덕분에 저와 평생 글 친구가 된 분도 세 명이나 있을 정도입니다. 이렇게 과거 삶을 글과 책에 담아서 과거의 순간도 소중하다고

글 쓰는 삶의 미학

느꼈을 때 제 글의 독자들도 용기를 가지는 것은 확실합니다.

글 쓰는 삶을 만난 덕분에 지나온 삶에서 버릴 조각이 하나도 없습니다. 상세히 기억나지 않아서 갑갑한 장면은 있어도 지울 장면은 없다는 점, 작가가 된 후 달라진 부분입니다. 저에게 쓰는 삶을 알려준 은사가 감사할 따름이지요.

그러면 어떻게 하면 매 순간을 소중히 여기며 살 수 있는지 방법 세 가지를 제안해 보겠습니다.

첫째, 메모합니다. 스마트폰을 메모지로 사용합니다. 네이버 메모, 캘린더, 인스타그램, 사진첩 모든 게 저의 메모 공간이자 도구입니다. 오늘은 아침에 포스팅 한 편 발행하고 싶었는데 시간 여유가 없었습니다. 꼭 하고 싶은 말이 있는데 바로 쓰지 못해 갑갑했습니다. 대신 캘린더 오늘 날짜에 '내년 1월? 왜요? 지금부터 공부해야 쓸 줄 알지요'라고 메모했습니다. 이는 라이팅 코치로서 설득하고자 하는 블로그 포스팅을 올릴 때 필요한 문구입니다. 오후 버스 타고 치과 가는 길에 스마트폰으로 글을 발행했습니다. 작가로서 메모했다가 언제 어디든 글을 쓰는 저를 관찰했고요. 잘했다는 마음도 들었습니다. 순간마다 의미 부여는 계속 이어지는 것이지요.

둘째, 미소 짓습니다. 오늘 하루에 저 역시 화낼 일도 있었고 이해 안 되는 부분도 생겼습니다. 그런데 억지로라도 웃으니, 마음이 진정되더라고요. 욕하는 학생, 때리는 학생, 놀리는 학생이 있어서 생활교육을 위해 목소리를 높였다가 순간 멈추었습니다. 욕의 뜻도 모르고 욕하는구나 싶어서입니다. 그러고는 목소리를 가

다듬고 차분하게 설명했습니다. 욕의 뜻을 1학년이 이해하도록 쉽게 풀어줬더니 본인은 욕한 적 없다고 다시 주장하네요. 웃고 넘겨야겠지요. 놀리는 학생에게는 그러지 말라고 주의를 주었습니다. 놀리는 말을 듣고 상대방을 때린 학생에게는, 놀리는 말에 화내지 말라고 조언했습니다. 화내면 놀린 사실을 받아들이는 꼴이라고 덧붙였습니다. 미소 지은 결과 술술 할 말은 나오네요. 어느 정도 알아들었는지는 모르겠지만 이제는 덜 싸울 거라고 믿습니다. 웃으면서 아이들과 마주하는 순간을 소중히 여기고자 노력한 하루였습니다.

셋째, 사색합니다. 이 부분은 요즘 계단 오르기를 하는 동안 느끼는 부분입니다. 저의 경우 하루를 새벽 1, 2시에 마무리하는데요, 대신 자정이 되기 전에 아파트 계단을 오릅니다. 나름의 운동 시간 확보입니다. 2층에 살고 있는 제가 15층까지 올라가는 5분 동안 오늘을 떠올립니다. 그리고 생각하는 시간 덕분에 쓸 거리를 발견합니다. 하루를 잘 살았다는 뿌듯함도 생기고요. 사색하는 과정에서 저를 칭찬하기도 하고 내일 할 거리도 머릿속에 정리합니다. 짧은 운동 시간이었지만 열흘 넘게 진행하고 있습니다. 계단 오르기가 아니더라도 앞으로도 사색 시간은 확보되리라 예상합니다.

메모하기, 미소 짓기, 사색하기 세 가지 덕분에 매 순간을 소중하게 여기고 있습니다. 글 쓰는 삶을 만나지 않았다면 가질 수 없는 습관입니다. 4년간 쓴 덕분에 저는 단단해졌습니다. 오늘을 잘 살았기 때문입니다.

글 쓰는 삶의 미학

4-4.
인생의 모든 순간이 주는 가르침

서미소

16년 전 진도 쌍계사에서 열린 들차회에 참여 했습니다. 들차회는 야외에서 차를 마시는 행사를 말합니다. 차 공부를 하며 여러 회원과 함께하는 행사였습니다. 녹차, 황차, 말차, 목련차, 연잎차 등 다양한 차를 준비했습니다. 정성스럽게 찻자리를 야외에 꾸밉니다. 쪽 염색된 연꽃무늬 천을 바닥에 펼칩니다. 청명한 가을하늘 아래 색이 선명해집니다. 도자기가 서로 부딪치지 않게 싸개로 포장된 다구를 하나씩 조심스럽게 꺼내 자리에 놓습니다. 주변의 나무와 풀, 꽃을 이용해 다화를 꾸미고, 나뭇잎 위에 다식(茶食)을 올립니다. 한과의 일종으로, 신라 시대와 고려 시대에 널리 성행했던 차(茶) 문화와 함께 생겨난 우리 전통의 먹을거리로 주로 송화, 흑임자, 콩가루 등으로 만들어집니다. 자연스럽게 자연과 조화가 이뤄집니다.

여자아이와 남자아이 그리고 엄마가 함께 저의 찻자리에 마주

앉았습니다. 차 마시는 자리는 처음이라고 했습니다. 차를 우리는 동안 다식을 줬더니 아이들은 조금 먹고 내려놓습니다. 그 옆에 앉아 있던 엄마는 담백하다며 종류별로 맛을 음미합니다. 차가 입맛에 맞았는지 더 달라고 했습니다. 엄마는 차를 집에서 마시고 싶다며 어디서 구할 수 있는지 물었습니다. 이렇게 자연과 함께하는 차는 단순한 음료가 아닌 마음의 쉼과 나눔을 주는 경험이 되었습니다. 차와의 만남이 내가 절로 가는 첫걸음이 되었습니다.

공양간은 절집에서 밥을 먹는 곳입니다. 공양간에는 정성껏 준비한 반찬들이 뷔페식으로 길게 늘어서 있었습니다. 고사리나물, 콩나물, 취나물, 묵은김치, 버섯탕수육, 고구마튀김, 그리고 된장국이 준비되었습니다. 나물을 그다지 좋아하지 않아 조금씩 접시에 담았습니다. 나물의 향긋함과 방앗간에서 갓 짜온 참기름의 고소한 향이 어우러져 담백하고 깔끔한 맛을 냈습니다. 기대가 크면 실망도 큰 법입니다. 그러나 큰 기대 없이 접한 소박한 절집 밥이 오히려 절은 '맛있는 밥 먹으러 가는 곳'이라는 기억으로 되었습니다. 저를 불자로 이끄는 소중한 경험으로 다가왔습니다.

25년 전 대학을 졸업하고 해남에 돌아왔을 때, 저는 친구들과 자유롭게 만날 수 없다는 현실이 싫었습니다. 직장 생활이나 아르바이트 경험도 없던 저는 사회생활에 대한 갈증과 경제적 자립을 경험해 보고 싶은 열망이 컸습니다. 큰딸이라는 책임감에 집을 떠날 용기가 없었습니다. 그때는 주말마다 광주에 가서 친구들 만나는 것이 유일한 낙이었습니다. 텔레비전 드라마와 컴퓨터 앞에 앉

글 쓰는 삶의 미학

아 의미 없이 보내는 날들로 가득 차 있었고 답답한 마음은 점점 쌓여 갔습니다. 그러던 중 절을 찾게 되면서 저의 일상은 조금씩 변하기 시작했습니다. 처음에는 단순히 엄마를 따라다녔지만, 차츰 절에서 보내는 시간이 길어지면서 마음이 편안해지기 시작했습니다. 절의 고요한 분위기와 차분한 공기가 좋았고, 마음속 답답함이 서서히 가라앉았습니다. 시간이 지날수록 절에서의 경험은 나를 안정시켜 주었습니다. 해남에서의 일상에 서서히 적응되고 있었습니다.

엄마를 따라 진불암에 갔습니다. 스님이 생활하는 곳은 숲길을 따라 걸어 들어갑니다. 꼬불꼬불 길을 걷다 보면 다람쥐와 청설모를 만납니다. 반짝이는 까만 눈으로 쳐다봅니다. 나뭇잎을 스치는 바람과 자연의 소리도 들립니다. 5분쯤 걷다 보면 암자가 눈에 들어옵니다. 소박하고 단출합니다. 툇마루에 올라앉아 멀리 펼쳐진 진도 앞바다를 바라보면 더위에 얼음물을 마신 것처럼 시원해집니다. 암자 안으로 들어가면 한 뼘 되는 작은 부처님이 염주를 두르고 앉아 있습니다. 차탁 위에 각양각색의 찻잔들이 놓여있고 그중에 귀퉁이가 떨어져 나간 흠이 있는 잔이 놓여있습니다. 찻물이 배어있는 찻잔은 스님이 오랜 시간 차를 마셔온 세월의 흔적이 묻어납니다. 스님은 막노동하는 사람 손처럼 투박하고 거칩니다. 마디마디가 갈라지고 굳어 있습니다. 승복이 닳아서 천으로 덧대져 있는데도 자연스럽습니다. 직접 덖은 차를 내려 주는 차향이 마음을 따뜻하게 해줍니다.

첫 만남에서 스님은 "엄마는 육십 평생을 살아온 사람인데 그

성품을 바꾸기 힘들다. 그러니 네가 바꾸고 엄마를 이해해라."는 말을 했습니다. 마치 제 마음을 들여다보고 있는 것 같았습니다. 스님과의 격식 없는 대화의 시간은 지루하지 않았고 편안했습니다. 엄숙할 줄 알았던 절의 분위기는 선입견과 달리 답답함이 풀리는 공간이었습니다.

어느 날 엄마는 일반인 주먹보다 더 큰 플라스틱 저금통을 들고 왔습니다. '수자타 아카데미'라는 인도 아이들을 후원하는 문구가 적혀 있었습니다. 엄마는 진불암에서 기도하고 내려오다 관음암을 들렀다고 했습니다. 그곳에서 주지 스님과 차를 마시고 동전 모금함을 받아왔습니다. 저금통이 가득 채워지면 다시 가져가야 한다고 했습니다. 처음에는 절에 오게 하는 방법도 참 다양하다는 부정적인 생각을 했습니다. 큰 절에는 사람이 많아 기도하기에 부담스러웠는데 관음암은 신도도 별로 없고 조용하게 기도하기 좋다며 이곳에서 기도해야겠다고 했습니다.

저는 스님에 대해 궁금해졌습니다. 책 읽기와 음악을 들으며 차 마시기를 좋아하는 스님은 홈페이지를 운영하고 있었습니다. 홈페이지를 통해 절을 찾는 사람들은 평범한 사람부터 유명인에 이르기까지 각자 다른 삶을 살아온 이들이 모이는 공간이었습니다. 한 사진작가는 머리를 스님처럼 밀어서 처음에는 스님이 사복을 입었나 착각할 정도였습니다. 그는 큰 눈을 가졌고 낮고 차분한 목소리로 천천히 말하는 특징이 있습니다. 같은 시선에서 바라보는 산길을 찍은 사진은 예술 작품으로 화보에 실리기도 했습니다.

글 쓰는 삶의 미학

인도에서 유학한 외국어대학 교수는 짜이(인도와 남아시아 대륙에서 주로 마시는 향신료가 가미된 밀크티)를 손수 끓여주었습니다. 음식을 만들 때 재료가 신선해야 한다고 강조했습니다.

관음암은 다양한 분야의 사람들이 찾아왔고 행복을 남기고 떠나고 재충전하는 곳이었습니다.

절은 단순한 기도를 위한 공간이 아니었습니다. 다양한 사람들을 만났고 삶의 다양한 모습을 보면서 이해하고 공감하는 곳이었습니다. 인생의 깊은 의미를 깨닫게 되었습니다. 글을 쓰면서 알게 되었습니다. 절에서 만난 사람, 그들을 통해 많은 것을 배웠고, 제가 지나온 길을 다시 돌아보는 계기가 되었습니다. 해남에 내려오지 않고 도시에서 사회생활을 했더라면 이런 소중한 경험을 할 수 없었을 것입니다. 인생의 모든 순간은 그 자체로 가르침을 주는 것 같습니다. 의미 없는 하루는 없습니다. 우리가 경험하는 모든 것이, 찰나의 시간이 자신을 성장하게 만든다는 것을 알았습니다.

글을 쓰기 전에는 그저 스쳐 지나갔던 순간들이었습니다. 특별하게 의미를 부여하지 않았던 과거의 일들이 글을 쓰면서 다시 살아났습니다. 마치 그 순간을 다시 체험하듯, 그 시간 속으로 돌아간 듯 되살아났습니다. 글쓰기는 새로운 시각을 열어 주었고, 자신과 주변 사람들을 더 깊이 이해하는 기회가 되었습니다. 제가 발견한 이 기쁨을 함께 나누고 싶습니다.

4-5.
글 쓰면 달라지는 삶

서영식

글을 쓰기 전과 후의 내 삶은 달라졌다. 인생을 어떻게 살아야 할지 목표가 생겼다. 글쓰기 전에는 매일 반복되는 일상에서 특별함이 없었다. 퇴근하면 집에서 TV를 보면서 시간을 보냈다. 멍하니 TV를 보다가 잠잘 시간이 되면 누웠다. 걱정이 많은 편이었다. 아직 일어나지 않은 일에 대해 막연하게 염려했다. 달라져야 한다는 생각은 있었다. 이렇게 사는 게 맞는지 의문도 들었다. 일하면서 받은 스트레스를 그대로 안고 집에 왔다. 혼자 집에서 이불킥을 할 때도 있었다. 머릿속엔 걱정과 근심, 불안이 가득했다.

독서를 하면서 불안한 마음이 조금은 나아졌다. 여전히 아쉬웠다. 변화하는 삶을 살고 싶다는 열망이 있었다. 독서가 입력이라면 글쓰기는 출력이다. 출력은 만드는 일이다. 생산하는 삶으로

글 쓰는 삶의 미학

바꾸면서 새로운 의미를 찾을 수 있었다. 주위 사람들에게 어떻게 살고 싶은지 물어보면 편하게 살고 싶다는 답변을 듣기도 한다. 편한 인생은 어떻게 살아가는 걸까. 아무 걱정 없이 그냥 쉴 수 있는 걸까. 인간이 동물과 다른 점은 미래에 대해 생각한다는 점이다. 동물은 현재에 충실해서 살아간다. 과거의 경험을 기억할 수도 있지만 주어진 현재만 살아간다. 사람은 다르다. 과거를 기억하고 학습한다. 현재의 모습을 보고 미래를 계획한다. 글을 쓰는 것도 인간만이 할 수 있다. 글을 쓰면서 생각과 감정을 정리할 수 있다. 글쓰기는 나를 위해 집중할 수 있는 시간을 만들어 준다.

글쓰기 공부를 통해 살아가는 이유와 목적에 대해 명확하게 알 수 있게 되었다. 처음에 글을 쓰고 싶었던 건 내 이름으로 된 책을 출간하고 싶은 마음뿐이었다. 책만 낼 수 있다면 된다고 생각했다. 글을 왜 쓰는지 목적에 대해서 깊이 생각하지 않았다. 2021년 8월부터 자이언트 책 쓰기 수업을 듣고 있다. 지금은 글을 쓰는 목적이 명확하다. 나의 경험을 통해 누군가를 도울 수 있기 위해서다. 도움을 줄 수 있는 삶을 위해서 글쓰기를 배우고 매일 쓸 수 있었다. 책을 출간하기 위한 목표만 있었다면 공저가 나오고 나서 글쓰기를 그만두었을지도 모른다. 목표를 달성했기 때문이다. 왜 글을 써야 하는지 목적을 알게 된 후 지금도 계속 공부하고 꾸준히 쓰는 중이다.

글쓰기를 통해 나와 만나는 시간이 따로 생겼다. 매일 나 자신과 대화한다. 오늘 하루는 어땠는지, 지금 무슨 생각을 하는지, 어떤 글을 쓰고 싶은지. 이런 시간을 통해 나를 더 잘 알게 된다. 삶의 무게 중심을 나를 기준으로 잡게 된다. 글을 쓸 때나 쓰고 나서 느끼는 성취감도 인생의 새로운 즐거움이다.

글을 쓰기 전엔 가끔 이유 없이 무기력하게 느껴질 때가 있었다. 물을 먹은 솜처럼 몸도 마음도 무겁고 의욕이 생기지 않는다. 주위에서도 아무것도 하기 싫다고 말하는 사람도 있다. 무기력한 원인을 몰랐다. 잠깐 슬럼프가 온 건가. 좀 쉬면 괜찮아지겠지. 다시 돌이켜보면 내 뜻대로 뭔가 할 수 없다는 마음이 있었기 때문이 아니었을까. 스스로 주도하는 삶이 아닌 억지로 끌려간다는 생각이 들었을 때 그런 기분을 느꼈다. 글을 쓰면 존재 가치를 일깨울 수 있다. 내 인생을 적극적으로 만들고 책임을 진다는 생각으로 단단해진 자신을 만날 수 있다. 글을 쓰면서 갑자기 의욕이 없어지는 상황을 겪지 않는다. 글쓰기를 통해 무기력을 이겨내는 나만의 방법이다.

첫째, 일상을 기록한다. 매일 아침에 출근하면 할 일을 정리한다. 무기력에 빠지는 이유 중 하나는 무엇을 할지 모르기 때문이다. 할 일을 구체적으로 기록해서 하나씩 마무리한다.

둘째, 감정 상태를 매일 확인한다. 의욕이 없어지는 순간이 오기 전에 알아차릴 수 있도록 마음 상태를 점검한다. 오늘 기분이 어떤지 떠오르는 생각을 쓴다. 감정을 표현할 수 있는 단어를 모아서 정리하고 써본다. 우울한 감정이 생길 때 나만의 해소법을 찾아서 벗어날 수 있도록 한다.

셋째, 스트레스가 생길 때 글을 써본다. 업무, 인간관계 여러 가

글 쓰는 삶의 미학

지 스트레스의 원인이 많다. 머릿속에 생각만 계속하면 꼬리를 물고 복잡해진다. 하나씩 글을 써서 정리해 본다. 글을 쓰면 생각이 정리된다.

살면서 무기력증에 빠지는 경우가 찾아온다. 이겨내는 나만의 방법을 가지고 있으면 벗어날 수 있다.

글을 쓰면서 좋아진 부분은 감정 관리를 할 수 있게 된 점이다. 글쓰기를 통해 솔직한 나를 만난다. 페르소나는 그리스 연극에서 배우가 쓰는 가면을 말한다. 누구나 일상에서 여러 가지 페르소나를 가지고 있다. 직장, 가정, 친구, 지인, 취미 생활 등. 만나는 사람마다 다른 모습을 가지고 있다. 직장에서 보여주려고 하는 모습과 실제 모습이 다를 수도 있다. 글을 쓴다는 건 내 감정과 생각을 밖으로 꺼내는 과정이다. 페르소나를 벗어던지고 민낯의 나를 만나는 시간이다. 예전에는 감정에 휘둘리곤 했다. 화가 나는 일이 있어도 억지로 참거나 갑자기 버럭 하기도 했다. 지금은 다르다. 글을 쓰면서 감정을 매일 확인한다. 외부 상황에 흔들리지 않는다. 마음이 단단해진 느낌이다. 바람에 흔들리지 않는다. 중심을 잡고 버텨내는 힘이 생겼다.

세상에 똑같은 사람은 한 명도 없다. 살아가는 인생도 다르다. 글을 쓴다는 건 자신의 이야기를 쓰는 것이다. 같은 삶을 사는 사람은 없다. 글쓰기를 통해 나만의 이야기를 만들어 간다. 살아가는 의미와 목적도 생각한다. 글을 쓰면 삶의 관점이 달라진다. 평범하게 스쳐 보낸 일상이 글감이 된다. 관찰하고 기록하면서 보고 들고 경험하는 일이 달리 보인다. 관심을 가진다. 지하철을 타거나 거리를 걸으면서 보이는 풍경을 다시 본다. 회사에서 일어나는 일, 나의 말과 행동도 되뇌게 한다. 바닥에 붙어 있는 낙엽 같았던 평범한 일상이 풍성한 꽃을 피운 나무처럼 다양해진다.

왜 글을 쓰냐고 물어본다면, 삶을 더 풍성하게 만들고 도움을 줄 수 있는 일이기 때문이라고 답할 것이다. 글쓰기는 인생을 더 풍요롭게 한다. 글을 쓰면서 내 경험으로 누군가에게 도움을 줄 수 있다. 직접 체험하고 경험한 사람의 이야기는 더 와닿는다. 질병으로 고통을 받다가 나아진 경험이 있으면 자신의 치유 방법을 알려주려고 한다. 누군가에게 들었다고 하는 말보다 직접 겪은 사례가 더 생생하게 기억에 남는다. 계속해서 글쓰기를 배우는 중이다. 나의 체험과 사례를 계속 쌓아가고 있다. 말로써 표현할 수도 있지만 금방 사라진다. 기록은 남는다. 글을 써서 남기고 알리고 있다. 매일 블로그에 글을 쓰고 자이언트 책 쓰기 수업도 듣는다. 반복하는 글쓰기를 통해 달라지는 모습을 직접 경험한다. 글을 쓰기 전과 후의 나는 다른 사람이 된다. 삶의 존재 이유와 가치도 알아간다. 좋은 일과 좋지 않은 일 모두 의미를 부여하고 깨달음도 얻는다. 글쓰기로 달라질 수 있는 인생, 더 많은 이들에게 알려주고 싶다. 글쓰기를 통해 도움받은 것처럼 도울 수 있는 삶을 살아가려고 한다.

글 쓰는 삶의 미학

4-6.
때로는 더 큰 자신을 뛰어넘어
가치 있는 삶을 살아갑니다

오승하

영화 '와일드 로봇'의 대사 중 가슴에 담은 한 문장입니다.

"때로는, 살아남기 위해 프로그래밍 된 것보다 더 큰 자신을 뛰어넘어야
한다."

저의 40대는 자신을 뛰어넘기 위해 매일 임계점인 날이었습니
다. 벌어진 상황을 보면서 모든 일이 지나가길 바란 적이 있었습
니다. 집 경제를 위해 배달 아르바이트할 때와 고객으로 방문할
때 "사모님" 호칭이 "이모", "저기요"로 불렸습니다. 호칭 하나 바
뀐 것인데, 자존감이 떨어진 시간이었습니다. 호칭보다 태도의 문
제가 마음에 남았던 것 같습니다.

하루는 인계받고 3일이 지나, 배달한 곳에서 작은 사건이 벌어

졌습니다. 이십 대 직원이 휴가인지 모르고 녹즙을 놓고 왔고, 다음날 마시려다 벌어진 일이었습니다. 저보다 고객이 먼저 매장에 출근한 날입니다. 아직 업무 파악이 안 된 상태였고, 평일 휴가라는 개념이 없었습니다. 백화점 직원들은 주말이 바빠, 평일 대체 휴무가 있다는 것을 알게 되었습니다. 전날 녹즙을 놓고 가니 녹즙이 상했다고 했습니다. '그럴 수 있다' 생각하고, 계산에서 제외할 테니 다음부터 휴가일을 알려 달라고 했습니다. 그런데 자신이 상한 녹즙을 먹었으면 어떤 일이 벌어졌을지 상상해 보라고 따지기 시작했습니다. 적반하장(잘못한 사람이 도리어 매를 든다는 뜻)이란 단어를 이때 절실히 느꼈습니다. 휴가를 미처 체크 안 한 문제도 저에게 있었지만, 이 상황을 확대 해석하는 직원의 태도에 화가 났습니다. 경비도 뺀다고 이야기했는데 따지는 그녀의 태도를 보고 세상엔 다양한 사람이 있다는 걸 체험했습니다. 오히려 사과하는 태도가 불손하다고 했습니다. 녹즙을 오래 마셔온 사람은 당연히 자신의 휴가를 알려준다는 것은 알고 있었습니다. '휴가를 알려주는 것을 잊을 수 있지.' 생각하고 넘어간 일에서 백화점 직원은 저에게 서비스를 강요했습니다. '무조건 고객이 옳다'라는 태도를 보이라는 것이었습니다.

아들이 운동선수 길을 걸으면서 수많은 경쟁자 부모와 마찰이 있었지만, 이 경우는 또 다른 경우였습니다. '고객은 왕이다' 그 생각으로 사과했지만, 긴 시간 마음에 상처가 남았습니다. 7년 동안 백화점 배달을 하면서 알게 된 그녀는 저뿐 아니라 다른 사람들에게도 예민하게 행동한 사람이었습니다. 간혹 고객들과 마찰이 있

글 쓰는 삶의 미학

는 날이면 자기보다 힘이 약한 후배 직원한테도 엄하게 화를 내고는 했습니다. 결국, 그녀는 스스로 왕따가 되었고, 근무처를 여러 군데 옮겼지만, 사라졌습니다. 들리는 이야기로는 일은 잘했다고 합니다. 얼마나 잘했는지 모르지만, 사람을 대하는 그녀를 생각하면 지금도 헛웃음이 나옵니다.

아들이 운동선수로 성장하다가 부상을 겪었습니다. 13년간 묵묵히 걸어오던 모든 순간이 부상으로 인해 허송세월이 될 수 있다는 것이 받아들이기 힘들었습니다. 그때도 버티었습니다. 재활하는 아들을 응원했습니다. 가슴이 먹먹할 때도 감사 일기 쓰고 책을 읽고 산책하면서 버틴 시간이었습니다. 세월이 지나 인생에서 가장 힘들었던 그 시간을 돌아보니, 그 시간으로 인해 내면의 내공이 쌓이고 가치가 생겼습니다. 말 그대로 더 큰 나를 넘어선 순간들이었습니다.

돈을 벌어 보니, 자존심 상하던 일은 자존감을 세워 주었습니다. 관리자가 되니, 수많은 무기를 장착한 기분이었습니다. 20대 직장 생활과는 다른 조직 관리였습니다. 가장 힘든 시기에 버티고 치열하게 살아내니, 조직 관리와 마케팅을 실무로 익힌 시간이었습니다.

새롭게 프로그래밍해서 나만의 방식으로 살아내었습니다. 결국, 매일 실행하는 습관에 더 좋은 루틴을 더하고, 안 좋은 습관을 버려야 했습니다. 살아간다는 것은 치열하게 도전하며 좋은 루틴을 만들어가는 것입니다. 꾸준한 하루가 인생의 전부인 것처럼 버티고 살아내는 것입니다. 힘든 시간을 어떻게 버티느냐는 다르게 세팅되고 더 큰 내가 되는 과정입니다. 인생에 특별한 것은 그냥 만들어지지 않습니다. 살아지는 삶에서 치열하게 목표 잡고 계획하고 노력합니다.

작가가 되었습니다. 작가가 되고 보니, 시련이 경험이고 글이 되었습니다. 글을 읽은 누군가는 살아가는 힘이 되었다고 합니다. 글 쓰는 삶은 지금도 행복이지만, 미래의 희망입니다. 저의 글이 누군가를 도울 수 있기 때문입니다. 주변을 돌아보면 모든 사람이 가치 있는 삶을 살기를 바랍니다. 인생이 버겁고 치열할수록, 글을 써야 하는 이유입니다. 내 삶이 치열할수록, 누군가에게는 살아갈 힘을 신께서는 주십니다.

세상에 가치 없는 인생은 없습니다. 모두가 소중한 존재입니다. 사람들 묘비명 사연이 구구절절 다르듯 우리의 삶도 다 이유가 있고 의미 있습니다. 나만의 삶이 가치 있게 빛날 수 있도록 글 쓰는 삶을 응원하고 싶습니다. 글 쓰십시오. 복잡한 생각이 정리되고, 마음과 감정이 치유됩니다. 무엇보다 가장 중요한 '나'가 원하는 것을 알게 됩니다. 사람과 사람을 대하는 표현력이 늘어납니다. 그리고 독자가 생겨 함께 응원하는 힘을 받습니다. 삶이 축복이 됩니다. 그러니 글 쓰십시오.

"글 쓰는 삶을 응원합니다" 자이언트 북 컨설팅 이은대 작가님

말씀이 힘이 납니다. 더 큰 나를 만나기 위해 글을 통해 성장하는 〈승하 책방〉을 운영합니다. 함께 하는 도반님들과 글 쓰는 삶으로 내면 근력을 단단하게 만들어 갑니다. 지금보다 더 나은 나를 만나는 인생은 하루가 전부입니다. 오늘 경험에 나만의 철학을 담아, 누군가에게 희망을 주는 삶을 응원합니다.

4-7.
보이스피싱에 속은 건 내 잘못이 아니야

이성애

"울지 말고 말해봐. 도대체 얼마를 당했길래 그래?"

남편에게 사기당한 금액을 말하지 못했다. 입이 떨어지지 않았다. 남편에게 미안하다는 말만 되풀이하다가 펑펑 울다가 잠들었다. 새벽에 눈을 떴다. 고요한 적막 속에서 몸이 떨렸다. 우는 일 말고는 할 수 있는 일이 없었다. 우는 소리에 깜짝 놀란 남편이 나에게 물었다.

핸드폰 사진을 내밀었다. 내 입으로는 도저히 말할 용기가 나지 않았다. 경찰서에서 조사를 받으러 가기 전 그간의 행적을 써 둔 내용을 사진 찍어 두었다. 그걸 남편에게 보여주었다. 남편은 한참을 보더니 "4억 5천이 넘네. 생각보다 많다." 남편도 놀란 눈치다. 침묵이 흘렀다. 아무 말 없이 방을 나가는 남편의 뒷모습을 보았다. 나도 아무 말 못 했다. 다시 누웠다. 눈을 감고 있으니 그동안 내가 한 행동들이 스쳐 지나간다.

글 쓰는 삶의 미학

은행직원과 실랑이해서 돈을 찾아 나온다. 가방 한가득 5만 원권 지폐 뭉치를 보고 성취감을 느꼈던 나. 성공했다고 그들에게 전화하면 범죄 소탕에 기여한 바가 크다며 포상이 있을 거라는 말에 좋아했던 나. 은행 내 CCTV를 조정할 수 있고, 경찰에게 나를 보호하라고 명령을 내릴 수 있는 검사의 능력에 놀라워했던 나. 그들의 말에 놀아나고 이용당했던 나. 지우려고 머리를 절레절레 흔들었다. 나의 모자람에 입에서는 연거푸 한숨이 나왔다.

경찰서에서 진술하던 장면도 떠올랐다. 내가 현금책에 넘긴 돈 액수를 말할 때마다 형사는 타이핑을 멈추고 나를 바라보았다. 내 입에서 "그리고요 또…"라는 말이 나올 때마다 끝없이 이어지는 진술에 형사는 시켜 놓은 자장면도 물려가며 타이핑을 했다. 형사의 표정과 동작이 심각해질수록 내 목소리는 기어들어 갔다. 손이 떨리고 가슴이 두근거렸고 목이 말라왔다. 기억이 가물가물해질 때 적어 온 쪽지를 내밀었다. 쪽지를 보더니 "1억을 받아서 현금화까지 했다고요? 범죄에 가담했네." 그동안 호의적이었던 형사는 의심의 눈초리로 날 보기 시작했다.

현실도 받아들이기 어려운데, 한순간에 피해자에서 가해자가 되었다. 시키는 대로 내 재산 지킨다고 한 일인데 이렇게 큰 사고를 쳤다니 난 여태껏 세상을 너무 우습게 알고 살았던 걸까? 너무 순진해서 세상 물정 모르고 살았던 걸까? 보이스피싱 주의하라는 문구를 수도 없이 봤으면서 나에게 벌어지고 있는 일을 왜 의심 한 번 하지 않았고, 주위의 사람들에게 한 번이라도 물어보지도 않았던 걸까?

자괴감에 빠져 허우적거리고 있을 때 남편이 장모님에게 전화가 왔다며 핸드폰을 건넸다.

"몸 다치지 않고 돈으로 해결할 수 있으면 다행이다. 큰길 앞에 있는 김한길 한의원 알지? 그리로 와"

나는 대답하지 않았다. 엄마는 얼른 나오라는 말을 여러 번 하더니 먼저 전화를 끊었다.

"시댁에는 말 안 했어. 장모님에게는 알려야 할 것 같아서." 남편이 어떤 말을 한들 내가 무슨 할 말이 있겠는가. 남편의 눈을 볼 낯짝도 없고 남편과 대화할 용기도 염치도 없었다. 힘없이 고개를 끄떡이며 눈을 피했다.

엄마는 한의원에 와 있다며 또 전화했다. 안 가면 집으로 찾아올 것 같아서 옷을 주섬주섬 입고 한의원으로 갔다. 한의원은 한산했다. 진료실 안에는 엄마와 한의사가 있었다. 엄마가 나의 정황을 다 말해 둔 듯했다. 의사는 나를 보더니 별다른 말을 하지 않고 진맥부터 했다. 맥이 약하니 한약을 한 재 먹으라고 권했다. 나는 침만 맞겠다고 말했다. 침을 맞고 나가자, 엄마는 접수대 앞에서 간호사가 건네는 카드와 영수증을 받아서 지갑 속에 집어넣었다.

한의원을 나와 엄마와 나란히 걸었다. 엄마는 한약 한 재 집으로 택배 갈 것이라고 했고, 남편에게는 내가 사고 친 거 갚아주라고 했다고 말한다. 난 남편에게 얼굴을 들 수 없을 만큼 미안한데 엄만 딸이 뭘 잘했다고 저리도 당당한지 모르겠다. 난 한숨을 쉬며 한약은 얼마냐고 물었다.

"50만 원."

난 가던 걸음을 멈췄다. 앞서가던 엄마가 뒤돌아보았다. 나는 엄마에게 눈을 흘겼다.

"엄마는 의사 말을 믿어? 무슨 한약이 50만 원이나 하냐고! 다 우리 속여서 돈 벌어먹으려 하는 수작이야. 카드 줘 내가 환불하고 올 게. 나 안 먹어!"

보약이라고 해 봤자 20만 원 안쪽이라고 여겼다. 무엇보다도 내가 뭘 잘했다고 50만 원짜리 보약을 먹겠는가! 엄마에게 카드를 뺏다시피 해서 한의원으로 슬리퍼를 질질 끌며 갔다. 한의원 문이 닫혀있었다. 힘없이 걸어오는데 엄마가 나를 바라보고 있었다.

"문 닫았어. 내일 가서 환불할 거야."

"먹기 싫으면 안 먹어도 좋아 그런데 엄마는 네가 먹었으면 좋겠다."

집에 돌아왔다. 엄마에게 화를 낸 게 마음에 걸렸다. 엄마는 나에게 잘못한 게 없다. 그런데 나는 엄마에게 성질을 부렸다. 내가 내 마음에 들지 않으니, 엄마에게 화풀이한 것이다. 나 자신이 밉고 못나 보이니 나를 위해 하는 말도 곱게 들리지 않는다. 집에서도 남편 눈치를 보게 되니 집에 있는 것도 불편하다. 이불 뒤집어 쓰고 밥도 대충 먹고 웅크리고 누워 이삼일을 보냈다.

자책하지 않기로 했다. 내가 잘못해서 사기를 당해 금전적으로 손실이 났지만 그렇다고 내가 몹쓸 짓을 한 건 아니다. 엄마에게 도 남편에게도 아이들에게도 여전히 난 딸이고 아내고 엄마다.

보이스피싱 전 나의 모습으로 돌아오는 것이 나를 위하고 가족 을 위하는 일 아닐까? 기운을 내서 내가 저지른 일을 수습하기로 했다. 정기적금을 해약해서 이자가 높은 대출부터 갚기로 마음먹 었다. 남편에게도 용기를 내어 도움을 청했다. 경찰서에 가서 진 술을 다시 했다. 내 통장에 남아 있는 다른 사람의 돈을 찾아 경찰 에 넘기는 일에도 협조했다. 대부업체를 찾아가서 이자라도 줄여 달라고 떼를 썼다.

나의 사정을 들은 사람들도 나의 잘못이 아니고 누구나 그 상황 에 있었다면 그럴 수밖에 없다고 위로해 주었다.

내가 못나서 내가 부족해서 벌어진 일이라고 생각하고 자포자 기하기보다는 내가 기운을 차리니 남편도 충격에서 벗어나는 것 같았다. 나 자신을 용서하고 가족과 함께 회복의 길을 찾아 나서 니 하나씩 해결할 수 있었다. 속이려는 사람이 나쁜 사람이지 속 은 사람이 나쁜 사람이겠는가! 사기를 치는 사람이 당당하게 사는 세상이 되어서는 안 된다. 오히려 사기를 당한 사람이 당당하게 살아가는 세상이 되어야 하지 않겠는가.

　　　　　　　　　　글 쓰는 삶의 미학

4-8.
일상의 소중한 순간, 나를 빛나게 하다

이은정

"따르릉……, 따르릉……."

소리를 듣는 둥 마는 둥 하고는 누워있었다. 어쩌면 일부러 받지 않은 거다. 갑작스럽게 대학 강의를 그만두었다. 믿었던 사람들로부터 받은 상처와 아픔은 오래갔다. 누군가를 만나는 게 두려웠다. 사람이 싫었고, 밖에 나가기가 무서웠다. 보름간 변을 못 보고, 얼굴빛이 까무잡잡해졌으며, 몸은 말라 갔다. 종합병원에 입원하여 온갖 검사를 했다. 하지만 결과는 이상 없었다. 고향은 나를 지켜줄 거라 믿었는데, 나의 모든 걸 알아주는 곳인데, 내 성장을 막아 버리다니! 인생의 방향을 잃은 거다. 하루하루가 무기력했다. 무언가를 이루지 못하다니, 존재 자체가 의미가 없다며 자책했다. 그런 이유였을까. 작은 일상들조차 나에게는 무의미하게 느껴진 게.

한번은 집 근처 공원으로 나갔다. 불안과 분노가 올라와 견딜 수 없었다. 공원 벤치에 앉아 멍하니 주변을 바라보았다. 얼굴에 관통하는 햇살, 바람에 살랑이는 나무들과 나뭇잎들의 바스락거리는 소리에 빠져들었다. 멀리서 아이들의 웃음소리가 들리자 무거웠던 마음이 한결 가벼워졌다. 한참을 앉아 있었다. 마음속에 차곡차곡 쌓여 있던 불안이 조금씩 옅어지는 듯했다. 눈을 감고, 순간에 집중하며 감각을 느껴보았다. 얼굴을 스치며 지나가는 바람의 감촉, 햇살의 온기, 바람 불면 소리내는 나뭇잎, 그리고 멀리서 들려오는 사람들의 웃음소리. 모든 것들이 나를 위로하고 있었다. 공원의 평범한 풍경이, 나에게는 큰 힘이 되었다. 매일 반복하는 사소한 일들이나 이런 일상적인 순간들이, 내 삶을 풍요롭게 만들고 있다는 것을 느꼈다. 강단을 떠났고, 더는 목표가 없다고 느꼈다. 하지만 작은 순간들이 삶의 의미를 찾아주었다. 목표를 이루는 것만이 중요한 게 아님을, 매 순간에 느끼고 경험하는 모든 것이 나를 만들고 있음을.

제주가 익숙하고 안전했지만, 동시에 나를 옭아매고 있었던 거다. 결국, 고향을 떠났다. 새로운 곳에서의 삶은 낯설고 외로웠다. 친구도 없었고, 누구 하나 나를 챙겨주는 사람도 없었다. 내가 나를 지켜야 했다. 비로소 나를 돌아볼 수 있었다. 동네에 익숙해지려고 둘레길을 걸었다. 문화센터에서 중국어 회화, 미용 기술, 요가도 등록했다. 수강하면서 내가 누구인지, 원하는 게 무언지 다시 생각해 볼 수 있었다. 지금은 글쓰기와 책 쓰기 코치다. 나의 경험을 나누고, 글을 통해 자기 자신을 발견하도록 수강생들을 돕고 있다. 그래서일까. 일상 속 변화의 순간들이 중요하게 다가온다.

글 쓰는 삶의 미학

"사실, 이 이야기는 한 번도 꺼내 본 적이 없어요."

천천히 말을 꺼냈다. 교실 안의 공기가 순간적으로 무거워졌다. 다른 사람들은 조용히 내 이야기를 기다렸다. 마음 한편이 떨렸지만, 이제는 말할 때라고 생각했다. 어린 시절의 상처를 마주하는 것은 결코 쉬운 일이 아니었다. 하지만 이 과정이 필요할 테고, 진짜 나를 마주할 수 있을 거라 여겼다.

조심스럽게 펜을 들고, 그동안 억눌러왔던 감정을 글에 담았다. 단어들이 종이를 타고 흐르며, 잊고 싶었던 기억들이 다시 떠올랐다. 한 줄, 한 줄 적어나갈수록 묻어두었던 감정들이 소용돌이쳤다. 어느 순간부터 종이 위로 뚝뚝 떨어지는 물방울들. 잠시 펜을 내려놓고, 흐르는 눈물을 닦았다. 깊게 숨을 내쉬었다. 그동안 나도 몰랐던, 나를 괴롭히던 감정들이 글을 쓰면서 하나씩 모습을 드러내다니. 주변의 사람들은 내가 무얼 쓰고 있는지 알지 못했다. 눈물 흘리는 모습을 보면서도 누구 하나 말하지 않고 조용히 그 자리에 있었다. 그들의 묵묵한 침묵 속에서, 계속 글을 이어갔다. 마음의 상처를 하나씩 어루만지면서. 마치 어두운 터널을 지나 빛을 찾아가는 듯했다. 내 이야기를 풀어놓는 걸 너머, 그동안 묻어두었던 감정을 정리하고 스스로 치유하는 과정이었다.

한참 글을 쓴 뒤, 고개를 들었다. "이제야 조금 편안해졌어요. 그동안 마음속에 묻어두었던 것들을 드디어 꺼냈네요." 목소리는 떨렸지만, 마음은 한층 가벼워졌다. 글쓰기가 나에게 어떤 의미였는지, 그리고 얼마나 큰 힘이 되었는지를 그 순간 절실히 느꼈다. 글쓰기란 내 마음 깊숙이 억눌린 상처를 어루만지고, 그 상처를 통해 더 강한 내가 되도록 돕는 힘이 있다는 것을.

어느 날 아침, 설거지하고 있었다. 따뜻한 물이 손끝을 감싼다. 손등에 흐르는 비누 거품이 부드럽게 떠오르며 반짝였다. 거실 창문 너머로는 밝은 햇살이 스며들어 방 안 가득 퍼지고 있었다. 창밖으로 시선을 돌리니, 빛줄기가 잔잔하게 흘러든다. 순간, 물방울에 반사되어 반짝인다. 마치 하나의 그림처럼, 이 작은 순간이 내 마음에 깊이 각인되었다. 이 평범한 순간이 얼마나 평화로운지, 얼마나 고요한 아름다움을 담고 있는지. 그저 하루하루를 살아가며 반복되는 일상에 이런 소중한 순간들이 숨겨져 있었다는 걸, 비로소 알아차렸다. 양치할 때의 차가운 물이 피부에 닿는 감촉, 설거지하며 비누 거품이 손에 부드럽게 감기는 느낌, 화분에 물을 주며 새잎이 피어나는 걸 바라보는 기쁨 등. 언뜻 보기에 대단하지 않은 일처럼 보였을까. 너무 당연하게 생각했기에, 지나쳐 버리기 일쑤였다. 단언컨대, 이 모든 평범한 일들이 모여 나의 하루가 되고 나의 삶이 되었다.

일상의 작은 순간들은 모두 소중하다. 설거지할 땐 따뜻한 물의 감촉을 느낀다. 창밖의 햇살을 바라보며 빛의 아름다움에 감탄한다. 화분에 물을 주며 식물과 대화도 한다. 펜을 꺼내 들어 그 순간 느낀 감정을 적는다. 별다른 생각 없이, 그냥 지금 느끼는 것들을 글로 표현한다. 처음에는 혼란스럽고 두서없는 문장들이다. 점점 글을 쓰면서 내 안의 감정들이 정리된다. 무의미한 삶이란 없다. 그건 내가 만들어 내는 게 아닐까. 일상에서 느끼는 작은 행복들, 작은 아름다움들을 놓친 순간들이 아쉽다. 살아가는 건 거창한 사건들로만 이루어지는 게 아니다. 오히려 그 사이사이에 숨어

글 쓰는 삶의 미학

있는 소소한 순간들이야말로 내 삶을 진정으로 빛나게 한다. 글쓰기! 일상을 다르게 보고, 그 속에서 의미를 찾는 과정이다. 즉, 나에게 위로이자 기쁨이다.

매일 아침 눈을 뜨면 명상하고 모닝 일기를 쓴다. 저녁이 되면 하루의 이야기를 메모한다. 하루를 정리하며 나를 돌아보는 중요한 시간이다. 특별한 사건이 없어도 내가 느끼는 것들을 노트 한 페이지 가득 기록한다. 아침에 마신 보이차의 향, 산책 중에 본 들꽃의 색깔, 아이들과 나눈 짧은 대화들. 이런 사소한 것들이 글이 되어 쌓여 갈수록, 내 삶은 그야말로 경이롭다는 걸 체감한다. 매일매일의 순간들이 모여 나를 이루고, 그 모든 순간이 모여 나의 이야기가 되고, 작품이 된다.

글쓰기 코치로 활동하고 있다. 바로 이런 경험들 덕분이다. 글을 쓰면서 나를 이해하고 성장할 수 있었다. 그 과정이 너무나도 소중했기에, 다른 사람들도 그 기쁨을 느낄 수 있도록 돕고 싶었다. 글은 단순히 단어의 나열이 아니다. 마음의 표현이고, 감정의 해방이며, 자기 발견의 과정이다. 자신이 글을 쓸 수 없다고 생각하거나, 잘 쓰지 못한다고 여기는 수강생이 있다. 자신이 겪은 경험들이 아무 의미가 없다고 여기는 거다. 그들에게 전한다. 모든 경험에는 의미가 있다고! 그것을 어떻게 바라보느냐에 따라, 우리 삶의 이야기는 전혀 다른 모습으로 그려질 수 있다고!

4-9.
일상은 메시지가 된다

장진숙

아침 출근길은 타이어를 매달고 달리는 것 같았다. 누군가 뒤에서 나를 당기는 느낌이라 앞으로 나가려면 힘이 든다. 일어나서 통근버스 타러 가는 데까지 하루 에너지의 30% 이상 쓴다. 오전 7시 8분과 오전 8시 5분, 집 근처 버스정류장에 통근버스가 정차하는 시간이다. 이른 통근버스를 탈 때는 7시에 집을 나와 버스정류장에서 3분 정도 버스를 기다린다. 문제는 오전 8시 5분 차를 탈 때다. 마지막 알람이 울리면 에코백을 챙겨서 8시에 집을 나와야 한다. 그런데 집을 나오기 전이면 해야 할 일이 보였다. 현관 앞에 놓인 택배 상자와 충전제, 방바닥에 떨어진 머리카락, 빨래통에 쌓여 있는 빨래. 택배 상자와 충전제를 정리하는 날, 로봇 청소기 지나갈 수 있게 늘어진 바닥 물건을 정리한 날, 빨래통에 있는 세탁기 돌리는 날. 퇴근길 기분 좋게 집에 돌아오기 위해 할 일이다. 서둘러도, 집을 나서면 오전 8시 2분이다.

글 쓰는 삶의 미학

시간을 확인하면 '늦었다. 좀 더 서둘러야 했는데'라는 말이 절로 나왔다. 운동화 뒤꿈치를 구부려 신고 엉성한 자세로, 엘리베이터로 뛰었다. 엘리베이터에 올라 지하 2층 버튼과 닫힘 버튼까지 누르고 문이 닫히는 것을 확인한다. 그제야 참고 있던 숨을 몰아쉰다. 엘리베이터가 내려가는 사이 구부려진 신발을 바르게 신고, 거울을 보며 옷매무새를 다시 확인한다. 그 사이도 눈은 연신 엘리베이터 문이 열리는지 살폈다. 운동화 끈이 풀리기라도 한 날은 끈을 하나로 뭉쳐서 운동화 한쪽에 넣었다. 엘리베이터에서 운동화 끈을 다시 묶기도 하고 시간이 촉박할 때는 통근버스에서 다시 정리했다. 엘리베이터 문이 열리면 달렸다. 일분일초가 아쉽다. 달릴수록 숨이 가쁘고 입천장에서 목젖까지 침이 마른다. 입 아래쪽은 연신 침이 고였다. 멈추고 싶은 생각이 들었다. 한 번은 통근버스를 놓쳤다. 통근버스 타는 곳과 회사로 가는 버스정류장이 같아 편하게 생각했다. 5분 후 버스가 도착했다. 중고등학생과 출근하는 사람들로 꽉 찬 만원 버스였다. 움직일 틈도 없이 사람이 가득한 버스 안으로 발이 떨어지지 않았다. 세 대의 버스를 보냈다. 카카오택시는 근처에 택시가 없다고 했다. 팀장에게 전화해서 사정을 설명하고 30분 늦을 것 같으니 지각 결재를 부탁했다. 늦지 않기 위해서 어떻게든 통근버스를 타야 한다. 몸이 무거워 달리기 힘들고 쉽게 숨이 찬 날은 늦게 나온 것이 원망스러웠다. 무슨 일이든 충분한 여유를 가지고 해야 한다는 것을 배운 하루였다.

오전 8시, 어제 배달된 택배 상자 하나를 챙겨서 현관을 나선 날이었다. 아파트 단지 쓰레기장으로 들어가기 전 엘리베이터 쪽을 쓱 봤다. 사람이 엘리베이터로 들어가는 것 같았다. 택배 상자를 펴서 마대에 넣고 엘리베이터로 갔다. 내려가는 화살표에 불이 켜져 있었다. 계단으로 내려갈지 아니면 엘리베이터를 기다릴지 고민했다. 엘리베이터를 기다리는 것보다 계단으로 내려가는 것이 더 빠를 것 같았다. 몇 개월 전 내 앞에서 엘리베이터가 내려간 적 있었다. 서둘러 계단으로 내려갔더니 내가 일 층에 도착한 시간과 엘리베이터가 열리는 시간이 비슷했다. 엘리베이터가 올라와서 타고 내려가려면 시간이 촉박할 것 같았다. 엘리베이터 옆에 있는 계단으로 내려가다 중간쯤 모퉁이를 돌 때였다. 계단 아래쪽에 한 어린이 옆모습이 보였다. 네다섯 살의 여자아이였다. 출근길에 봤던 어린이집 버스를 기다리며 할머니에게 자주 어리광 부리던 아이다. 아이는 땅에서 아홉 계단 위, 넓은 계단에서 아래쪽을 보고 있었다. 고사리 같은 양손은 노란색 공을 야무지게 잡았다. 공은 족구공 크기만 했다. 얼마나 힘을 꽉 주고 있는지 손안에서 공이 움직일 틈이 없었다. 아이는 또랑또랑 눈과 진지한 표정을 하고 있었다. 자주 봤던 어리광이나 울음은 찾을 수 없었다. 무슨 일이 생겼나 싶어 나도 긴장됐다. 발소리를 줄이고 계단을 내려가면서 계속 아이에게 시선이 갔다. 아이가 양손을 잡고 있던 공을 위로 조금 올리더니 계단 아래로 살며시 내렸다. 공은 계단을 굴러 내려갔다. 아이도 공을 내려놓고 바로 계단 아래로 내려갔다. 공이 바닥에 떨어지고 아이의 발이 땅바닥에 닿는 순간, 찰나의 정적이 흘렀다. 공이 아이보다 조금 일찍 도착했다. 아이가 바닥으로 굴러가는 공을 잡았다. 계단을 내려오는 나를 흘긋 쳐다봤다. 그리고 엘리베이터 쪽을 빼꼼히 내다보고 계단 벽에 붙었다. 아

글 쓰는 삶의 미학

이의 입꼬리가 올라가고, 얼굴에 장난기가 돌았다. 엘리베이터로 내려오는 할머니를 피해 숨은 것이다. 좀 전에 봤던 진지한 모습은 아이 얼굴 어디에서도 찾을 수 없었다. 바닥에 도착하고야 알았다. 아이는 공과 둘만의 경기를 했다. 아이의 진지한 표정이 낯설지 않았다. 어디에서 봤는지 생각했더니 올림픽 경기에 출전한 선수들의 모습과 비슷했다. 공을 가지고 있는 아이를 보면 재미있게 놀고 있다고만 생각했다. 간혹 출근하지 않아도 되니 부럽기까지 했었다. 아이 중심이 아니라 내 위주의 생각이었다. '아이와 공의 계단 빨리 내려오기 대결'은 단순한 공놀이가 아니었다. 결투였고 모든 에너지를 집중한 순간이었다. 어린이 인생의 큰 싸움을 한 것이다. 그 진지한 시선과 모습에 나도 긴장하지 않았던가? 네다섯 살 아이의 공놀이도 아이 입장에는 성인의 중요한 경기와 같다. 다르게 말하면 성인의 중요한 경기도 아이의 놀이처럼 바라볼 수 있다. 내가 중요한 일이라고 생각한 순간을 놀이처럼 즐겁게 즐길 수 있다는 말이다. 무언가로 머리를 맞은 것 같았다.

갑자기 며칠 전 회의가 떠 올랐다. 행정1부지사가 위원장으로 되어 있고 외부 주요 기관장들이 참석해서 어떤 일보다 중요하다고 생각했다. 연일 여러 업무가 겹쳐서 준비할 시간이 부족했었다. 다른 부서의 안건은 너무 깊게 알고 싶지 않기도 했다. 일요일 사무실에 출근해서 회의 시나리오 쓰고 서명부와 청구서 서식을 마무리했다. 오후 3시부터 90분 동안만 아무 일 없이 회의가 빨리 끝났으면 싶었다. 회의 당일 검은색 정장과 흰 셔츠를 입고 이른 통근버스를 타고 출근했다. 회사에 도착해서 어제 정리한 자료를 출력했다. 팀장에게 시나리오 확인도 요청했다. 급하게 한 것이라 여기저기 시나리오를 수정하라고 했다. 먼저 검토한 자료부터 수정하는데 주무 부서에서 메시지가 왔다. '오늘 회의자료 가지고 국장실로 오전 8시 40분까지 오세요.' 5분도 안 남았다. 팀장이 먼저 사무실에 가고 내가 마무리해서 자료를 가져가기로 했다. 급하게 회의 준비사항을 점검한 후 인쇄까지 확인했다.

지난 금요일 문자만 보내고 참석 여부를 다시 확인하지 않은 것이 좀 신경 쓰였다. 참석자 부족으로 회의 개최가 안 되면 어떻게 하지? 온갖 생각으로 불안해졌다. 금요일 안내 문자에 회신을 안 보낸 사람들에게 전화를 돌리기 시작했다. 참석자가 열 명이 넘는 것을 확인하니 안심이 됐다. 참석자가 회의장에 도착하고 회의가 진행되는 동안 진행 순서에 맞춰 발표 자료를 모니터에 띄우고 발표자에게 사인을 보내기에 바빴다. 사람들이 모두 나간 후 카트에 짐을 싣고 회의장을 나오는 순간 몸에 힘이 쫙 빠졌다. 다리가 후들거렸다. '아이와 공놀이'에서 알게 된 '중요한 일도 놀이처럼 받아들이면 그 순간을 즐길 수 있다.'라는 사실을 회의하기 전에 알았다면 이 회의를 더 즐기면서 준비하지 않을까? 좀 아쉽다. 그래도 인생을 더 즐겁게 살 방법을 깨달았으니 다행이다.

아이가 공을 진지하게 보고, 공과 대결한 순간은 내가 회의를 준비하고, 회의한 90분의 순간과 다르지 않다. 모두 긴장하고 진지하게 그 순간에 집중했다. 아이의 행동을 단순히 '놀이'라고 지나쳤으면 아이와 어른의 삶의 무게를 다르게 봤을 것이다. '인생도 놀이처럼 살 수 있다'는 사실을 알지 못했을 것이다. 글을 쓰면

글 쓰는 삶의 미학

서 일상을 다르게 보게 됐다. 경험에서 메시지를 찾으려니 일상의 순간에 관심이 생겼다. 거기에서 의미를 발견할 수 있었다. 일상은 때로 사소하고, 반복적이라 지루하게 느껴지기도 한다. 그러나 그 속에는 메시지가 숨어 있다. 일상의 여러 순간에서 배웠다. 출근길 햇살의 따스함, 퇴근길 수원천에서 유영하는 청둥오리들의 평화로움. 일상 속 이런 것들이 나에게 말 걸어오고 다시 메시지를 던진다.

4-10.
내 안의 보석을 세상 밖으로 꺼내는 일

정원희

'오늘, 이 풍경을 만나기 위해 20년이 필요했습니다.' 김종원 작가의 인스타그램 게시글이 올라왔다. 20년이 필요한 일은 어떤 풍경이었을까? 다음 글을 읽었다. 김종원 작가는 20년 전 첫 시집을 냈다. 자신의 첫 책을 보러 교보문고에 간 날, 자신의 이름이 있는 코너를 가진 작가가 되고 싶다는 꿈을 가지게 되었다. 그날부터 하루도 거르지 않고 원고지 50장 분량의 글을 썼다. 110권의 책을 출판한 작가가 되었다. 마침내 광화문 교보문고에 〈김종원의 세계 철학 전집〉을 위한 코너가 마련되었다.

2024년 노벨 문학상을 탄 한강 작가의 아버지 한승원 작가도 '한국 소설 문학의 판도를 바꿀 수 있는 사람은 바로 너다.'는 말을 한강 작가에게 했다고 한다. 꿈은 '명사형'이 아니라 '동사형'이어야 한다. 무엇이 되겠다는 것보다 어떤 일과 역할을 하는 사람이 되겠다는 것이 꿈이었으면 좋겠다. 그래야만 그 꿈을 위해 지금 내가 무엇을 해야 하는지 알 수 있다.

작년 7월 나는 라이팅 코치로의 삶을 시작했다. 성인이 되면서 서른의 나, 마흔의 나, 쉰이 되는 내 모습을 상상해 왔다. 20대는 삐죽삐죽 올라오는 새순 같았고 서툴렀던 봄이었다. 30대와 40대는 하루하루를 살아내느라 치열했던 뜨거운 여름이었다. 서른과 마흔을 지나 인생의 가을을 맞이했다. 쉰 살이 되면 나만을 위한 삶이 아니라 다른 사람에게 도움이 되는 삶을 살고 싶었다. '좋아하는 일', '돈 버는 일', '돕는 일' 이 세 가지가 내가 하고 싶은 일이었다. 쉰 살이 되기 전까지는 세 가지 조건이 모두 맞는 일은 하지 못했다. 마흔이 되면서 삶의 방향을 정하고 이런 일을 할 수 있는 때를 기다려 왔다. 그것이 작년 7월이었다.

6년 전 글쓰기를 배우고 출간 작가가 되었다. 내가 쓴 글이 위로되고 유익했다는 후기를 들을 때면 가슴이 벅차올랐다. 그런 날은 밥 먹지 않아도 배부른 것 같았다. 글쓰기를 계속하고 싶었다. 더 많이 하고 싶었다. 내가 누리는 기쁨과 보람을 더 많은 사람이 경험하기를 바랐다. 라이팅 코치가 되기로 했다. 사람들을 모으고 수업을 시작했다. 2023년 9월부터 무료 강좌를 시작하고 10월부터는 정규과정을 개강했다. 일요 아침반과 수요 저녁반을 열었다. 지난 1년간 120번의 강의를 진행했다. 이은대 작가가 진행한 강의는 200번 넘게 참여했다. 배우고, 강의하고, 알리고를 반복하며 1년을 보냈다. 그 어느 해보다 꽉 차게 보낸 한 해였다.

수강생들에게도 글쓰기가 삶의 활력이 되기를 바랐다. 내가 쓴 글을 세상에 알리고 단 한 명의 독자라도 생길 수 있다면 동기부여를 받을 수 있을 것 같았다. 글 한 편을 쓰는 것도 겁내 했다. 안 해봐서 그런 거였다. 책을 쓴다는 것은 마감 있는 글을 쓴다는 것이다. 처음부터 한 권의 책은 엄두도 못 낸다 하니 공저 프로젝트를 기획했다. 누군가의 딸로 태어나 아내, 그리고 엄마로 살아온 지난 시간에 관한 이야기를 하나씩 쓰고, 마지막으로 지금 나의 이야기를 쓰자고 했다.

"50세 이상, 인생 좀 살아 본 언니들, 지원하세요."

10명을 모았다. 나에게 등 떠밀려 시작한 사람도 있었다. 그렇게라도 시작하도록 하고 싶었다. 그들의 인생에서 가장 잘한 일이 될 수 있게 할 자신 있었다. 2024년 2월, 초고를 시작했다. 6개월 정도면 10명의 인생 이야기를 담은 이야기가 세상에 나올 수 있을 것 같았다. 가계부도 일기도 한 번 안 써본 사람도 있었다. 일 년에 책 한 권 읽지 않던 사람도 있었다. 중요하지 않았다. 글쓰기에는 서툴러도 모두에게는 반짝반짝 빛나는 인생 경험이 있었으니까.

내 수업을 들어가며 한 달간 초고를 완성했다. 한 명도 빠짐없이 초고 마감일을 지켰다. 고마웠다. 모두 어른이었다. 함께 하는 작업이다 보니 다른 사람에게 피해가 될까 봐 일정을 넘기지 않았다. 퇴고 안내를 했다. 줌으로 보여주면서 퇴고했다. 작가님이 있는 지역으로 찾아가 만나서 이야기도 나누었다. 그렇게 세 번의 퇴고를 하고 조금 나아진 글로 마무리하려고 했다. 만족스럽지는 않았지만, 처음이니 그냥 해보자는 마음이었다. 출판사에 보내기

글 쓰는 삶의 미학

전에 이은대 작가님께 원고를 보냈다. 불호령이 떨어졌다. 정신이 번쩍 들었다. 기본을 간과하고 가려고 했던 나 자신을 반성했다. 작가님들이 너무 지칠까 봐 타협한 것이었다. 그날 밤 줌으로 다시 공저 작가들을 만났다. 솔직히 털어놓았다.

"그럴 줄 알았어요. 우리 땜에 괜히 작가님이 혼났네요."

오히려 내 걱정을 한다. 다시 해보자 했다. 다섯 번째, 여섯 번째 퇴고를 마치고 마침내 8월 26일 출판 계약을 했다. 이후 한 달 동안 출판사 편집자와 세 번의 수정 작업을 거쳤다. 한글로 썼던 글들이 PDF 파일로 바뀌었다. 실제 인쇄될 책의 형태로 마지막 퇴고를 했다. 작가들은 모두 덕분이라며 서로에게 감사 인사를 했다. 자신의 이름이 있는 책 표지가 올라왔을 때는 채팅방에 기쁜 감정을 표현하는 이모티콘이 쏟아졌다.

9월 27일, 〈여기까지 참 잘 왔다〉가 출간되었다. 자신의 책을 받은 작가님들의 인증 사진이 채팅방에 올라왔다. 가족들 친구들에게 받은 응원 메시지도 전해졌다. 한숨에 읽었다는 이야기를 들었다. 엄마 생각나서 한참을 울었다는 이들도 있었다. 힘든 세월 잘 견뎌냈다며 위로를 건네는 먼 친척도 있었다. 어느 작가의 치매 걸린 엄마는 딸 이름이 책에 있다며 한참 글을 읽었다고 했다. 책이 세상이 나온 지 일주일밖에 되지 않았는데 따뜻한 사연들이 계속 이어지고 있었다.

작가님들은 글을 써서 책을 낸 것에 대한 힘을 체감하고 있었다. 솔직하고 정성껏 쓴 자신의 글들이 그들 자신을 인정하게 했다. 누군가의 딸로, 아내로, 엄마로 그 역할을 해 내면서 기뻤던 순간, 슬펐던 순간, 힘들었던 순간, 모든 시간을 지나 여기까지 왔다. 이제 완장 다 떼고 나의 이름으로만 나를 불러 본다. 구영애 작가, 권경희 작가, 김경랑 작가, 김수하 작가, 문인숙 작가, 박미경 작가, 복기령 작가, 신혜숙 작가, 정도영 작가, 조희숙 작가. 지극히 평범한 그들의 이야기가 사람들에게 감동을 주고 있다. 그저 평범하게 아무 일 없이 살기가 얼마나 어려운지를 우리는 알고 있기에 지금까지 잘 살아온 나에게 감사하고 고마운 것이다.

10월 13일, 작가님들의 출간을 축하하기 위해 출판기념회를 준비했다. 우리들만의 작은 파티를 하려고 했는데, 60명이 넘는 분이 함께하게 되었다. 작가가 되고 강연가로서 자신의 이야기를 나누는 자리도 마련했다. 5분간 하는 짧은 강의지만 원고를 쓰고, 연습하며 생애 첫 무대를 준비했다.

나의 쓰임으로 많은 분께 행복과 감동을 드릴 수 있음에 감사하다. 공저를 기획하고 가르치면서 만난 열 사람의 인생이 나를 더 성장시켰다. 벌써 두 번째 공저를 시작한 작가들도 있다. 사람들에게 글쓰기 배우고 책 쓰라고 권한다. 내가 해보고 좋아서 함께하자고 권했다. 혼자서 하는 것보다 함께해야 더 오래 계속 갈 수 있다는 것을 안다. 함께 전하는 이들이 더 많아져서 주인공으로서의 내 삶을 찾고 누군가를 도울 수 있는 삶을 살아갔으면 한다.

처음부터 남을 위한 글을 쓸 수는 없다. 그럴 필요도 없다. 우선 경험을 두서없이 쓴다. 그 경험을 통해 느끼고 배운 것을 쓰다 보면 나를 위한 치유의 글쓰기가 된다. 그런 다음 다른 사람을 도울 여유가 생긴다. 독자들이 내 경험을 가져갈 수 있도록 퇴고하면서 고쳐 쓴다. 천천히 쓰면서 고치기를 반복하면서 완성해 나가는 것이 글쓰기이다. 고쳐 쓰기를 할 수 있다는 것이 글쓰기의 가장 큰 매력이다. 인생을 고쳐 쓸 수는 없지만 글쓰기를 통한 재해석은 가능하다. 글쓰기는 내가 가지고 있는 보석을 세상 밖으로 꺼내는 일이다.

4-11.
글쓰기 렌즈로 바라보는 일상의 조각들

최주선

　　외출하려고 나서는 데 집 앞에 놓인 화분의 꽃
이 바람에 살랑이고 있었다. 산들바람에 나뭇가지는 잔잔하게 반
응했다. 진한 분홍 꽃잎도 덩달아 나풀거리고 있었다. 바람과 이
야기하는 나뭇가지와 꽃잎을 보는 순간 한 가지가 떠올랐다. "그
래. 살아 있는 모든 것은 흔들리는구나." 찰나였다. 죽은 가지라면
흔들리지 않았을 텐데, 그 가지를 보며 나 역시 살아 있구나 싶었
다. 활짝 피었든, 덜 피었든 살아 있는 꽃과 가지가 바람에 살랑이
는 모습에 눈이 갔다. 일상에서 종종 내 생각대로 안 되는 일 때문
에 불안해질 때가 있다. 그 이유가 욕심이 많고 기대치가 높아서
일지라도 불안해질 때는 내가 꼭 어떻게 되어버릴 것만 같다. 일
상의 작은 부분에 집중해 본다. 별다를 게 없는 일상, 가장 가깝고
가장 낮은 곳, 가장 익숙한 것들을 통해 생각지 못한 위로를 받거
나 깨달음을 얻을 때가 있다. 이날의 바람에 흔들리는 가지와 꽃

잎은 내게 위로가 되었다.

글쓰기를 배우기 전, 평범한 일상을 글로 쓰기에는 심심하다고 생각했다. 평범한 일상에서는 특별한 이벤트가 없다면 건질 이야기도, 교훈도 없다고 생각했던 탓이다. 글쓰기에서 가장 중요한 메시지를 뽑기 위해 머리를 조아리고 의미를 끄집어내려 애썼다. 평범한 일상에서도 얼마든지 메시지를 발견할 수 있었다. 놀라움 그 자체였다.

40년 넘게 살면서 여러 굴곡이 겪었음에도 누군가가 나에게 인생이 힘들었냐고 물으면 나는 평범했다고 말한다. 힘든 시간도 분명히 있었고, 뚫고 헤쳐 왔지만, 나보다 더 힘들게 살아온 사람들의 이야기를 들을 때면 나는 뭐 말할 게 있나 싶은 생각도 들 때가 있다. 남아프리카에 산다는 이유만으로도 충분히 특별할 수 있는 일상이다. 매일의 일상은 특별한 것 없다. 그러나, 기록해 두면 그 날은 특별한 날로 남겨졌다. 놓치지 않으려 글로 남겨 놓은 일화들을 종종 꺼내 보곤 한다. 시간이 지나서 들여다볼 때면, 당시의 일을 내가 어떻게 해석했었는지 보면서 가끔 놀랄 때가 있다. 나는 글을 쓰고 생각하면서 성장했다.

일상의 모든 것이 글감이 될 수 있다는 것을 알고 나니 일상다반사를 그냥 흘려보내지 않는 버릇이 생겼다. 아이가 하는 한마디 말, 남편이 내게 보이는 표정과 동작까지도 예사로 느끼지 않게 되었다. 지나가는 사람이 하는 행동, 정원에 피는 꽃, 사계절 동안 변화하는 나무와 푸드덕거리며 날아다니는 갖가지 새도 그냥 보는 것과 글감으로 보는 것은 천지 차이가 있었다. 운전을 험하게 하는 사람, 음식점에서 큰소리를 내는 사람, 다른 사람의 어려움을 보고 도와주는 사람 혹은 길거리에서 구걸하는 사람을 보면서도 그냥 보이는 모습과 현상에만 주목하지 않게 되었다. 스마트폰의 메모장과 작은 수첩에 생각나는 것, 눈으로 본 것, 귀로 들은 것을 적었다. 메모하고 생각하는 과정은 글로 옮길 때 더 풍성하게 만들어 주었다.

글을 쓸 때는 메시지를 꺼내기 위해 종종 '연결' 한다. 이 연결은 사물과 사람, 사람과 인생, 경험과 성장 등 하나와 또 다른 하나를 연결해서 메시지를 만들어 가는 것을 말한다. 처음에는 어렵기만 하던 글쓰기는 읽고, 쓰고, 말하고 듣게 되면서 사색을 통해 메시지를 단단하게 만들 수 있었다. 자아 성찰을 하게 되었고, 부정적인 상황을 긍정적으로 재해석할 수 있었다. 막상 글을 쓰기 시작할 때는 침울하거나 화가 난 상태로 씩씩거리면서 시작한다. 그렇게 내 감정과 경험을 글로 옮기다 보면 한발 물러나 바라볼 수 있게 된다. 내 입장만 생각하는 게 아니라 타인의 입장도 고려해 보는 여유가 생기는 것이다. 마구 몰아치는 감정에 휘둘리지 않고 좀 더 균형 잡힌 시각으로 상황 평가가 가능해진다. 언제든 글쓰기를 통해 나를 좀 더 객관적인 시선으로 볼 수 있게 된다.

한번은 나의 약점과 부족함으로 인해 속상함의 극치를 달렸던 때가 있었다. 소리튠 영어 코치 시험을 준비하던 때였는데, 임계점을 넘지 못하고 스스로가 찌질하게 느껴지던 시간이었다. 마지막 시험을 통과하려고 연습하고 제출하면 계속해서 미끄러졌다.

글 쓰는 삶의 미학

다른 사람들은 다 통과하는 것 같은데 왜 나면 매번 다시 하라는 피드백이 오는 건지, 가만히 있어도 눈물이 나고, 과정을 포기하고 싶은 생각마저 들었다. 평소 같았다면 힘든 마음을 끼적거리면 속이 좀 후련해졌을 텐데, 며칠 간은 글을 써도 사실상 달라지는 것은 없었다. 부족한 실력이 하루아침에 좋아질 리 없지 않은가. 이미 겪고 있는 상황은 변하지 않았다. 다만, 글을 쓰면서 당시의 감정과 상황을 새로운 관점에서 해석하며 의미를 찾기 시작했다. 시간이 지나고 그때를 돌아보아도 여전히 그 시간은 힘든 시간으로 남아 있다. 하지만, 글쓰기를 통해 당시 내 감정을 한 걸음 물러서서 들여다볼 수 있게 되었다. 비슷한 상황에 부딪힐 때마다 글 쓰고 자아 성찰하는 시간을 통해 통찰력이 조금씩 길러졌다.

삶이 시시하다고 느끼는 순간과 삶이 그리 녹록지 않다고 느끼는 순간까지도 글을 통해 새롭게 재창조되며, 그 시간마저도 버릴 게 없다. 책을 읽을 때 또한 타인의 삶을 보며 내 삶을 새로운 시각으로 보기도 한다. 누군가의 힘들고 어려운 모습을 보면서 나는 이만큼 다행이라고도 여긴다. 불굴의 의지로 역경을 이겨낸 사람이라면 배울 점을 찾아 끄적이고 다시 내 인생에 적용한다. 그 후, 글로 옮겨보는 작업까지 해야 내 생각이 정리된다. 그러니, 삶은 읽고 쓰기의 연속이며, 이걸 반복하면서 나는 더 성장할 수 있다. 단지 읽기와 쓰기만으로 말이다.

삶의 모든 순간에는 반드시 배울 것이 있다. 글 쓰는 시간은 몸으로 경험한 시간을 머리와 손으로 연결하는 시간, 또 다른 것을 학습하는 시간이다. 수동적인 나를 좀 더 적극적으로 만들어 주기도 한다. 글쓰기 덕분에 내 삶은 풍성해졌다. 글을 쓰며 사색하고 고민하며 키보드 위에 열 손가락을 올리고 타닥거리는 시간이 가장 고요하다. 나는 글쓰기로 삶을 재해석하는 시간을 통해 성장하고 있다.

　지친 몸을 추스르고 일상에서 평안과 만족을 느낄 수 있게 하여주는 것, 일상의 소소하고 사소한 기쁨을 알게 해주는 것이 바로 글쓰기다. 암울했던 날의 기억조차도 쓸모 있다는 것을 알고 있기 때문이리라. 나쁜 일이나 어려운 일은 피할 수 없지만, 그 상황에 어떻게 발견할지는 우리의 선택에 달렸다. 일상의 어떤 문제와 환경도 내가 어떻게 바라보느냐에 따라 달라진다. 다양한 관점으로 볼 수 있도록 내 생각과 시선을 확장 시켜주는 것이 바로 '글쓰기' 이다.

김선황

미학(美學)은 자연이나 인생 및 예술 따위에 담긴 미의 본질과 구조를 해명하는 학문이라고 명시되어 있습니다. 2017년에 미학을 공부하려다가 철학 대학원에 들어갔습니다. 미학은 철학의 한 분과라는 교수님 말에 넘어갔지요. 미학을 공부하려고 했던 이유는 어감이 멋졌기 때문입니다. '멋짐'을 학문에서 찾으려 했습니다. 살아온 나날은 삶이라는 미학의 한 부분입니다. 글을 쓰고 나만의 책장을 채워갑니다. 김선황 작가만이 할 수 있는 '삶의 책장'입니다. 글쓰기를 통해 각자의 미학을 만나길 응원합니다.

김효진

막막함으로 시작한 문장이 결국 한 편의 글로 완성됩니다.

그 과정에서 내가 살아온 삶에도 의미가 생깁니다. 아무것도 아닌 문장이 사람들에게 힘과 용기를 주는 글로 다시 태어납니다. 각자의 상처와 고난을 생각하며 우리는 더욱 단단해집니다. 글쓰기는 나 자신을 돌아보고 반성할 기회를 만들어 줍니다. 내가 원하는 삶의 방향을 찾을 수도 있습니다. "참 잘했다, 장하다, 괜찮아"라는 말을 자신에게 전해주기도 합니다. 글을 쓰고 나니 많은 일이 생겼습니다. 이만하면 계속 써도 되겠지요?

백란현

책 한 권 내는 게 목표였습니다. 책 쓰기 강의 등록할 때만 해도 4년 동안 꾸준히 공부할지 예상하지 못했습니다. 지금은 공부하는 작가라서 다행이라고 생각합니다. 배울수록 일상을 글로 쓰는 기회가 많아졌습니다. 쓰는 삶은 묘합니다. 쓸 땐 내 글이 어색하고 부끄러웠는데 글을 마무리하면 개운합니다. 지나온 삶도 글로 쓰고 나면 '때문에'가 '덕분에'로 바뀝니다. '글 쓰는 삶의 미학'을 열 명의 공저자와 함께 독자에게 전할 수 있어서 다행입니다. 꾸준함의 대명사 〈자이언트 북 컨설팅〉 이은대 대표 덕분입니다.

서미소

삶의 모든 순간은 우리에게 가치와 의미를 찾을 기회를 줍니다. 글쓰기는 나 자신을 이해하며, 세상과 나누는 소중한 도구입니다. 모든 사람은 각자 소중한 경험을 안고 있습니다. 그 경험이야말로 진정한 나를 발견하는 열쇠가 됩니다. 자신의 가능성을 믿고 마음껏 펼쳐 나가며, 진정한 나만의 길을 찾길 바랍니다. 인생은 짧기에, 하고 싶은 일과 좋아하는 일에 과감히 도전하고, 그 과정에서 얻는 기쁨을 만끽해 보세요. 그 속에서 진정한 행복과 삶의 깊은 의미를 발견하길 바랍니다.

서영식

글을 쓰면 인생이 달라지는 경험을 할 수 있다. 글쓰기는 나에게 집중하고 나만을 위한 시간을 만들어 준다. 나와 친해진다. 자신을 돌아보게 한다. 생각과 감정을 확인할 수 있다. 매일 쌓이는 글이 삶을 더 단단하게 한다. 경험을 기록으로 남기는 일은 누군가를 도울 수 있는 일이다. 고난과 역경을 이겨낸 이야기는 같은 경험을 하는 이들에게 도움을 줄 수 있다. 글을 쓴다는 건 나의 발자국을 남기는 일이다. 남이 만든 길을 가는 게 아니라 내가 길을 만들어 가는 과정이다.

오승하

책을 통해 보고, 깨닫고, 생각하고, 적용하는 삶을 살아가고 있습니다. '북 테라피' 도반들과 한 문장을 통해 보통의 하루에 의미 부여하는 삶을 살아갑니다. 글을 쓰고 있습니다. 자기 경험을 담아 누군가를 도울 수 있는 삶을 만들어 가고 있습니다. '공부해서 남 주자' 치열하게 살아갑니다. 나를 세우고 가정을 돌보고, 사회를 따스한 곳으로 만들어 갑니다. 나로부터 시작하는 작은 변화가 주변을 아름답게 성장하는 힘이 되고 있음을 배우고 실천합니다. 함께하는 도반님들과 가치 성장을 꿈꾸고 있습니다.

이성애

보이스피싱으로 어처구니없게 재산도 잃고, 경찰서를 드나드는 신세가 되었습니다. 나의 무지함에서 벌어진 일이라 생각하니 창피해서 가족에게 고개를 들지 못했습니다. 그러다가 실수에 연연하기보다는 다시 일어설 수 있는 마음가짐에 집중했습니다. 글을 쓰기 전 나의 경험은 아팠습니다. 내 삶의 오점이었습니다. 글을 쓰고 나니 내 인생의 전환점이 되었습니다. 글을 쓰면서 알게 되었습니다. 내가 겪는 모든 경험이 나를 작가로 만들고 있다는 것을.

이은정

글쓰기는 마음의 눈으로 보는 '거울'이다. 글을 쓰면서 내 삶을 바라보는 관점을 얼마나 변화시켰는지 반추하지 않을 수 없다. 분명, 내 경험 속에 숨겨진 의미와 가치를 이해했고, 또 성장했다. 오래된 상처들을 재해석하고, 희망이 없을 것 같았던 곳에서 희망을 찾았으며, 가장 힘든 시기조차도 의미가 있었다는 것을 발견했으니까. 누구라도 자신의 여정을 되돌아보고, 글을 쓰고,

글 쓰는 삶의 미학

반추하며, 자신만의 방식으로 삶을 재해석할 용기를 찾길 바란다.

장진숙

글쓰기는 경험에서 의미를 찾는 작업입니다. 처음 글을 쓸 때는 메시지를 어떻게 써야 하나? 글을 어떻게 길게 쓸까? 고민하기에 바빴습니다. 글 쓰는 횟수가 늘어날수록 더 독자를 생각하고 어떤 말을 전할지 고민합니다. 무심코 지나쳤던 일상에 집중하고 거기에서 메시지를 찾습니다. 일상의 아름다움과 소중함도 알아 갑니다. 하루를 버티기에 바빴던 삶은 일상의 아름다움이 함께하는 삶이 되었습니다. 내 글이 조금이라도 당신의 일상에 있는 아름다움을 찾는 데 도움이 되길 바랍니다.

정원희

글쓰기를 통해 삶을 재해석하고 고쳐 씁니다. 글을 쓴다고 과거의 시간과 경험이 달라지지는 않습니다. 그것을 바라보는 나의 태도가 바뀝니다. 삶에 대한 태도가 바뀌니 사소하고 당연한 일상에 의미를 부여하게 되었습니다. 잘하려고 애쓰지 않고 그냥 합니다. 글쓰기는 삶을 지속 가능하게 해주는 도구입니다. 작가가 되면서 글쓰기를 다른 사람을 돕는 도구로 사용하게 되었습니다. 작가 만드는 작가로 살아 갑니다. 나를 먼저 기쁘게 하고 다른 사람을 기쁘게 할 수 있는 사람이 되었으면 좋겠습니다.

최주선

　"책 쓰고 나서도 내 인생이 크게 달라지는 것은 없던데요?" 출간 후 이렇게 말하는 것을 들은 적이 있다. 나는 베스트셀러 작가도 아니고, 유명한 책 쓰기 코치도 아니지만, 글 쓰면서 분명 성장했다. 글쓰기 이전의 나와 지금의 나는 많이 달라졌다. 글쓰기로 사람들을 돕고 있으며, 누군가는 내 글을 보고 희망을 얻었다고 전해온다. 새로운 일에 도전하고, 누군가도 나와 같은 삶을 살고 싶다고 말한다. 그것만으로도 나는 단 한 사람의 삶이라도 변화시킬 힘을 가진 글 쓰는 작가이다.